대성
臺城

강 위에 비 흩뿌리고 강가의 풀은 가지런한데

육조의 영화는 꿈과 같고 새만 부질없이 울고 있다

무정한 것은 궁성에 늘어진 버드나무이건만

변함없이 연기처럼 십 리 제방을 감싸고 있다

江雨霏霏江草齊
六朝如夢鳥空啼
無情最是臺城柳
依舊煙籠十里堤

풍류비공

風流飛功

─ 바람의 비기 ─

풍류비공 2

지화풍 新무협 판타지 소설

초판 1쇄 찍은 날 § 2006년 1월 10일
초판 1쇄 펴낸 날 § 2006년 1월 20일

지은이 § 지화풍
펴낸이 § 서경석

편집장 § 문혜영
편집책임 § 유경화
편집 § 이재권 · 심재영

펴낸곳 § 도서출판 청어람
등록번호 § 제1081-1-89호
등록일자 § 1999. 5. 31
어람번호 § 제2-0800호

주소 § 경기도 부천시 원미구 심곡1동 350-1 남성B/D 3F (우) 420-011
전화 § 032-656-4452 팩스 § 032-656-4453
http://www.chungeoram.com
E-mail § eoram99@chollian.net

ⓒ 지화풍, 2006

ISBN 89-5831-920-8 04810
ISBN 89-5831-918-6 (세트)

풍류비공
風流飛功
| 바람의 비기 |
Fantastic Oriental Heroes
지화풍 新무협 판타지 소설
2
위감풍류(爲感風流)
도서출판 청어람

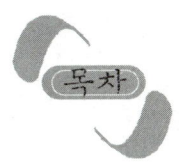

|第一章|
위감풍류(爲感風流)

차가운 바람에 장포가 나부낀다.

묵빛 장포를 입은 화무영은 눈앞에 놓인 봉분을 물끄러미 바라보다가 살며시 두 눈을 감았다. 귓가를 스치는 바람이 마치 자신의 얼굴을 쓰다듬는 소란의 손길 같다.

화무영은 그 느낌을 음미하려는 듯 한참을 그 자세로 미동조차 하지 않고 서 있다.

"이제 와서 이런 말 하기는 그렇지만 가끔은 네가 미치도록 원망스러웠다. 말없이 날 떠난 것도 그렇고 네 복수를 하는 대가로 평생을 햇빛도 보지 못하고 살아가게 된 것도 그랬어. 하지만 지금은 아니야."

화무영은 나직이 중얼거리며 천천히 눈을 떴다.

휘이잉……!

찬바람이 불어와 봉분 위에 놓여 있던 붉은 꽃을 쓸고 지나갔다. 너풀거리며 하늘 위로 올라가는 산다화(山茶花:동백꽃)의 붉은 꽃잎이 점점 화무영의 눈가에서 멀어져 갔다.

"미안하다. 지켜주지 못해서. 그리고 널 붙잡고 놔주지 못했던 것도……. 이제 가라."

화무영은 아련하게 멀어져 가는 붉은 꽃잎을 바라보다가 천천히 몸을 돌렸다. 홀가분했다. 자신만의 기분일지 모르겠지만 소란의 영혼이 붉은 꽃잎이 되어 자유로이 떠나간 것 같아 마음이 한결 가벼웠다.

그러나 앞으로 평생을 외롭게 지내며, 또 백천맹과 남궁세가의 추격을 받으며 살아야 한다는 또 다른 짐이 그의 어깨를 짓눌러 왔다.

"하지만 더 이상 혼자는 아니지."

화무영은 사비의 얼굴을 떠올리며 피식 웃었다. 자신보다 어린 나이였고 꽤 거친 성정을 지닌 사내였지만 사비라면 자신을 외로운 인생으로 내버려 둘 것 같지 않았다. 그리 오랜 시간을 함께한 사이는 아니었지만 화무영은 사비가 겉보기와 달리 정이 많은 인간임을 느끼고 있던 것이다.

"그래, 이제 돌아가자!"

휘익!

화무영은 지면을 박차고 날아올랐다. 자신을 기다리고 있을 사비와 사군우의 모습을 떠올리며.

그가 몸을 날리고 까만 점으로 화한 뒤,

"타락수라의 무공이 저 정도였다니! 이건 소문과는 전혀 다르지 않은가?"

봉분 뒤에서 모습을 드러낸 여인이 허리춤에 두 손을 괴고 고개를 갸웃거렸다. 여인은 활활 타오르는 불처럼 붉디붉은 경장에 새빨간 장검을 등에 메고 있었다.

　특이한 복장만 아니라면 어딜 가나 볼 수 있을 평범한 외모. 하지만 그녀는 이미 마성의 경지에 오른 화무영에게 자신의 모습을 감출 정도로 뛰어난 은잠술을 지닌 고수였다.

　"이거 생각보다 쉽지 않겠는걸?"

　팟!

　그녀는 말을 마침과 동시에 제비처럼 날렵한 몸놀림으로 경신술을 전개하기 시작했다.

　그녀가 향한 곳은 화무영이 사라진 방향이었다.

　'역시 꼬리가 있었군.'

　신법을 전개하며 앞으로 쏘아져 가던 화무영은 등 뒤의 기척을 감지하고 눈을 빛냈다.

　그는 소란의 무덤에서부터 이미 자신을 주시하는 이가 있음을 알아채고 있었다. 더욱이 상대는 이전의 자신이었다면 결코 눈치채지 못할 정도로 뛰어난 실력을 갖춘 고수.

　하지만 화무영은 이를 전혀 개의치 않고 소란을 떠나보냈다. 쉽게 당하지 않을 자신감도 있었지만 무엇보다 소란에게 보내는 마지막 인사를 방해받고 싶지 않았기 때문이다.

　그리고 지금,

　자신이 움직인 직후 숨어 있던 자도 함께 움직이기 시작했음을 느낀 화무영은 진기를 더욱 끌어올리며 달리는 속도를 더했다.

　'천리비호와 비슷한 수준!'

　화무영은 등 뒤의 기척이 조금씩 멀어짐을 느끼며 피식 미소를 머금었다.

중원에서 경공술과 추격술의 고수로 가장 잘 알려진 자는 천리비호였다. 아무리 뛰어난 고수라 해도 결코 그의 이목을 벗어날 수 없다고 정평이 난 경공의 대가. 하지만 오행지경에 오른 고수라면 얘기가 다르다. 천하에서 가장 빠른 경공을 지녔다 해도 지닌 내력의 차이를 극복할 수는 없기 때문이다.

화무영은 마성의 경지에 오른 자로 정도(正道)의 오행지경에 해당하는 절정 상급의 고수. 따라서 그에게는 더 이상 특별한 경신법이 필요치 않다. 그저 끊임없이 흘러나오는 마령심공의 진기를 이용해 앞으로 나아갈 뿐.

'다행이군. 쓸데없는 살생을 하지 않아도 되겠어.'

자신의 뒤를 따르는 자가 천리비호와 비슷한 부류의 인간임을 확인한 화무영은 기분 좋은 웃음을 흘리며 달리는 속도를 더했다.

그는 떠나올 때 사군우가 했던 당부를 어기지 않을 수 있게 된 것이 못내 기뻤다.

반 시진 후.

"혹시 내 몸에 천리미향(千里迷香)이라도 뿌려놓은 건가? 하지만 어떻게?"

화무영의 얼굴이 당혹으로 물들었다. 추격자를 따돌렸다는 생각에 막 관도로 접어들려던 순간 등 뒤에서 반 시진 전에 느꼈던 그 기운이 다시 감지되었기 때문이다. 붙었던 꼬리가 떨어져 나가지 않은 것이다.

화무영은 자신이 걸어온 산길로 고개를 돌리고 주변을 훑어봤다. 구불구불 이어진 산길 위에는 다른 이의 모습은 눈을 씻고 봐도 찾을 수 없었다. 하지만 화무영은 어딘가에서 자신을 바라보고 있을 두 눈을 본능적으로 감지했다.

"섣부른 판단을 했군. 천리비호와는 차원이 다른 자였어."

화무영은 우측에 있는 숲으로 걸음을 옮겼다. 쓸데없는 마찰을 일으켜 애꿎은 사비와 사군우에게 피해를 끼치기 싫었다.

'꼬리를 잘라내야겠어!'

숲으로 들어선 화무영은 입술을 잘근 깨물며 걸음을 멈췄다.

화무영은 청도로 가기 전에 자신을 쫓은 추격자부터 처리해야겠다고 결심했다. 하지만 잠시 후 그의 머리 속으로 사군우가 자신에게 했던 말이 번득 스치고 지나갔다.

"청도에 오려면 아마 한 삼 년쯤 걸릴 거야. 내 자네를 위해 아는 친구에게 부탁을 해놨네. 이곳으로 오고 싶으면 그 친구부터 따돌리게. 그러려면 자네가 지니고 있는 마기를 감출 수 있는 실력을 쌓아야 할 것이네."

"그렇군. 나를 쫓는 자는 어르신의 친구였다. 또한 천리미향이 아니라 내 마기를 감지할 수 있을 정도의 고수라는 얘기. 어르신께서는 내가 마기를 숨길 수 있는 능력을 갖게 되기를 바라시는 거야."

화무영은 고개를 끄덕였다. 자신은 마기를 조절할 수는 있지만 완전히 감출 수 있는 실력을 지니고 있지 않다.

하지만 백천맹에는 자신의 마기를 감지할 수 있을 정도의 실력자들이 많을 것이다. 사군우는 이를 알기에 화무영의 정체가 탄로날 여지를 제거하고 싶었던 것이고, 이에 본인의 친구를 이용해 자신에게 수련을 시키기로 한 것이다.

'이제껏 나를 놓치지 않고 쫓아왔으니 그 실력은 충분히 입증된 셈.

그렇다면 나도 이제부터는 부담없이 수련을 하도록 하지. 좋은 공부가 되겠군. 후후후!'

화무영은 입고 있던 묵빛 장포를 벗으며 피식 웃었다. 소란을 떠나보낸 후 벗으려고 다시 입었던 옷이다. 이는 자신이 이전에 지녔던 죄와 짐을 벗어버리려는 일종의 의식 같은 것이었다.

추격자 생각에 정신이 없던 화무영은 어느 정도 여유가 생기자 장포부터 벗어버린 후 호흡을 가다듬었다.

이제부터 본격적으로 도망칠 생각이었다. 사군우의 당부를 따라 청도에 돌아가기 전 자신을 쫓는 자의 추격을 피하며 수련을 하는 쪽으로 마음의 결정을 내린 것이다.

'그럼 지금부터는 개인 수련에 들어가는 것인가? 좋아. 어디 어르신의 친구가 어느 정도 실력을 지녔는지 한번 볼까?'

화무영은 천천히 걸음을 옮기며 생각했다.

사군우가 바라는 수련은 지닌 마기를 감추는 정도가 아닐 것이다. 그가 진정 바라는 것은 자신이 마성의 경지를 넘어 마황(魔皇)의 경지에 들어서는 것일 터. 마황의 경지에 들어서야 비로소 지닌 마기를 완전히 감출 수 있으니까. 마황의 경지는 정도(正道)의 사상지경(四象之境)에 해당한다.

하지만 마공을 익히지 않은 사군우로서는 마황의 경지에 들어설 수 있는 길까지 제시해 줄 수는 없다. 단지 마황의 경지에 들어섰을 때 나타나는 현상, 즉 마기를 완전히 감출 수 있는 경지를 겪다 보면 화무영 스스로가 길을 찾을 수 있을지도 모른다는 계산을 하고 있는 것이다. 이는 나타날 결과를 놓고 과정을 산출하는 연역적 수련 방법이었고, 사군우가 수련의 방법을 전혀 몰랐던 화류패공을 익힐 때 행했던 그만의 독특한 수련 방식이기도 했다.

'마기를 제어하는 정도가 아니라 완전히 감출 수 있으려면 어떻게 해야 할까? 그래, 일단 마령심공을 최대한 끌어올리지 않으려고 해보자. 거기서부터 시작하는 거야.'

획!

화무영은 자신의 몸속에서 자연스레 일어나는 마령심공의 힘을 사지백해로 퍼뜨리며 신형을 날렸다. 하지만 그는 허공으로 오른 직후 곧바로 다시 날아 내려야 했다. 진기가 이어지지 않았기 때문이다.

'역시 쉽지 않겠어.'

화무영은 씁쓸한 미소를 머금고 다시 몸을 움직였다. 여전히 힘들고 숨이 가빴지만 자신을 쫓는 추격자가 위험한 인물이 아니라는 생각에 그리 조급한 생각은 들지 않았다. 그는 그저 자신의 수련을 돕는 조력자일 뿐이다.

화무영이 비틀거리며 사라지자 한 인영이 나무 위에서 지면으로 날아 내렸다. 래주에서부터 화무영을 추격했던 홍의경장의 여인이었다.

"갑자기 왜 저러지? 혹시 주화입마?"

여인은 의혹 어린 눈초리로 화무영이 사라진 방향을 바라보며 고개를 갸우뚱했다.

"아니야. 그럴 리가 없어. 필시 뭔가가 있을 거야. 밤에만 이동할 수 있다는 자가 낮에 돌아다니고 있는 것도 그렇고……. 좀 더 지켜보면 알겠지."

여인은 이내 눈을 빛내며 고개를 끄덕였다. 백천맹의 천라지망을 뚫었던 화무영 같은 자가 이런 상황에서 주화입마에 빠질 정도로 어리석을 가능성은 희박했다.

이윽고 여인은 소리없이 몸을 날렸다. 하지만 그녀는 자신을 지켜보는 또 다른 눈동자가 있음을 모르고 있었다.

*　　　　*　　　　*

왕춘악이 운영하는 취화루의 이층.

텁수룩한 수염의 장한과 냉막한 인상의 외팔중년인이 마주 앉아 있었다. 대력신장 백리준과 독비객 양청이었다.

"못 믿겠어!"

"……."

이제껏 말이 없던 양청이 힘껏 고개를 저었다. 하지만 백리준은 이에 대답하지 않았다. 본인 역시 직접 듣지 않았다면 믿지 못할 상황이었으니까.

'하긴 무림에서 은퇴한 마당에 이런 외진 곳에서 대형이 후학을 양성하고 있다는 것이 어찌 말이 될까? 하지만…….'

백리준은 불현듯 관제묘에서 보았던 젊은이의 얼굴이 떠올랐다. 거친 말투와 막 살아온 듯한 인상의 청년이었지만 지닌 눈빛과 백천맹 무사들 앞에서 전혀 굽히지 않던 당당한 기도는 사군우가 지닌 것과 너무도 유사하다는 생각이 들었다.

이윽고 백리준이 무겁게 입술을 뗐다.

"자네는 관제묘에 사는 청년에게서 못 느꼈나?"

"느끼다니? 뭘?"

"얼굴이… 대형과 닮았어. 눈빛도 그렇고. 나를 쏘아보던 그 눈빛을 보고 있으려니 마치 대형과 마주한 것 같은 느낌이었지."

"으음!"

양청은 신음성을 삼켰다. 백리준의 말대로 자신 또한 사비를 보며 사군우의 모습을 떠올렸기 때문이다. 그러나 양청은 그 이유가 사군우를 애타게 찾다가 생긴 착각일 뿐이라 치부하고 있었다.

양청이 살며시 고개를 저으며 입을 열었다.

"그런 확인되지 않은 심증만 가지고 형제들을 움직일 수는 없네. 자네는 그 자리에 없어 모르겠지만 그 친구, 자칫하면 공황작에게 목숨을 잃을 수도 있었지. 아니, 황보세가 녀석의 뇌화시라는 물건에 당해 치명상을 입었다네. 만일 대형이 그 젊은이와 함께 있었다면 그런 상황에서 나와 보지 않았을 것 같은가?"

"하지만 말이네, 대형이 만일 관제묘에 사는 그 청년이 죽지 않을 것이라 확신하고 있었다면 얘기는 달라지지. 그렇지 않나?"

"……."

양청은 지그시 눈을 감고 생각에 잠겼다.

백리준은 함부로 말을 뱉는 성격이 아니었다. 더욱이 그는 사군우의 전음을 들었다고 했다. 눈으로 직접 사군우의 모습을 확인한 것은 아니었지만 그렇다고 사군우가 아니라는 단정을 할 수도 없었다. 하지만 너무도 중대한 사안이라 쉽게 결론을 내릴 수가 없었다.

양청이 살며시 눈을 뜨며 입을 열었다.

"만일 자네 말대로 대형이 관제묘에 계신 것이 맞는다면 당연히 형제들을 불러야겠지. 하지만 그전에 확인부터 하는 것이 순서일 것 같군."

"맞는 말이야. 하지만 자네도 알다시피 우린 대형이 갑자기 은퇴한 이유조차 전혀 모르고 있네. 대형을 찾기 위해 흑화일심대가 모두 나서긴 했지만 만일 대형께서 우리의 방문을 원치 않으신다면……."

"나도 걱정하는 게 그거야."

백리준의 말에 양청이 고개를 끄덕였다.

그들은 사군우의 갑작스런 은퇴 이유를 정확하게 모르고 있었다. 화정이 사군우의 몸에 이상이 생겼다는 말을 하지 않았기 때문이다.

"하지만 대형은 이렇게 갑작스레 은퇴를 해선 안 되네. 아무리 본인이 원한 일이라 해도 이제껏 대형만을 기다려 온 흑화일심대를 생각해서라도 이런 결말은 안 되지. 다른 사람은 몰라도 우리는 대형의 은퇴를 막을 자격이 있어. 우리, 대형을 만나 물어보세. 왜 은퇴를 하려는지, 왜 우리 흑화일심대를 끝까지 외면하는지 말이야. 자네 생각은 어떤가?"

백리준이 한 손으로 수염을 쓸며 양청에게 물었다.

"으음! 여기서 다른 방법이 뭐가 있겠나?"

양청이 씁쓸한 표정으로 고개를 끄덕이자 백리준이 다시 입을 열었다.

"난 관제묘에 가서 그 청년을 다시 만나볼 생각이네."

"나는 형제들을 모으지."

"천하의 이목도 있고 하니 너무 많은 수를 부르지는 말게."

"물론!"

백리준의 말에 답한 양청이 자리에서 일어나 곧바로 몸을 움직였다. 이에 백리준은 취화루를 빠져나가는 양청의 뒷모습을 보며 나직이 중얼거렸다.

"더 이상 대형을 혼자 내버려 둘 수 없습니다. 당신만을 바라보며 살아온 흑화일심대의 형제들과 당신이 드리운 지붕 밑에서 살아가고 있는 천하 무림인들을 위해서라도."

"지루하다. 아함!"

사비는 화로에 넣은 손을 뒤적거리며 늘어지게 하품을 했다. 자신을 진정한 사내로 만들어준다던 사군우의 약속이 있은 지 꼬박 한 달이 흐른 뒤였다.

하지만 사군우는 그때 무림인들의 수준에 대한 대략적인 내용을 가르쳐 준 것을 끝으로 입을 열지 않았고, 사비는 화로에 담겨 있는 화기를 몸속에 흡수하며 온종일을 보냈다. 그렇게 화류패기를 흡수하기 위한 수련을 매일같이 반복한 지 꼬박 한 달이 흐른 것이다.

"정말 아무 느낌도 없군."

사비는 시뻘겋게 달아오른 화로에 담긴 자신의 손을 응시하며 고개를 갸우뚱했다.

이제 아무리 불속에 손을 집어넣어도 통증이 느껴지지 않았다. 아니, 통증이 없는 정도가 아니라 지난날 화상으로 입었던 상처까지 모두 씻은 듯이 사라진 상태였다. 더욱이 지금 그의 손은 실핏줄이 들여다보일 정도로 희고 고왔다. 보름 전 뱀처럼 허물이 벗겨지더니 드러난 손이었다.

사비는 자신의 손을 보며 피식 웃었다.

"어디!"

피시시이익!

사비가 넣은 손을 헤집자 화로가 검은 먼지를 풀풀 토하기 시작했고, 시뻘겋게 달아올랐던 숯은 그의 손이 닿자 이내 하얀 재로 화했다.

그리고 사비는 그럴 때마다 손을 통해 전해오는 상쾌함에 몸을 흠칫 떨었다.

"카아! 시원하다!"

사비가 기분 좋은 웃음을 흘리며 큰 소리로 외치자 관제상 위에 앉아 조식을 취하던 사군우가 눈을 반개하고 사비 쪽으로 시선을 옮겼다.

'모를 일이군. 어찌 벌써 저런 성취를 보인단 말인가?'

사군우는 속으로 고개를 절레절레 저었다. 지금 사비는 더 이상 화류패기를 몸속에 담아둘 필요가 없는 화류패공의 사단계 초입에 나타나는 현상을 경험하고 있었다. 아무리 화류패공이 속성으로 익히는 무공이라지만 이렇게 단기간에 이룰 수 있는 것은 아니었다.

'내가 미처 파악하지 못한 뭔가를 지닌 것이 틀림없다.'

사군우는 천천히 자리에서 일어났다.

치이이익……!

사비는 화로 속에 있던 숯들을 하나하나 움켜잡아 끈 후 자신을 향해 걸어오는 사군우에게 고개를 돌렸다.

사비는 화로 속에 있던 숯들을 보란 듯이 끈 후 사군우를 뚫어져라 응시했다. 사군우가 자신에게 무공을 가르쳐 주지 않는다는 것에 대한 일종의 시위였다.

사군우는 사비의 손에 열기를 잃어가는 장작을 바라보며 천천히 입술을 뗐다.

"하나만 묻자."

"뭘요?"

사비가 무뚝뚝한 음성으로 되물었다.

"혹시 무영이에게 마령심공의 마기를 취했느냐?"

"마기를 취하다니요? 그게 어떻게 하는 건데요?"

사비가 고개를 갸웃거리자 사군우가 다시 말을 이었다.

"혹시 무영이를 처음 만났을 때 그 녀석의 피를… 흡수했냐고 묻는 거다."

"아! 피요? 조금 마시긴 했어요. 처음에는 그럴 생각이 아니었는데 그 자식이 하도 제 피를 쪽쪽 빨아먹어서 꽤 어지러웠거든요. 그래서 저도 그 자식 피를 조금 먹었어요. 근데 아주 조금이에요."

사비는 머리를 긁적이며 사군우의 눈앞에 자신의 엄지와 검지를 모아 보였다.

"허! 역시 그랬었구나."

사군우가 실소를 흘리며 고개를 끄덕였다. 마령심공의 마기라면 사비의 빠른 성취를 어느 정도 납득하게 해줄 만한 타당한 이유가 됐다.

마령심공은 극음의 성질을 지닌 마기로써 화류패공과는 상극과 상생의 효과를 동시에 지닌 기운. 만일 진기로써 몸에 담아두고 사용하려 한다면 마령심공과 화류패공 둘 중 하나를 포기해야 하지만 마령심공의 기운을 화류패공을 익히는 데만 활용한다면 굳이 포기할 이유가 없다.

'그렇군. 사비가 지녔던 마령심공의 극음 성질이 화류패기가 몸속에 들어왔을 때 발생되는 엄청난 고통을 상쇄시켜 주며 자연스레 소멸한 거였어. 그래서 빠른 성취를 보일 수 있었어. 괜히 아까운 시간을 허비했군. 이럴 줄 알았으면 처음부터 화기의 세기를 더 높일 걸 그랬나?'

사군우는 못내 아쉬웠다. 물론 마령심공의 마기를 지녔다고 해도 화류패공을 익힐 때 발생되는 통증이 완전히 해소되는 것은 아니고, 그렇다고 참을 수 있는 만큼의 고통도 아니지만 이를 미리 알았다면 사비를 위해 더욱 강력한 화기를 준비했을 것이다.

"그럼 지금은 불을 흡수하면 시원한 느낌이 들겠구나."

"네."

"시원한 느낌이 지속되는 시간은 어느 정도나 되지?"

"화로에서 손을 빼면 그런 느낌이 바로 없어지던데요."

"그럼 더 이상 화류패기를 모을 필요가 없다. 이제 쌓인 화류패기를 양손에 모으는 훈련으로 넘어가야겠다."

사군우가 고개를 끄덕이자 사비가 심난한 표정으로 입을 열었다.

"그런데 좀 이상한 게 있어요."

"이상한 것이라니? 그게 뭐냐?"

사군우가 의아한 눈초리로 물었다.

"전에는 화로에서 손을 빼면 온몸에서 뜨거운 열기가 느껴졌는데요, 지금은 가끔 으슬으슬 춥고 어지러울 때가 있거든요."

"춥다고?"

"혹시 감기 아닐까요?"

"손 좀 내밀어보거라."

사군우는 사비의 엉뚱한 질문을 무시한 채 그의 손을 잡아끌었다.

"으음!"

사군우는 침음성을 삼켰다.

'미약하지만 마령심공의 마기가 흐르고 있어. 하지만 이 녀석의 몸속에는 화류패기가 충만하다. 그렇다면 마령심공의 마기는 이미 예전에 소멸했어야 하는데… 이게 어떻게 된 노릇이지?'

사군우는 당혹스러웠다. 사비의 몸속에 흐르는 화류패기와 마령심기. 화류패기로 가득 차 있어야 할 사비의 몸에 여전히 마령심기가 남아 있는 것이다. 그건 자신이 아는 이론상으로는 불가능한 일이었다.

"언제부터였냐?"

"아마 보름 전부터인 것 같아요."

사비가 고개를 갸웃거리며 답하자 사군우가 눈살을 찌푸렸다. 보름 전이라면 사비의 양손이 환골탈태의 과정을 거친 시점이다. 그렇다면 더욱 괴이한 일이었다. 화류패공의 특성상 양손의 허물이 벗겨지는 과정은 몸속에 내재된 화류패기가 순수하지 않다면 불가능한 일. 마령심 공의 힘이 있을래야 있을 수 없는 시기였기 때문이다.

'혹시 풍류비공 때문일까?'

사군우는 속으로 연신 머리를 굴렸다.

일전에 사비는 풍류비공을 운용하며 뭔가를 느꼈다. 자신은 잘 모르 지만 어쩌면 그때 사비가 느꼈던 것은 풍류비공을 익히며 지니게 된 일종의 진기일 가능성이 컸다. 그렇다면 어느 정도의 설명이 가능해진 다.

'풍류비공의 진기가 마령심공이 빠져나가지 않게 잡아주고 화류패 기가 빨리 자리를 잡을 수 있게 도와줬다면… 그렇다면 말이 되지.'

사군우는 속으로 고개를 끄덕이며 천천히 눈을 들었다. 수심에 잠긴 눈으로 자신을 바라보는 사비의 얼굴이 들어왔다.

"이제부터… 삼단계 수련에 들어가자."

"삼단계요? 도대체 무공은 언제 배우는 거죠?"

사군우의 말이 계속해서 화류패공을 배워야 한다는 말로 들린 사비 는 짜증 섞인 물음을 던졌다.

"지금 배우고 있지 않느냐?"

"이런 거 말고요. 아저씨가 말한 것처럼 검기를 날리고 사람들을 박 살 낼 수 있는 그런 무공 말이에요."

"화류패공의 삼단계부터는 네가 말한 그런 무공이다."

"정말이요?"

"그래. 이제부터 네가 해야 할 수련은 그동안 네 몸속에 쌓은 화류패기를 양손에 모아 휘두르는 방법이다. 화류패기로 둘러싸인 팔은 세상에 부수지 못할 것이 없다."

"그런 게 있으면 진작 좀 가르쳐 주지. 알았어요. 빨리 가르쳐 줘요."

"따라오너라."

사비가 눈을 빛내며 재촉하자 사군우는 피식 웃으며 천천히 몸을 돌렸다.

사비를 데리고 숲으로 자리를 옮긴 사군우는 오른발을 축으로 왼발을 빙 돌리며 땅바닥에 커다란 원을 그렸다.

"불은 어떤 색을 지니고 있느냐?"

"그야 붉은색이죠."

사비가 당연하다는 투로 대답했다.

"네 말대로 어린 불은 적색이다. 너처럼 거칠 것 없이 정열적인 붉은색이지."

"헤헤!"

사군우의 말에 사비가 멋쩍은 얼굴로 웃었다. 이를 본 사군우가 무심한 표정으로 다시 말을 이어갔다.

"화류패공의 이단계에 들어서서 화류패기가 온몸에 충만해지면 온몸에서 붉은 빛이 발현되기 시작한다. 하지만 더 크게 자란 불은 다른 색이다. 더 밝고 뜨거운 기운으로 변하기 위해 온몸을 밝히는 황색이지. 이 황색은 화류패기를 몸 밖으로 발산하는 삼단계에 나타나는 색이다. 그리고 사단계가 되어 온전히 성숙한 불을 다룰 수 있게 되면 몸은 백색을 띤다. 세상의 모든 암흑을 광명으로 인도하기 위해 몸부림 치는 태양처럼… 눈부시도록 밝은 백색 광채. 이 백색 광채를 낼 수 있는 사단계가 되면 세상의 생과 사를 주관할 수 있게 된다."

"음!"

사비는 침음성을 삼켰다. 화류패공과 불을 언급하는 사군우의 말이 철학적이라는 생각이 들었다.

"하지만 마지막 순간 화기의 정점에 이른 불은 청색이다. 그때부터 는 자신의 뜨거움만이 아니라 주변의 차가움까지 취하지. 자신이 지닌 뜨거움을 번져 가기 위한 대상을 찾아 눈을 번득이는 야수처럼 정점에 이른 불은 파란 빛을 띤다."

"그게 화류패공의 끝인가요?"

"아니."

사비의 물음에 사군우가 고개를 저으며 말을 이었다.

"화류패공의 마지막, 불의 마지막 모습은 암흑이다. 처음 불이 태어 나고 자라 그 빛을 다 태운 순간이 된 후 다시 흑암으로 돌아가듯. 그 게 화류패공의 시작이며 끝이다. 화류패공의 극성에 오르면 아마도 검 은 불을 토하게 될 것이다."

"그런데 아저씨 말을 들으니까 꼭 화류패공이 마공 같은……"

사비가 말끝을 흐리자 사군우가 피식 웃으며 고개를 끄덕였다.

"그래. 무림인들이 흔히 말하는 마공과 유사한 구석이 있지. 하지만 마공과는 전혀 다른 무공이다. 마공이 타인의 생기를 불태워 자신의 힘을 키우는 방법이라면 화류패공은 타인이 아닌 자신의 생명을 태우 는 고통과 고난을 감수해야 이룰 수 있는 무공이다. 그래서 화류패공 은 순수한 암흑의 무공이라 할 수 있다."

"으음."

사비는 신음성을 삼키며 잠시 아무 말도 못했다. 사군우의 설명을 들었는데도 화류패공이 마공과 비슷하다는 생각을 지울 수 없었기 때문이다. 이를 눈치챈 사군우가 천천히 입을 열었다.

"단전(丹田)은 크게 상단전, 중단전, 하단전으로 분류된다. 일반적으로 단전이라 부르는 곳은 하단전으로 전칠후삼(前七後三)에 있다. 관원(關元)에서 일곱 분, 뒤에서 삼 분 되는 곳에 위치하지. 정도나 마도를 포함한 모든 무림인들은 모두 이 하단전에 진기를 쌓는다. 즉, 하단전은 정(精)을 쌓는 보고(寶庫)라 할 수 있다. 이 하단전에 진기가 충만하고 천운이 닿아 임독양맥을 통하고 단전을 늘리게 되면 오행지경에 이르는 절정 상급의 반열에 들 수 있다. 그리고 나아가 중단전까지 열 수 있는 자격을 지니게 되지."

사군우는 귀를 쫑긋 세우고 자신의 말을 경청하는 사비를 보며 피식 웃었다.

"하단전이 인체의 오장 육부(五臟六腑)를 관장한다면 중단전은 연기화신(練氣化神)으로 감정을 지배한다. 중단전이 열리면 늘 호기롭고 작은 일에 연연하지 않는다. 감정에 대한 집착이 없어지기 때문이다. 하지만 마공을 익힌 자들은 중단전이 열리지 않고 곧바로 상단전으로 넘어간다. 즉, 감정에 잔재가 그대로 남아 지닌 힘을 자신의 욕심을 채우는 데 써도 아무 거리낌이 없다는 뜻이다. 상단전은 도가에서 말하는 신이 머무는 광명의 집이다. 그 신은 선신(善神)일 수도 악신(惡神)일 수도 있다. 중단전을 거쳤느냐 아니냐의 차이다. 이를 일컬어 오행지경이라 한다. 상단전의 오행이 합일되면 상단전에서 투명한 빛이 나온다. 눈을 감고도 천 리를 볼 수 있다는 육신통(六神通)은 상단전의 연마에서 비롯되는데 소위 말해서 염력(念力)을 사용할 수 있게 된다는 뜻이다."

"그럼 화류패공은 마공과 달리 중단전을 거치는 무공이란 얘긴가요?"

"아니. 화류패공은 하단전, 중단전, 상단전 어느 것도 거치지 않는다. 처음부터 몸 전체를 단전으로 만드는 무공이기 때문이지."

"아! 그래서 마공과 다르다고 하셨군요?"

사비가 고개를 끄덕이자 사군우가 엷은 미소를 지으며 다시 입을 열었다.

"하지만 중요한 것은 모두 같다. 마음을 버려야 유무(有無)가 하나가되고 감정의 잔재가 없어야 내가 곧 자연(自然)이 될 수 있다. 마음이곧 하늘이요 중심(中心)이니 내가 곧 하늘이지. 이 말을 항상 새기도록해라."

"……."

사비는 입을 열지 않았다.

어려웠다. 사군우의 말은 어찌 들으면 쉽게 느껴지면서도 또다시 생각하면 도통 이해할 수가 없었다.

'이거 혹시 내가 그때 느꼈던 그런 기분을 말로 표현한 거 아닐까?'

사비는 고개를 갸웃거리며 사군우에게 시선을 옮겼다. 하지만 사군우는 이미 몸을 돌린 채 걸음을 옮기고 있었다.

"깨달음이란 누가 가르쳐 준다고 할 수 있는 것이 아니다. 오직 본인 스스로가 노력하고 참오를 거듭해야 얻을 수 있는 것. 그리고 아직나도… 검은 빛을 뿜어내는 데는 이르지 못했다. 네게 바란다는 음양합일지경이 아마 그쯤 되는 경지일 게다. 전에도 말했지만 너라면 충분히 가능하리라 본다. 네가… 바람을 느낀다면 말이다."

사군우는 점점 멀어져 가고 있었지만 사비는 발이 떨어지지 않았다. 그의 말이 귓가에 아련하게 울려 퍼지고 있었기 때문이다.

"바람을 느끼라고? 아저씨는 항상 같은 말만 하는군."

휘이잉……!

순간, 북쪽에서 불어온 바람이 눈발을 휘날리며 사비의 귓가를 스치고 지나갔다.

사비는 지그시 눈을 감고 바람을 느꼈다. 잠시 잊고 지냈던 그 느낌이 다시 되살아났다. 그것은 한없이 투명한 바람이 자신에게 선사했던 자유의 느낌이었다.

*   *   *

사악! 사악!

따사로운 햇살을 머리에 이고 연신 호미질을 해대는 백의 경삼의 사내. 깊게 눌러쓴 방갓 때문에 나이를 짐작하기 어려웠으나 호미를 잡은 손은 참으로 희고 고왔다.

"세상 모든 만물은 숨을 쉽니다. 땅도 숨을 쉬기는 마찬가지지요. 이렇게 호미로 땅의 숨통을 틔게 해주어야 이듬해에 다시 싹을 내고 풍성한 열매를 맺을 수 있는 겁니다."

"무슨 말이 하고 싶은 게냐?"

백의사내의 뒤에서 말없이 그의 행동을 지켜보던 노인이 천천히 입술을 뗐다. 앞선 사내와 마찬가지로 백의를 차려입고 있는 그는 양옆에 바퀴가 달린 의자에 앉아 있었다.

노인이 다정한 눈길로 바라보는 젊은 사내는 신도원(申屠遠)이라는 이름을 지닌 청년이었다.

　"보이는 모습은 달라도 세상의 이치가 같다는 말씀을 드리는 겁니다. 물론 저보다는 아버님이나 숙부님이 더 잘 아시겠지만요."

　"휴우! 내 너의 뜻을 모르는 바는 아니나 그렇다고 선대의 뜻을 저버려서야 되겠느냐?"

　신도원이 피식 웃음을 머금고 답하자 노인이 짧은 한숨을 토했다.

　"선대의 뜻을 저버리려는 것이 아니라 생각을 달리 먹어야 한다는 것입니다."

　"생각을 달리 먹는다?"

　"그렇습니다. 우리 가문이 화를 당한 이유는 너무 뛰어났기 때문입니다. 하지만 조금 다르게 볼 수도 있습니다. 지금 제가 이 밭의 숨통을 틔기 위해 흙을 갈아엎고 있듯이 중원이라는 땅도 우리 가문의 멸문으로 숨통이 트인 것일 수도 있다는 뜻입니다. 안타까운 것은 아버님과 숙부님이 멸문의 화를 피하셨다는 것이지요. 그래서 완전히 갈아엎지는 못한 셈이니까요."

　"그 말은 내가 살아남은 것이 천리를 거스른 것이라는 뜻이냐?"

　노인의 안색이 일순 굳어졌다.

　"그런 뜻이 아닙니다. 저는 단지 우리 가문의 복수를 위해서가 아니라 중원무림에 새로운 숨통을 트이기 위해 움직이는 것이 더 이치에 맞는다는 말씀을 드리는 겁니다."

　"어차피 육패를 멸하고 우리 가문의 명예를 회복하는 것이니 모두 같은 의미가 아니냐?"

　노인의 물음에 신도원이 고개를 가로저었다.

"아닙니다. 복수를 위해 칼을 들면 육패가 없어지는 것으로 우리 가문의 존재 의미도 사라집니다. 하지만 육패와 백천맹으로 고여 있는 중원에 새로운 숨결을 불어넣고자 움직인다면 육패를 멸한 이후에도 우리 가문은 오래도록 그 성세를 구가할 수 있을 것입니다."

"으음!"

노인은 절로 신음성이 터졌다. 신도원은 어려서부터 일반인의 범주를 벗어나는 천인(天人)의 자질을 타고났고, 자신과 자신의 아우는 모든 능력을 총동원해 그가 더욱 빛날 수 있도록 갈고닦았다. 이에 지금 대하는 신도원은 자신의 기대치를 채운 것도 모자라 그보다 훨씬 상회하는 수준에 도달해 있었다.

'컸구나. 이 아이는 이미 어느 누구도 감히 넘볼 수 없는 경지에 올라 있어.'

노인이 자신을 보고 감탄하는 사이 신도원이 다시 말을 이어갔다.

"현재 우리의 힘이면 충분히 중원을 차지하고도 남음이 있습니다. 아니, 이미 이십 년 전에 그 정도의 힘은 키워놨지요. 하지만 모든 준비를 마친 그 이십 년 전 아버님이나 숙부님은 움직이지 않으셨습니다."

"너는 그 이유가 무엇이라고 생각하느냐?"

"흑화검성 사군우, 그가 등장했으니까요. 아버님과 숙부님은 제가 지금에서야 깨달은 이치를 이미 이십 년 전에 깨닫고 계셨던 겁니다. 흑화검성이 중원의 새로운 숨결임을 깨닫고 나서지 않으셨던 게지요. 하지만 문제는 그에게는 중원을 향한 욕심과 야망이 없었다는 것입니다. 그래서 육패는 지속될 수 있었고, 거기에 음양마교의 잔재인 화양마부나 빙월마궁, 마사회까지 독버섯처럼 자라날 수 있었지요. 그게 그의 잘못입니다. 그래서 숙부님은……."

잠시 입을 다물었던 신도원이 조심스레 다시 말했다.

"흑화검성을 제거하기로 결심하신 겁니다. 그가 사라져야 우리가 주축을 이루는 진정한 중원무림의 재탄생이 이루어지니까요. 아닙니까?"

"이미 모든 것을 알고 있으면서 어찌 내 뜻을 거역하려는 것이냐?"

노인은 의아한 눈초리로 신도원을 응시했다. 자신의 아우가 잠혈초(潛血草)를 쓰지 않았다면 사군우는 스스로의 화류패기에 생명이 잠식되는 시간을 조금은 더 늦출 수 있었을 것이다. 아니, 사군우의 능력이라면 그런 증상까지 모두 해결할 수 있었을지도 모른다. 그래서 노인과 그의 아우는 사군우를 그대로 내버려 둘 수 없었다. 사군우가 죽어야 자신의 오랜 숙원을 풀 수 있었기 때문이다.

이윽고 신도원이 다시 입을 열었다.

"제게 조금만 시간을 주십시오. 과연 중원이 새롭게 재편될 만큼 고이고 썩었는지 확인해 보고 싶습니다."

"으음."

"제 스스로에게 부끄러움이 없는 행동을 하고 싶습니다. 또한 우리 가문을 복수에 혈안이 되어 중원을 시산혈해로 빠뜨린 마인 집단으로 만들고 싶지도 않고요."

"시간이 얼마나 필요한 거냐?"

"이 년에서 삼 년 정도면 충분할 것 같습니다. 흑화검성이 죽을 때까지만, 그때까지만 기다려 주십시오. 사십 년을 기다리신 분들이니 그 정도는 감내하시리라 믿습니다."

"알았다. 네 숙부에게는 내가 얘기하마."

"감사합니다. 하지만 숙부님에게는 이미 말씀드렸습니다."

노인이 고개를 끄덕이자 신도원이 싱긋이 웃으며 자리에서 일어났다.

"지금 가는 것이냐?"

"아직 저도 혈기가 왕성한 나이 아닙니까? 며칠 더 묵고 싶은 마음도 있지만 그보다는 세상이 과연 어떤지가 더 궁금합니다. 하하하!"

신도원이 호쾌하게 웃었다.

"네가 명심해야 할 일은 흑화검성이 죽는 순간이 우리가 이 상복을 벗고 흑의를 입는 날이 되어야 한다는 것이다!"

"제가 어찌 신도세가의 장례 일을 잊겠습니까? 그럼 이만 가보겠습니다."

신도원은 노인을 향해 정중히 허리를 굽힌 후 곧바로 몸을 돌렸다.

노인은 그에게 조심하라는 당부 같은 것은 하지 않았다. 그가 이미 정령신공의 팔성 성취를 이루고 있음을 아는 까닭이다. 팔성의 정령신공은 신도세가의 마지막 가주 신도연과 같은 수위.

신도원의 뒷모습을 물끄러미 바라보던 노인은 잠시 생각에 잠겼다. 신도세가인들의 죽음을 뒤로하고 아우를 등에 업고 도망치던 그때를. 그리고 이후 아우와 함께 신도세가의 재건을 위해 사십 년의 세월을 인고와 번민으로 보냈던 시기도.

비급이 없는 신도세가의 무공을 잃지 않을 수 있었던 이유는 바퀴 의자에 앉아 있는 노인의 희생 때문이었다.

정령신공의 대법으로 대부분의 기억을 없애고 신도세가의 무공들로 채워야 했으니까. 노인의 아우가 각고의 노력으로 그의 신지를 회복시키긴 했지만 그 덕분에 노인은 평생토록 음지에서 생활을 해야 하는 신세가 됐다. 하지만 그래도 그들은 서로의 노력과 그 결실에 만족했다. 신도세가의 뒤를 이을 초절한 기재와 이를 뒷받침할 엄청난 세력이 있었기 때문이다.

노인과 그의 아우는 이 세력의 이름을 흑천(黑天)이라 지었다.

이윽고 옛 생각에서 빠져나온 노인이 슬며시 고개를 들고 하늘을 바라봤다.

"아무리 생각해도 내 그에게 너무 큰 죄를 저지른 것 같군."

하늘 위, 굳센 눈빛을 한 사군우가 자신을 바라보며 웃고 있었다.

드르륵!

방문이 열리고 한눈에도 병약해 보이는 노인이 들어왔다. 그는 그와 같은 백의를 입은 사내가 미는 바퀴 달린 의자에 앉아 있다. 하지만 노인의 의자를 미는 사내의 얼굴은 방을 덮은 어둠에 가려져 정확히 확인할 길이 없었다.

이윽고 촛불이 밝혀지자 어둠침침했던 방 안이 금세 환해졌다. 더불어 어둠에 가려졌던 사내의 얼굴이 확연하게 들어왔다.

선혜원의 원주 신의 화정이었다. 아니, 보다 정확히 말하자면 신도(申屠)라는 성을 지닌 화정이었다.

"원이는 떠났습니까?"

"그래."

"결국 녀석은 천주님의 고집마저 꺾었군요."

씁쓸한 표정으로 중얼거리던 화정이 다시 입을 열었다.

"대륙상회의 일은 잘 처리됐습니다."

"으음!"

노인은 화정의 공손한 음성에 살며시 고개를 끄덕이며 나직한 목소리로 입을 열었다.

"둘이 있을 때는 그냥 형이라 해라."

"알겠습니다, 형님."

화정은 노인의 말에 엷은 미소를 보이며 더욱 공손한 어조로 답했다. 노인은 화정에게 그런 대우를 받을 자격이 충분한 사람이었다. 이 사람이 바로 신도세가의 가주이자 흑천의 천주 신도화수(申屠華秀)였기 때문이다.

화정은 알고 있다. 수많은 고통과 번민 속에 보낸 세월이 신도화수에게 예순이라는 나이에 비해 훨씬 많은 주름살을 선사했음을. 그리고 갓난아기였던 자신을 키우느라 그 주름살이 더 많아졌다는 것도.

이윽고 곰곰이 생각에 잠겼던 신도화수가 천천히 입을 열었다.

"대륙상회의 섬서지부가 거의 궤멸되다시피 했으니 회주의 불평이 이만저만이 아니었겠구나."

"그렇지 않습니다. 대륙상회도 모두 형님께서 만드신 곳이 아닙니까? 그리고 조 회주는 그렇게 속 좁은 인물이 아닙니다. 또 오늘날의 자신을 만들어준 곳이 흑천임을 잊지 않고 있지요."

"그렇다면 다행이지만……."

신도화수의 안타까운 표정을 읽은 화정은 그의 얼굴에서 신도원을 떠올리며 살며시 미소를 머금었다.

'역시 그 녀석은 형님을 참 많이 닮은 것 같습니다.'

화정이 보기에 신도화수는 여린 성정을 지닌 사람이었다. 지난 사십 년간 암흑 속에서 생활하며 절치부심 복수의 칼날을 갈았던 사람치고는 무고한 인명이 살상되는 것을 무척이나 싫어했다.

신도화수에게 조금이라도 급한 성질이 있었다면 아마 지금보다 훨씬 예전에 중원무림은 시산혈해를 이뤘을 것이다.

현재 강서, 복건, 호남, 광동, 광서에 있는 단체란 단체들은 모두 흑천의 세력 하에 있고, 대륙상회와 선혜원 같은 무림 세력이 아닌 곳도 부지기수로 섞여 있다.

가히 천하의 삼분의 일에 달하는 최강의 세력, 아니, 백천맹이 무림 단체들로만 구성된 반면 흑천은 무림을 비롯한 관부와 상계, 심지어는 기녀와 농민에 이르기까지 각 방면의 모든 이들을 포함하고 있으니 일국(一國)으로 봐야 옳았다.

그런 초거대 세력이 세인들의 이목을 벗어날 수 있었던 이유는 신도화수와 신도화정이 신도세가의 피를 물려받았기 때문이라는 말로밖에는 설명할 수 없었다.

그 누구도 상상조차 할 수 없는 불가능한 일을 해낸 것이다.

그것도 이미 이십 년 전에.

이십 년 전 신도화수는 화정과 상의하여 육패를 멸할 계획을 수립했다. 하지만 하필이면 그때 황실에서 개최한 비무대회가 열렸고, 새로운 강자가 무림에 등장했다.

흑화검성 사군우.

신도화수는 그의 등장을 보며 속으로 염원했다. 그로 인해 중원무림의 질서가 새롭게 잡히기를. 그렇게만 되면 육패에 대한 은원은 조용히 해결을 볼 생각이었다. 이 때문에 흑천을 움직이지 않았던 것이다.

하지만 사군우는 일반인의 사고를 가진 인물이 아니었다. 황실에서 내린 무종사라는 정일품의 품계도, 천하제일인이라는 영광된 자리도 그에게는 아무것도 아니었다. 오히려 그는 천하에 자신의 이름을 떨친 순간부터 더욱 권력을 멀리하고 탐욕을 싫어했다.

하지만 지금은 다르다. 기다리다 못한 화정이 사군우를 처리했고, 천하의 질서가 새롭게 쓰여지기를 간절히 원하는 흑천 문도들의 염원이 폭발하기 일보 직전이었기 때문이다.

신도화수도 이를 잘 알고 있기에 거사를 일으키기로 결심했고, 지금은 황실까지 엎을지 아니면 무림에만 만족할지에 대한 고민만을 남겨두고 있었다. 그만큼 흑천의 힘은 강했다.

화정은 잠시 생각에 잠긴 신도화수를 보며 다시 입을 열었다.

"대륙상회는 이번 일로 인해 만수관을 용병으로 부릴 계기를 마련했습니다. 따라서 빙월마궁과 만수관의 싸움을 시작으로… 마도와 백천맹, 아니, 육패와의 싸움이 본격적으로 시작되는 겁니다."

"하지만 빙월마궁에 화약을 너무 많이 줬어. 호랑이에게 날개를 달아준 격이 됐으니 많은 사상자가 나올 거야."

"물론 그렇습니다. 하지만 그러지 않았다면 빙월마궁은 만수관의 상대가 되지 못할 겁니다. 이제 화양마부와 마사회를 어떤 방식으로 끌어들일지에 대한 일만 남았을 뿐입니다."

"으음!"

신도화수는 화정의 말에 얼굴을 찌푸렸다.

동생이었지만 그는 자신으로서도 도무지 짐작치 못할 심계를 지닌 동량(棟樑)이었다. 그가 아니었다면 결코 오늘날의 흑천과 같은 세력이 있지 못했으리라.

"그건 알아서 해라. 그보다는 네 제자가 좀 걸리는구나."

"그 아이는 저도 무척 안타깝게 생각합니다. 하지만 그가 아니었으면 음양마교주의 후대는 육패의 이목을 벗어날 수 없었을 것입니다.

어쩔 수 없는 선택이었지요."

신도화수가 힐끗 고개를 돌리자 화정이 씁쓸히 웃으며 답했다. 자신이 생각해도 타락수라 화무영은 아까운 기재였다. 하지만 음양마교주의 후대가 마령심공을 익히려면 백천맹의 이목을 돌려야 했고, 화무영 정도의 능력을 지닌 이가 아니었다면 그들을 따돌릴 가능성은 희박했다.

그것은 지금까지 화무영이 타락수라라는 이름으로 신출귀몰한 행적을 보이면서도 잡히지 않고 있는 것만 봐도 입증이 된 셈이었다.

"덕분에 음양마교주의 후대는 무사히 마령심공을 익히고 있습니다. 얼마 전 가장 안전한 곳으로 잠입했지요. 이후 마령심공을 완성하면 마도는 그의 밑으로 모여들 것입니다. 그렇게 되면 마도는 흑천이 세상에 등장하기 전에 충분한 분위기 조성을 해줄 수 있을 것입니다. 그래야 민심을 잡을 수 있으니까요. 하지만 화무영이 조금만 더 버텨준다면 다시 데리고 올 생각입니다. 여러모로 쓸모가 많은 아이지요."

"네가 그렇게까지 칭찬을 하는 건 흑화검성 이후로 처음 들어보는구나."

"하하! 그렇게 들으셨습니까? 하지만 제가 가장 인정하는 사람이 원이라는 것은 형님이 더 잘 아시지 않습니까?"

"말이 그렇게 되는가?"

신도화수가 오랜만에 흡족한 표정으로 미소 지었다. 신도화수가 웃을 수 있는 몇 안 되는 화제 중의 하나가 신도원의 얘기였다.

신도화정의 노력으로 어느 정도 몸을 회복하긴 했지만 후사를 이을 힘이 부족했던 신도화수는 크게 낙심했었다. 이에 화정은 자신의 모든 의술을 총동원하여 그의 정자를 받아낼 수 있었고, 천하 각지에서 고르고 고른 여인 중 하나에게 잉태를 시켰다.

그리고 산모가 된 그 여인에게 천하에서 가장 귀한 영약들을 먹이며 미리부터 태어날 아기의 신체를 강화시켰고, 아기가 태어난 직후에는 흑천에 속한 수많은 절정고수들에게 벌모세수(伐毛洗髓)를 받게 하여 무공을 익히기에 최적화된 신체로 만들었다. 흑화검성을 대신할 천하 제일인은 이미 이십 년 전부터 준비되고 있었던 것이다.

신도원은 성정은 아버지 신도화수의 것을 물려받았지만 지닌 재능과 지혜는 숙부 신도화정과 흡사했다. 어려서부터 다양한 학문을 두루 섭렵하고 십오 세의 나이에 이미 공력과 무공의 화후가 절정의 반열에 오르더니 이십 세에 이르자 전대 가주 신도연이 올랐었다는 정령신공의 팔성 성취에 오르는 기염을 토했다. 이에 신도화수와 신도화정은 흑천, 아니, 신도세가의 미래가 더욱 빛날 것임을 믿어 의심치 않았다.

"그래, 원이는 어디로 갈 것 같나?"

"제 예상대로라면 백천맹에 잠입할 겁니다."

"허허허! 백천맹이라? 제 발로 호랑이 굴에 들어가다니 역시 그 녀석답군."

신도화수가 흡족한 웃음을 머금자 화정이 재차 입을 열었다.

"원이는 오 년 전 죽은 곤륜의 운허 도인(雲虛道人)의 제자라고 칭할 것입니다."

"으음! 원이가 곤륜의 무공을 익혔던가?"

"후후후! 원이가 한 번 본 무공은 결코 잊어버리지 않는 천재라는 건 형님께서 더 잘 아시지 않습니까? 더욱이 자신과 비무를 하다 죽은 도사의 무공이니 더 말할 것도 없지요."

피식 웃으며 답하던 화정이 안색을 고치며 다시 말을 이었다.

"하지만 문제가 좀 생겼습니다."

"문제라니, 뭔가?"

신도화수는 화정이 좀처럼 이런 식으로 자신에게 상의를 하지 않는 다는 것을 아는 까닭에 의아한 시선을 던졌다. 신도화수의 눈길을 받은 화정이 살짝 눈썹을 찌푸리며 입을 열었다.

"신농방에서 우리에 대한 조사에 착수한 것 같습니다. 이미 그쪽 고수 수명이 우리 영역으로 들어와 있는 상태입니다. 야문에서 올 것으로 알았는데 공황식 그 여우 놈이 이번에는 제 예상을 깼습니다."

"그렇다면 육패가 우리의 존재를 눈치챘다는 얘긴데, 신농방에서 파견한 고수들을 처리한다고 해서 수습될 수 있는 문제는 아니겠군."

"바로 보셨습니다. 그나마 다행인 것은 야문은 지금 마도의 움직임을 주시하느라 이쪽에 신경을 못 쓰고 있다는 것입니다. 우리보다는 마도 쪽에 더욱 비중을 두고 있지요. 하지만 야문이 아니라 해도 신농방 역시 육패 중 하나. 만에 하나 우리 혹천의 꼬리가 그들에게 밝히기라도 하는 날에는 어쩔 수 없이 전면전으로 갈 수밖에 없습니다. 아무래도 머리를 하나 내세워야겠습니다."

"장강수로채를 생각하는 게냐?"

"예. 고육지계를 써야 할 것 같습니다. 그러니 형님께서도 빨리 결정을 내려주셨으면 합니다. 그래야 더 이상 우리 측에서 쓸데없는 피해를 줄일 수 있습니다."

"……"

신도화수는 일순 입을 다물었다. 화정의 촉구는 혹천의 상대를 무림으로 국한할 것인지, 아니면 황실까지 포함할 것인지에 대한 결정이었다.

중원무림만 상대하자면 굳이 장강수로채를 희생시키지 않고 바로 맞대응하면 그만이었지만 황실까지 상대하자면 조금 더 준비할 시간이 필요했다. 이는 섣불리 대답할 수 없는 문제였지만 그렇다고 대답을 미룰 만한 상황도 아니었다. 그렇게 시간을 끌다 보면 애꿎은 수하들만 죽어나갈 것이 분명했기에.

"휴우! 조금만 더 시간을 주게."

"알겠습니다. 하지만 언제까지 미루고 있을 수만은 없는 일입니다. 우리에게는 충분한 힘이 있습니다. 우리 가문의 은원을 정리하는 것뿐만 아니라 그동안 우리가 꿈꿔왔던 힘없는 자들도 행복하게 살 수 있는 세상을 만들 수 있는 힘이지요. 그것만 잊지 말아주십시오. 그럼 저는 이만 선혜원으로 돌아가 보겠습니다."

"그러게."

화정이 정중히 허리를 숙이고 물러나자 신도화수가 슬며시 눈을 감았다. 그의 말대로 결정은 빠르면 빠를수록 좋았다.

*   *   *

피시식……!

"이게 아저씨가 말한 화류패공이에요?"

"그래."

"겨우 요게요?"

사비는 사군우와 자신의 앞에 있는 고목을 번갈아 쳐다보며 설레설레 고개를 저었다.

사군우는 화류패공의 삼단계 경지를 시범 보인다면서 사비를 이끌고 숲으로 데려왔고, 오 장 앞에 서 있는 고목을 한참 바라보다가 손을 내밀었다. 하지만 사군우의 손이 다시 제자리로 돌아온 후에도 나무는 아무런 변화의 기미를 보이지 않았다. 단번에 쓰러진다든지, 내지는 순식간에 가루로 변하는 나무의 모습을 기대했던 사비로서는 무척 실망이 컸다.

"휴우! 정말 이것 때문에 내가 여태껏 생으로 손을 지지고 볶았던 거라고요?"

사비가 눈살을 찌푸리며 물었다.

"실망했냐?"

"그럼 기뻐서 환장이라도 할까요?"

"눈에 보이는 것만이 다가 아니다."

사군우는 싱긋이 웃으며 사비의 곁으로 다가왔다.

"눈에 보이지 않는 것이 전부도 아니죠."

사비가 입술을 삐쭉 내밀며 대꾸했다. 하지만 사군우는 여전히 웃는 얼굴로 나무를 손가락으로 가리켰다.

"극음의 빙공(氷功)을 쌓은 자의 장력은 나무의 생기가 소멸되기도 전에 나무를 가격할 수 있다. 장력에 맞는 순간 나무의 생명력은 그대로 정지한 상태가 되기 때문이지. 다시 말해 극음의 장력을 회수하면 나무는 다시 본래의 생기를 되찾을 수 있다는 뜻이다."

"그런데요?"

"난 극양의 화공(火功)을 익힌 자도 그런 능력이 가능하다고 본다. 화기에 상한 상처나 냉기로 인한 상처 모두 그 상세가 심하면 동일한 증상이 나타나는 것과 같은 이치다."

"그럼 아저씨가 저 나무의 생기를 멈춰놓기라도 했다는 거예요?"

사비가 어이없다는 투로 물었다. 아무리 대단한 무공을 익혔다고 해도 그것은 어디까지나 사람을 상하게 만드는 데 주안점이 있을 뿐 다시 살린다는 것에 대해서는 생각해 보지 않았기 때문이다.

"그래. 난 지금 이 나무의 생기를 잠시 정지시켜 놓았다. 하지만 나무가 지닌 끈질긴 생명력이 이를 가능케 해준 것일 뿐 나 역시 사람이나 동물에게 행할 수 있는 실력은 지니고 있지 않다."

사군우는 진지한 표정으로 고개를 끄덕였다.

"못 믿겠어요."

사비가 고개를 저었다.

"지금 이 나무의 속을 잘라보면 그 상태를 확인할 수 있을 것이다."

"그럼 어디 잘라봐요."

사비가 눈을 반짝이며 물었다. 이에 사군우는 살며시 고개를 저으며 답했다.

"아니, 시범을 보이기 위해 나무를 죽이는 짓은 옳지 않다. 한낱 나무에 불과하다는 말은 하지 마라. 어차피 이 땅에 뿌리를 박고 숨 쉬는 것은 사람이나 짐승, 그리고 나무나 바위 모두 마찬가지니까."

"후후후! 꼭 도를 닦는 사람처럼 말을 하네요."

"바로 보았다. 내가 네게 가르치려는 것은 살아 있는 것을 상하게 하는 살인술이 아니다. 살아 있는 것을 상하게도 살리기도 할 수 있는 무도(武道). 난 네게 그 무도를 가르치고자 한다. 물론 처음부터 그런 경지를 바라는 것은 어불성설일 테지만 마음가짐이 중요하다. 사람을 상하게 하는 것을 배우고자 하면 그 수준에 이를 뿐이지만 사람을 살리는 공부를 하고자 하면 더 나은 힘과 깨달음을 얻게 될 것이라는 얘기다."

"난 무도 같은 건 별로 흥미없어요. 그저 내 앞에서 깝죽대는 인간들이 없을 정도의 힘만 있으면 돼요."

쿵!

"윽! 이씨! 왜 때려요?"

사군우가 머리통을 쥐어박자 사비가 오만상을 찌푸리며 버럭 고함을 질렀다.

"남이 너를 업신여기지 않기를 바란다면 너부터 남을 함부로 대하지 말아야 하고, 남에게 존경을 받고 싶다면 너부터 남을 겸손한 마음으로 대해야 한다. 그러니 제대로 된 힘을 얻고 싶다면 제대로 된 자세부터 갖추도록 해라."

사군우가 근엄한 표정으로 말했다.

"휴우! 알았어요."

사비가 마지못해 고개를 끄덕이자 사군우가 피식 웃으며 다시 말을 이었다.

"그럼 이제 본격적으로 화류패공의 삼단계 수련에 들어가도록 하자. 내가 가르쳐 준 구결은 잊지 않고 있겠지?"

"네!"

"좋다. 이미 네 몸에는 충분한 화류패기가 있으니 그리 어렵지는 않을 것이다. 자, 그럼 이제부터 시범을 보이겠다."

"또요?"

"아까는 네게 무도를 얘기해 주고 싶어서였고 이번이 진짜다. 그럼 준비해라."

"잉? 무슨 준비요?"

"내 화류패기를 받아보라는 거다."

사비가 고개를 갸웃거리며 묻자 사군우가 피식 웃으며 답했다.

"헉! 직접 몸으로 그걸 받으라고요?"

"말하지 않았느냐? 이미 네 몸은 화류패기로 충만하다고. 아마 나를 제외하면 너보다 더 맷집이 좋은 사람은 세상에 흔치 않을 것이다. 그러니 웬만한 공격은 충분히 받을 수 있을 것이야."

사군우가 고개를 끄덕이며 자신을 향해 다가오자 사비가 대경하며 뒤로 물러섰다.

"자, 잠깐만요!"

"왜 그러느냐?"

"지금 정말로 나를 치려는 거예요?"

"물론. 이전에도 몇 번 겪어봤지 않느냐?"

"그럼 그때하고 같은 강도로 때릴 건가요?"

"그 정도로 어찌 수련이 되겠느냐?"

"헥! 아저씨! 이러지 말고 우리 대화로……!"

퍼억!

입을 열던 사비는 사군우의 주먹에 맞고 나가떨어졌다. 하지만 그는 통증을 느낄 새도 없이 혼비백산하고 말았다. 사군우의 주먹에서 뻗어 나온 화류패기에 의해 전신에 불이 붙었기 때문이다.

화르륵!

"으아! 부, 불이야!"

"하하하! 그 정도 불은 이미 흡수할 수 있는 방법을 가르쳐 준 것으로 아는데 벌써 잊은 것이냐?"

사군우가 실소를 머금고 말하자 사비는 불현듯 떠오른 생각에 급히 화류패공의 구결을 운용했다.

이윽고 사비의 전신에 붙었던 불이 그의 양팔을 타고 손으로 빨려 들어갔다.

"나의 공격에는 불이 담겨 있었지만 무림인들의 공격에 담긴 것들은 불뿐만이 아니라 실로 다양한 성질의 기운일 것이다. 하지만 그것이 물리적인 힘이 아니라 내가진기의 범주에 드는 것들이라면 그런 공격력들은 지금 했듯이 흡수하기만 하면 된다. 이것이 만류흡(萬流吸)이라 부르는 화류패공의 방어법 중 하나란다. 알아들었느냐?"

"네."

사비는 엉겁결에 고개를 끄덕이긴 했지만 속으로는 불신의 마음이 요동을 쳤다.

'다른 사람들이 아저씨처럼 내게 공격력을 흡수할 시간을 줄 것 같아요? 뭐 이런 지랄 같은 방어법이 다 있대? 이크!'

사비는 얼굴을 찌푸리며 급히 허리를 숙였다. 사군우가 다시 양장을 쭉 내밀었기 때문이다.

슈우욱!

"흡!"

사비는 짧은 침음성을 내뱉으며 사군우가 던진 불덩어리를 피했다. 하지만 간발의 차로 사비를 비껴갔던 불덩어리는 공중에서 급선회하며 다시 사비를 향해 짓처들었다. 이에 사비는 반사적으로 양팔을 들어 올리며 사군우의 공세를 막았다.

퍼어엉!

"크악! 앗! 뜨거!"

사비의 손과 사군우의 장이 붙음과 동시에 사비의 몸에 또다시 불이 붙었다. 이를 보고 놀란 외침을 터뜨리던 사비는 이내 정신을 수습하며 급히 양 손바닥으로 그 불덩어리를 흡수했다.

"잘했다!"

이를 본 사군우가 흐뭇하게 웃으며 고개를 끄덕였다. 역시 사비는 자신의 예상대로 엄청나게 빠른 속도로 만류흡을 익혀가고 있었다.

"오늘은 첫날이잖아요! 미리 말이라도 좀 해주고 공격하면 안 돼요?"

사비가 제 옷에 붙은 불을 끄며 툴툴거렸다.

"언제 공격할 것이라는 예고를 하는 적은 적이 아니다."

"하지만 이건 너무 불공평하다고요!"

"불공평하다니? 그게 무슨 말이냐?"

"막는 방법만 가르쳐 주면 어떻게 해요? 피하는 법도 가르쳐 주고 반격하는 법도 가르쳐 줘야지요! 안 그래요?"

"흠! 네 말도 일리는 있다만……."

사군우가 흥미로운 표정으로 고개를 끄덕였다. 자신은 사비에게 실전 경험을 통해 초식을 깨닫게 할 생각이었는데 사비는 모든 것을 다 배운 뒤 정식으로 겨루자는 얘기를 하고 있다.

'만류흡을 빠르게 받아들이고 있으니 그것도 불가능한 방법은 아닐 테지. 하지만 지금은 일단 맞으면서 배우는 게 좋다. 그래야 네가 어느 정도의 자질을 지니고 있는지 확인할 수 있으니까. 후후후!'

사군우는 호기심이 일었다. 사비는 자식이기 이전에 한 사람의 무인으로서도 뛰어난 자질을 지니고 있었다. 막말로 싸움을 위해 타고난 감각을 지녔다고나 할까.

학문은 모르겠지만 무공과 관련된 것이라면 범인들과는 차원이 다를 정도의 빠른 이해력을 발휘하는 사비. 물론 사비의 제안대로 화류패기로 공격을 하는 법이나 화류패기를 양손에 모아 병기처럼 쓰는 법, 또 방어법과 피하는 법 등을 가르쳐 주고 난 후 이런 실전 경험을 익히게 해도 무리는 없을 테지만 사군우는 그렇게 하고 싶지 않았다.

사비도 자신이 했던 것처럼 똑같은 방식으로 수련시키고 싶었기 때문이다. 화류패공을 익히고 중원에 나와 삼류무사들부터 시작해 절정 고수에 이르기까지 차례차례 싸워가며 배운 자신처럼 아들도 그렇게 키우고 싶었다. 그것은 아버지로서의 욕심이었다.

'아들아, 사람들은 내가 천하제일인의 자리를 차지하기 위해 비무대회에 나간 것으로 알지만 그건 큰 오산이란다. 난 배우기 위해 나갔다. 많은 사람과 손을 섞고 내가 익힌 화류패공을 더 갈고닦기 위해 비무대회에 출전했던 거지. 이제 너에게 그 기회를 주고 싶구나. 그래서 내가 경험한 모든 무학과 경험을 알려주고 싶다. 그렇게 되면 너도 내가 그랬던 것처럼 너만의 무학을 만들어갈 수 있을 테니까.'

사군우는 속으로 마음의 결정을 내리고 이내 고개를 들었다. 사비가 기대에 찬 눈초리로 자신을 바라보고 있었다.

"네 제안은 거부하겠다."

"엥?"

사군우는 사비의 실망 가득한 얼굴을 보며 피식 웃었다.

"내 무공을 배우기 전에 우선 네 무공부터 직접 개발해라."

슉!

말이 끝남과 동시에 사군우가 뻗은 손은 이전보다 훨씬 빠른 속도로 움직였다. 이에 사비는 입술을 질끈 깨물며 있는 힘껏 손을 뻗었다.

"이 미친 인간아! 내가 죽고 싶어서 무공을 가르쳐 달라고 한 줄 알아?"

쾅!

사군우의 장력을 받고 온몸에 또다시 불이 붙은 사비가 뒤로 나가떨어졌다. 하지만 그의 얼굴에는 미소가 번져 갔다.

'놀랍군. 가르쳐 주지도 않았는데 화류패기를 양팔에 모으는 방법을 본능적으로 깨달았어.'

사군우는 새까맣게 타 들어간 자신의 손바닥을 보며 흡족한 미소를 머금었다.

사비는 부지불식간 자신의 장을 보고 그대로 흉내 냈다. 아직은 많이 미흡하고 부족했지만 처음치고는 꽤 괜찮은 위력이었다.

"하하하! 녀석! 그런대로 쓸 만하구나! 하지만 화류패기는 이렇게 쓰는 거란다!"

사군우가 삼성의 화류패기를 두 주먹에 담고 몸을 날렸다.

사비는 적색으로 물든 사군우의 주먹을 보고 자리에서 벌떡 일어나며 소리쳤다.

"좋아! 상대해 주지! 대신……!"

사비를 향해 주먹을 날리려던 사군우가 의아한 눈초리로 잠시 움직임을 멈췄다.

"그건 다음 기회에!"

쌩!

말을 마친 사비가 혼신의 힘을 다해 도망치기 시작했다.

"헛! 저 녀석이!"

사군우는 하도 어이가 없어 헛바람을 집어삼켰다. 하지만 그는 기분이 좋았다. 세 번에 걸친 자신의 공세를 고스란히 받고도 멀쩡한 모습으로 도망치는 사비가 정말이지, 너무도 대견했다.

"현화가 아들을 낳은 게 아니라 천하에 다시없을 괴물을 낳았구나! 하하하하!"

그의 호쾌한 소성이 숲 속에 메아리쳐 갔다.

|第二章|
무인지언(武人之言)

"백일창(百日槍), 천일도(千日刀), 만일검(萬日劍)이라 한다. 그만큼 검을 수련하는 것이 어렵다는 뜻이다. 하지만 그보다는 검을 능숙하게 쓰게 되면 창이나 도 같은 무기를 다루는 이들보다 상대적으로 강한 위력을 발휘할 수 있기 때문에 나온 말이다. 여기서 위력이란 찌르고 베는 힘의 강도를 말하는 것이 아니다. 상대를 얼마나 효과적으로 공격하고 제압할 수 있느냐의 차이를 말하는 것이지."

사군우는 자신의 앞에 가부좌를 틀고 앉아 있는 사비를 보며 다시 말을 이었다.

"창은 속(速)과 정확(正確)이 생명이다. 목표로 한 곳을 얼마나 빨리 정확하게 찌를 수 있느냐가 관건이지. 반면 도는 패력(覇力)이다. 길이와 크기에 따라 대도(大刀)와 중도(中刀), 소도(小刀) 등으로 나뉘지만 한 날을 사용한다는 점에서는 모두 같은 류라 할 수 있다. 또한 도는 베는 병기다. 시전자에 따라 다른 방법을 사용하기도 하지만 도의 목적은 한쪽에 위치한 날로 목표물을 베는 데 있다. 지닌 무게와 크기에 따라 다양한 형태의 힘의 배분이 필요한 경우도 있지만 관건은 얼마나 강한 힘을 도의 날에 담을 수 있느냐이다. 그래서 창이 속과 정확을 골고루 수련해야 하는 반면 도는 힘을 쌓는 데 치우칠 수밖에 없다. 하지만 오랜 수련을 통해 키울 수 있는 속과 정이라는 성취에 비해 힘의 성취는 타고나는 것을 무시할 수 없다. 그러나 검은 다르다. 검은 도와 달리 양날을 지니고 있으며 어느 한쪽으로 치우침이 없다. 그래서 검을 군자의 무기, 중용(中庸)의 덕이 담긴 병기라 부른다. 또한 검은 정직하다. 속, 정, 역, 어느 것 하나 중요하지 않은 것이 없다. 따라서 타고난 자질보다 얼마나 많은 공을 들였느냐에 따라 그 성취의 차이가 난다. 받아라!"

사군우는 사비를 향해 손을 내밀었다.

"받긴 받는데……."

사비의 표정에 언짢은 기색이 역력하다. 그도 그럴 것이, 사군우가 장황하게 설명하며 자신에게 내민 검이 너무나도 볼품이 없었기 때문이다.

삼 척 이 촌에 손가락 두 개를 합친 두께를 지닌 몽둥이. 그것은 날이라고는 찾아볼래야 찾아볼 수 없는 시커멓고 뭉툭한 쇠몽둥이에 불과했다. 사군우의 말이 아니었다면 결코 검이라 부를 수도 없는 물건.

"이런 귀한 걸 제가 받아도 될까요?"

"물론 그 검은 천하에 다시없을 귀한 것이다. 하지만 네가 조금이라도 더 빠른 기간에 좋은 성취를 내기 위해서는 매우 요긴할 것이다. 더욱이 너의 화류패기를 감당할 수 있으려면 그 정도는 되어야겠지."

사비가 되는대로 지껄인 말에 사군우는 정말 주기 아깝다는 투로 고개를 끄덕였다. 이에 사비는 속으로 더욱 황당했다.

'참나! 복날 개도 못 팰 쇠몽둥이 하나 주면서 생색은……'

사비는 사군우의 등에 멘 장검을 힐끔 쳐다보며 천천히 입을 열었다.

"저어… 이런 귀한 것보다는 아저씨가 메고 있는 그걸 쓰는 게 어떨까요?"

"이거 말이냐?"

사군우가 의외라는 표정으로 힐끗 고개를 돌려 장검으로 시선을 옮겼다.

이가 빠진 낡은 검이었다. 자신의 신분을 감추기 위해 애검을 숨기고 시전에서 산 것이었다. 하지만 사비에게는 자신이 지닌 쇠몽둥이에 비해 꽤 그럴듯하게 보이는 검이었다.

"물론 나도 그러고 싶다만 네겐 아직 이걸 쓸 만한 실력이 없다. 그러니 더 이상 사양하지 말고 흑화(黑花)를 사용하도록 해라."

"이름이 흑화예요?"

사비가 사군우의 손에 들린 쇠몽둥이를 빤히 쳐다보며 물었다. 이에 사군우가 눈썹을 찌푸리며 입을 열었다.

"녀석아, 팔 떨어지겠다!"

"에이! 알았어요!"

사비가 마지못해 손을 내밀었다.

"헉!"

쿵!

사군우에게서 쇠몽둥이를 받아 든 사비가 경악성을 터뜨리며 급히 뒤로 물러났다. 그의 발 아래로 떨어진 쇠몽둥이가 땅에 푹 박혀 들어갔기 때문이다.

"도대체 뭘로 만들었기에 이렇게 무거운 거죠?"

이전과 달리 사비는 놀란 눈으로 사군우를 쳐다봤다. 쇠몽둥이를 건네받은 순간 자신이 그 무게를 감당하지 못하고 떨어뜨렸다는 사실이 도무지 믿기지 않았다.

사비는 자신이 미처 흑화라 불린 쇠몽둥이의 무게조차 가늠해 보지 못했다는 생각에 더욱 크게 놀라며 사군우의 입술을 뚫어져라 응시했다.

이윽고 사군우가 피식 웃으며 흑화검을 쑥 뽑아 들었다.

"용암에도 녹지 않는다는 만년현철(萬年玄鐵)로 만든 검이다. 날을 세우고 싶어도 녹일 수가 없으니 이런 모양새를 하고 있지만 화류패기를 주입하기에는 이만한 검도 없다."

사군우는 흑화검을 붕붕 돌려보며 피식 웃었다.

"그거 어디서 나셨어요?"

"흑화일심대라고 나와 안면이 있는 친구들이 만든 모임이 있다. 그 친구들 중 몇이 신강 땅에서 입수한 것이란다. 다른 건 모두 사양했지만 이것만큼은 나도 욕심이 나서 거절할 수가 없었다. 지하 천 장 밑 용암 속에서 취한 것이니 값으로 따질 수 없을 정도로 귀한 것이다."

사비가 호기심 어린 눈초리로 묻자 사군우가 피식 웃으며 답했다.

흑화일심대에게 처음이자 마지막으로 받은 선물. 사군우는 물질적인 욕심을 멀리하는 자신조차 사양치 못할 정도로 귀한 검을 사비에게 주고 있는 것이다.

"그런데 이렇게 귀한 걸 그동안 어디다 놓고 다니셨죠? 그전에는 못 본 것 같은데……."

"그건 간단한 일이다. 이렇게 화류패기를 주입하기만 하면……."

사비가 고개를 갸웃거리자 사군우가 흑화검을 허리로 가져갔다.

철컥!

순간, 사군우의 손에 의해 휘어진 흑화검이 요대처럼 그의 허리를 감았다.

"커억! 그게 어떻게 거기 감기는 거죠?"

사비가 불신의 기색이 역력한 눈으로 묻자 사군우가 다시 흑화검을 허리에서 풀며 입을 열었다.

"화류패기를 주입해 부드럽게 만들면 된다. 다른 검이라면 제 상태로 회복이 되지 않지만 이 흑화라는 놈은 화류패기가 소멸하면 다시 제 모양으로 회복하는 탄성을 지닌 놈이거든. 하지만 헐렁하게 매달면 남아날 옷이 없을 테니 항상 바짝 조여야 한다."

"그런데 이걸 왜 제게?"

사비가 물었다. 처음의 물음은 흑화검의 가치를 몰라서 물었던 것이고 지금은 이렇게 소중한 것을 왜 자신에게 주는지에 대한 물음이었다.

"말하지 않았느냐? 화류패기를 견디려면 흑화검만한 물건이 없다고. 또 네가 다른 일반적인 검에 화류패기를 주입하려면 적어도 화류패공의 사단계 이상에는 올라 있어야 한다. 그래야 검에 주입하는 화류패기의 양을 조절할 수 있으니까 말이다."

"아무리 그래도 그렇지, 이렇게 귀한 걸 아무 대가 없이 받을 수야 없지요."

사비가 고개를 저으며 흑화검을 다시 건네자 사군우의 눈에 이채가 어렸다.

'이 녀석, 진심으로 흑화검에 탐을 내지 않고 있군.'

사군우는 사비가 흑화검에 욕심을 내지 않는 것에 이해가 가지 않았다. 자신이 검에 욕심을 내는 것처럼 사비도 마찬가지일 거라는 착각 때문이었다. 사군우는 사비가 벌써부터 흑화검의 무게에 질려 있는 상태라는 것을 미처 짐작치 못했다.

"그럼 그냥 네가 좋아서라고 해두자."

"예? 내가 좋다니… 징그럽게 그게 무슨 말이에요?"

사군우의 말에 사비가 거슴츠레한 눈으로 물었다.

"말이 그렇다는 거다. 싫으면 관두어라. 어리석은 것. 흑화검을 준 이유가 검술을 가르치기 위해서라는 말을 꼭 직접 해야 알아듣겠냐?"

"아! 그럼 진작 그렇게 말씀하시지 않고요. 저는 빙빙 돌려 말하는 거 싫어한다고 했잖아요. 그럼 주세요."

사비가 환한 웃음을 머금으며 손을 내밀었다.

"일단 그전에 약속 하나 하자."

"무슨 약속이요?"

사군우가 자신에게 흑화검을 내밀며 말하자 사비가 고개를 갸웃거리며 물었다.

"내가 됐다고 할 때까지 결코 이 검을 네 몸에서 떼는 일이 없어야 한다."

"그 정도쯤이야. 뭐, 알았어요."

사비가 고개를 끄덕이며 흔쾌히 수락했다.

"그리고 검을 완벽히 네 것으로 만들 수 있을 때까지 너는 결코 손을 사용해서는 안 된다. 즉, 앞으로 이 검을 네 손 대신 쓰라는 말이다."

"엥? 검을 손처럼 쓰라고요? 그럼 밥은 어떻게 먹어요?"

"이 검으로 먹어라."

"청소는요? 빨래도 해야 되는데요?"

"검으로 해라."

"미치겠네!"

사군우의 단호한 음성에 사비가 한 손을 이마로 가져가며 얼굴을 찌푸렸다. 검을 손처럼 사용하라는 사군우의 말을 이제야 알아들은 것이다.

"그리고……."

"또 있어요?"

사비가 놀란 눈으로 묻자 사군우가 고개를 끄덕이며 다시 입을 열었다.

"말도 검으로 해라. 무인은 검으로 말한다."

"으음! 언제까지요?"

"검이 너와 친구가 될 때까지."

"그게 언젠데요?"

"그건 검이 네게 말해줄 것이다."

"휴우! 알았어요! 까짓거, 해보죠!"

사비가 짧은 한숨을 토하며 다가오자 사군우가 피식 웃으며 검을 내밀었다.

"이 흑화와 네가 친구가 됐을 때 다른 것을 가르쳐 주마. 그전까지는 절대 손에서 이 검을 떼서는 안 된다. 다른 이에게는 독이지만 네게는 천하에 다시없을 영약과 같은 것이니……."

"잠깐만요!"

사비의 외침에 흑화검을 내밀던 사군우의 손이 멈췄다.

"그거 저기다 기대놓으세요."

사비가 우측 바위를 가리키자 사군우는 그의 말뜻을 알아듣고 고개를 끄덕이며 흑화검을 살며시 바위에 기대어놓았다.

"당분간은 밥하기가 수월치 않을 것이니 내가 하도록 하마. 그때까지는 흑화와 친해지기 위해 많은 노력을 해야 할 게다."

말을 마친 사군우가 몸을 돌리고 자리를 뜨자 그의 뒷모습을 물끄러미 바라보던 사비가 천천히 흑화검을 향해 고개를 돌렸다.

"이거 더럽게 무겁던데 어쩌면 좋지?"

사비는 한 손으로 턱을 어루만지며 생각에 잠겼다. 앞으로의 일이 암담하긴 했지만 우선은 저 검을 어떻게 드느냐 하는 문제부터 해결을 해야 했다.

척!

사비의 손이 흑화검에 닿았다. 좀 전에는 미처 느끼지 못했던 한기가 손끝을 통해 전해왔다. 하지만 그 한기 속에 또 다른 기운이 존재하고 있었다.

'이건!'

사비는 번개를 맞은 사람마냥 전신을 부르르 떨었다. 흑화검의 검신을 타고 자신의 손으로 흘러들어 오는 기운이 화류패기였기 때문이다.

'그렇군. 다른 사람에게는 독이지만 내겐 영약과 같다는 거, 이것 때문이었어.'

사군우가 자신에게 흑화검을 지니고 있으라고 한 이유를 비로소 깨달은 사비는 흑화검을 꼭 쥐며 사군우를 향해 고개를 돌렸다.

사군우는 이젠 완전히 자신의 자리가 된 관제상의 머리 위에 앉아 명상에 잠겨 있었다. 이에 사비는 숨을 크게 들이마신 후 흑화검을 쥔

손에 천천히 힘을 가했다.

"으샤!"

끙 소리를 내며 흑화검을 들어 올린 사비는 금세 얼굴이 새빨개져 다시 흑화검을 바닥에 내려놓았다.

"도대체 무게가 얼마나 나가는 거야?"

사비는 흑화검을 바라보며 당혹스런 얼굴로 고개를 저었다. 처음에는 엉겁결에 놓쳤다고 해도 이번에는 단단히 마음을 먹고 힘을 줬다. 하지만 흑화검은 너무도 무거웠다. 이 정도 무게라면 들고 다니기는커녕 끌고 다니는 것조차 어려울 것 같았다. 이에 잠시 망설이던 사비가 사군우의 눈치를 힐끔 살피며 흑화검을 향해 다시 손을 내밀었다.

"반갑다. 난 사비라고 해."

사비가 흑화검에 입을 대고 속삭였다.

"지금 뭐 하는 게냐?"

관제상 위에 앉아 있던 사군우가 눈을 번쩍 뜨고 물었다. 이에 사비는 어깨를 움찔하며 천천히 입을 열었다.

"이 검하고 친구가 되라면서요?"

"헛!"

사군우는 사비의 어이없는 대답에 헛바람을 집어삼키며 이내 두 눈을 질끈 감았다.

어떨 때는 천하에 다시없을 뛰어난 기재처럼 보이다가도 간혹 보이는 저런 엉뚱한 행동은 사군우의 머리를 지끈거리게 했다.

'끄응! 저 녀석, 아마 일부러 저러는 걸 거야. 내 속을 긁어서 흑화검 드는 방법을 알아내려는 수작이 틀림없어.'

사군우는 속으로 고개를 끄덕이며 사비가 어떤 행동을 하든 신경을 끊기로 결심했다. 이에 사군우의 입에서 아무 말이라도 튀어나오기만 기다리던 사비는 그가 아무 말을 하지 않자 이내 실망한 표정으로 다시 흑화검을 향해 시선을 옮겼다.

'저 인간 성격에 내가 꽁수 쓰는 걸 보고 있을 리 없으니 결국 정공법뿐이 없다는 말인데… 가만, 혹시 불에 손 지졌을 때처럼 무슨 구결이 있는 거 아닐까?'

사비는 눈을 반짝이며 다시 흑화검으로 손을 가져갔다.

우우웅!

전류처럼 전신으로 전해오는 화류패기. 역시 이번에도 흑화검에서는 화류패기가 뿜어져 나왔다. 그것은 만 년 동안 축적된 용암의 화기였다.

'아까 어떻게 했더라?'

사비는 고개를 갸웃거리며 좀 전에 사군우에게 반격했을 당시의 일을 떠올려 봤다.

'아까 분명히 양손을 통해 화류패기가 밖으로 나온 것 같았는데, 이렇게 했었나?'

사비는 흑화검을 부여잡은 양손으로 화류패기를 쏟아 부으려는 시도를 시작했다. 하지만 방법을 모르니 전혀 진도가 나가지 않았다. 이에 사비는 그 자리에 털썩 주저앉고 고민하기 시작했다.

그사이 눈을 뜬 사군우는 사비를 바라보며 한 가닥 미소를 머금었다.

'같은 무공이나 구결이라도 사람과 상황에 따라 적합한 방법이 따로 있는 것이다. 나는 이미 네게 길을 알려주었다. 그러니 이제 그 길을 개척하는 것은 너의 몫이다.'

사군우는 사비가 화류패기를 흘려 넣어야 흑화검을 다룰 수 있다는 사실을 깨달았음을 직감했다.

물론 사군우는 흑화검에 화류패기를 불어넣는 방법을 알고 있다. 하지만 그것은 본인이 창안한 그만의 방법일 뿐이었다. 화류패공에 흑화검에 진기를 불어넣는 방법까지 기록되어 있는 것은 아니었으니까.

사군우는 사비에게 어떤 길을 가야 할지가 아니라 본인 스스로 길을 만들고 개척하는 방법을 가르쳐 주고 싶었다.

'사비야, 시간이 얼마 남지 않았구나. 이제 길어야 삼 년이란다. 그 안에 너를 절정고수로 만들어준다는 말은 하지 못하겠다. 난 신이 아니니까. 하지만 어떻게 해야 스스로 그런 경지에 이를 수 있을지는 알려줄 수 있다. 내가 했으니 너도 할 수 있을 터. 너는 내 아들이니까.'

사군우는 확신했다. 사비라면, 그가 자신의 아들이라면 해낼 수 있을 것이라고.

"바보! 이런 고민을 할 필요가 없잖아!"

사군우가 속으로 자신의 성공을 비는 사이 고민을 거듭하던 사비가 무릎을 탁 치며 자리에서 벌떡 일어났다.

그와 동시에 사군우가 기대에 찬 눈초리로 사비를 향해 힐끗 고개를 돌렸다. 하지만 이내 그의 얼굴에는 어이없는 실소가 담겼다. 사비가 흑화검을 들기 위해 낑낑거리고 있었기 때문이다. 사비가 어쩌면 화류패기를 이용해 흑화검을 들 수 있을지도 모른다는 그의 기대감이 여지없이 무너지는 순간이었다.

'휴우! 정녕 저 인간이 내 아들이란 말인가?'

사군우는 속으로 설레설레 고개를 저으며 장탄식을 토했다. 하지만 잠시 후 그의 입가로 흐뭇한 미소가 스치고 지나갔다.

'후후후! 녀석. 그래, 그 방법도 괜찮지. 하지만 생각보다는 꽤 무거울 게다. 보기엔 그래도 무게가 백사십 근이나 나가는 놈이니까. 후후후!'

사군우는 피식 웃으며 다시 사비를 향해 고개를 돌렸다.

"으랏차차!"

두 손으로 흑화검의 양 끝을 잡은 사비가 흑화검을 머리 위로 번쩍 들어 올리며 기합성을 토하고 있었다.

백리준의 눈이 경악으로 물들었다.

"저것은!"

관제묘를 찾은 백리준은 사비의 손에 쥐어진 검이 누구의 것인지 잘 알고 있었다.

흑화검(黑花劍). 자신을 비롯한 동료 십수 인이 힘을 합쳐 입수한 희대의 신물(神物)로 사군우에게 흑화일심대 대주의 징표로 헌사하기 위해 구해온 검의 이름이다.

백리준은 열심히 염두를 굴렸다.

흑화검성 사군우의 독문병기인 흑화검이 사비의 손에 들려 있다는 것이 무엇을 의미할까?

하지만 사군우가 저 젊은이를 전인으로 삼았을지도 모른다는 생각 외에는 뚜렷한 답이 떠오르지 않았다.

"그렇다면 직접 물어보는 수밖에……."

백리준이 사비를 향해 막 몸을 날리려는 순간이었다.

"오랜만이군!"

등 뒤에서 들린 사군우의 음성에 백리준의 신형이 흠칫 떨렸다.

"대, 대형!"

백리준이 고개를 홱 돌렸다. 그의 눈에 비친 사군우가 희미하게 미소 짓고 있었다.

"미안하네."

"……."

사군우의 말에 백리준은 일순 입을 열지 못했다. 미안하다는 말은 사군우의 입에서 튀어나올 말이 아니다.

천하제일인이자 흑화일심대의 대주 사군우가 하는 일이라면 어떠한 일이라도 가능한 일이고 순리다. 백리준을 비롯한 흑화일심대에게 있어 그의 존재는 하늘이었기 때문이다.

"저어……."

백리준은 차마 입이 떨어지지 않았다. 자신을 바라보며 웃고 있는 사군우를 보고 있자니 그냥 마음이 편하고 든든한 기분이 들 뿐 다른 어떤 생각도 떠오르지 않았다.

"난 지금 몸이 좋지 않은 상태야. 자네들에게는 말을 해야 했지만 여의치가 않았네. 지금은 그저 망아지 같은 녀석 하나를 가르치는 재미로 살고 있네."

"누굽니까?"

백리준은 사군우의 몇 마디 말로 일련의 상황을 짐작했다. 사군우의 몸이 정상이 아니라면 이는 중원무림에 그의 은퇴보다 더욱 막대한 혼란을 초래할 것이다. 사군우가 어느 한쪽으로 치우치지 않았기에 중원이 균형을 유지할 수 있었다는 것은 만인이 다 알고 있는 사실.

사군우가 단순히 은퇴를 한 것이라면 천하의 이권을 다투는 세력들은 여전히 그의 눈치를 볼 수밖에 없을 테지만 그가 힘을 잃었기 때문이라는 사실이 알려지게 되면 얘기는 완전히 달라진다.

사군우는 이를 알기에 조용히 무림에서 사라졌던 것이다. 하지만 백리준은 그보다 다른 것에 초점을 맞추고 있었다. 자신이 아는 사군우라면 결코 독에 중독되거나 주화입마 같은 것을 당할 사람이 아니다. 그는 무(武)에 있어서는 어느 누구보다 완벽하고 철저한 천재였기에.

즉, 사군우의 몸이 정상이 아니라는 것은 그 스스로의 실수나 어쩔 수 없는 상황이기보다는 다른 이의 암산일 가능성이 크다는 것이 백리준의 지론이었다. 그렇기에 무턱대고 누가 사군우를 해하였는지부터 물었다.

"내 잘못이지. 친구를 잘못 둔 내 잘못이야."

사군우는 씁쓸한 표정으로 답하며 백리준을 향해 천천히 걸음을 옮겼다.

"으음!"

백리준은 다가오는 사군우를 보며 침음성을 삼켰다. 사군우의 상태가 어떤가 보기 위해 슬며시 진기를 흘려보냈던 그는 사군우의 몸짓 한 번에 오싹한 한기와 강렬한 화기가 동시에 자신의 몸으로 침범하자 사군우가 여전히 거악(巨嶽)임을 새삼 확인했다.

하지만 친구를 잘못 됐다는 사군우의 말은 그로서도 무엇을 뜻하는지 도무지 짐작이 가지 않았다.

사군우에게는 친구가 많다. 진정한 친구라 할 수 있는 자가 몇 명일지는 정확히 모르지만 그의 주변에는 항상 기인이사가 넘쳐났다. 따라서 사군우를 해한 흉수가 누구일지는 그가 직접 얘기하지 않으면 알 수 없는 일이었다.

'다행이야. 아직은 이전 못잖은 기도를 보이신다. 하지만 도대체 누가?'

백리준은 깊은 의문이 담긴 눈빛으로 천천히 고개를 들었다.

"그래도 저희를 불러주셨어야 했습니다."

사군우는 백리준의 음성에 깃든 서운함을 느끼며 고개를 끄덕였다.

"그래, 그래야 했어. 하지만 지금이라도 봤으니 됐지 않은가? 난 자네들이 날 찾아줄 것이라 믿고 있었네. 후후후!"

"저희가 어떻게 하기를 원하십니까?"

백리준은 사군우와 두 눈을 맞추며 물었다.

사군우는 안다.

그가 지금 묻는 것은 흑화일심대의 장래에 대한 물음임을. 비록 자신은 흑화일심대를 외면하고 있었지만 흑화검을 받는 그 순간부터 자신과 흑화일심대는 떨어질래야 떨어질 수 없는 사이가 됐음을.

이윽고 사군우가 천천히 입술을 뗐다.

"이어가야지. 흑화일심대가 명리를 탐해 모인 이들의 모임이 아니라는 것은 어느 누구보다 내가 더 잘 알고 있네. 그런 순수한 장부의 뜻을 끝까지 저버릴 수는 없지."

사군우의 말에 백리준의 얼굴에 감격의 빛이 스쳤다. 이를 본 사군우가 씁쓸한 표정을 지으며 다시 입을 열었다.

"하지만 나는 아니네. 난 그럴 능력도 자격도 없어."

"대형이 자격이 없다면 어느 누가……."

백리준은 당혹스런 얼굴로 고개를 저었다. 하지만 사군우는 한 손을 저으며 급히 그의 말을 가로챘다.

"시간을 주게. 자네가 여전히 날 믿어준다면, 아직도 나를 대형으로 여기고 있다면… 내 부탁 하나만 하지."

"말씀하십시오."

백리준이 공손한 어조로 답하며 사군우의 얼굴을 바라봤다.

"흑화일심대의 뜻을 이어갈 만한 그릇을 빚고 있네. 대기(大器)가 될 지 옹기(甕器)가 될지는 아직 확신할 수 없지만 지닌 가능성만큼은 하 늘을 담을 만한 그릇이지."

백리준은 사군우의 말을 들으며 무의식 중에 사비가 있는 방향으로 고개를 틀었다.

사비는 자신과 사군우가 대화를 나누고 있다는 것을 미처 짐작도 하 지 못한 채 흑화검을 들기 위해 낑낑거리고 있었다.

"앞으로 저 녀석을 다듬으려면 시간이 촉박하네. 다른 이들의 발길 로 인해 시간을 낭비하지 않았으면 좋겠는데……."

그제야 사군우의 의도를 파악한 백리준이 급히 고개를 숙이며 입을 열었다.

"앞으로 대형과 저 젊은이 외에 다른 이들은 결코 이곳에 발을 딛는 일이 없을 것입니다."

"그럼 부탁하겠네."

사군우는 백리준의 어깨를 두드린 후 곧바로 몸을 돌렸다.

그의 뒷모습을 물끄러미 바라보던 백리준의 입가에 환한 미소가 걸 렸다.

사군우가 흑화일심대에게 부탁을 한 것이다. 이는 그가 자신과 흑화 일심대 동료들을 남으로 생각지 않고 있다는 뜻. 더욱이 그의 부탁은 흑화일심대의 뜻을 이어갈 기재를 만들기 위해서라고 했다.

'대형께서 처음으로 두신 전인. 대형은 그를 흑화일심대와 엮어주시

기로 하신 거야.'

백리준의 눈에 새로운 희망의 빛이 일렁였다. 사군우의 상태는 자신의 생각보다 경미한 듯 보였고, 그가 무림을 은퇴한 이유가 후대를 준비하기 위해서였다고 판단했기 때문이다.

* * *

낮은 담장 너머로 보이는 장원은 하얀 눈에 쌓여 있다.

이젠 봄이 찾아오려는지 간간이 눈이 녹아 제 모습을 드러낸 땅도 보인다. 그런 곳은 여지없이 사람의 발길이 닿은 곳이다. 정문에서부터 전각들까지 이어진 길이 그랬고 길 가장자리에 넓게 자리한 연무장도 그랬다.

지금도 그곳에는 수십 인의 젊은 사내가 부지런히 손발을 놀리고 있었다. 근래 들어 다시 예전의 성세를 회복하고 있는 오랜 역사와 전통을 지닌 무가, 황보세가의 장원이었다.

"얍!"

"타앗!"

채쟁!

열다섯 안팎으로 보이는 두 소년이 붙었다 떨어지며 맑은 검명이 연무장에 울려 퍼졌다.

"그만!"

황보천이 한 손을 번쩍 치켜들자 비무에 한창이던 소년들이 언제 그랬냐는 듯 검을 제 겨드랑이 사이로 감추며 일제히 뒤로 물러섰다. 이를 지켜보던 황보천이 흐뭇한 미소를 머금고 앞으로 걸어나왔다.

"그동안 수련을 게을리하지 않은 것 같구나. 하지만 너희들이 펼친 검법에는 다소 모자란 구석이 있다."

황보천의 말에 두 소년이 고개를 돌렸다. 그들은 황보세가를 이끌어 갈 다음 대의 후기지수로 황보천의 숙질들이었다.

황보천과 두 소년이 모여 있는 사이에도 주변에서는 황보세가의 다른 후학들이 한창 비무와 무공 수련에 열중이었다.

이윽고 황보천은 자신을 주목하는 소년들을 바라보며 다시 말을 이었다.

"경(勁)이란 정확한 자세와 몸의 균형이 어우러졌을 때 제대로 된 위력을 발휘할 수 있는 것이다. 하지만 너희들은 초식에 신경을 쓰느라 이를 간과하고 있다."

"저어, 가주님, 말씀 중에 죄송합니다만 정확한 자세를 위해서는 초식부터 제대로 수련해야 하지 않을까요?"

한 소년이 조심스레 입을 열었다.

"물론 맞는 말이다. 그러나 초식은 검로일 뿐 그 이상도 그 이하도 아니다. 예를 들어 네가 익힌 초식으로 상대의 인후혈을 가격한다고 치자. 그럼 너는 이렇게 찔러 들어갈 것이다."

"맞습니다!"

황보천이 검을 들어 자신의 목을 찔러 들어오자 질문을 했던 소년이 크게 고개를 끄덕였다. 이를 본 황보천이 빙긋이 웃으며 다시 말을 이었다.

"하지만 사람은 모두 천차만별의 신장을 지니고 있다. 너보다 여섯 치가 클지, 아니면 두 치가 작을지는 예상할 수 없지. 물론 초식을 능숙하게 시전하는 것도 매우 중요하다. 하지만 앞으로 이를 염두에 두고 수련을 한다면 이후 너희들이 익힌 검술을 응용하기가 한결 수월해질 것이다."

"네!"

두 소년이 반짝이는 눈망울로 고개를 끄덕이자 황보천은 기분 좋은 미소를 흘리며 다시 입을 열었다.

"그럼 이번 기회에 기초적인 부분에 대해 다시 한 번 말을 해주마."

황보천의 말에 두 소년이 눈을 빛냈다.

황보천은 황보세가에서도 가장 뛰어난 실력을 지닌 고수. 황보세가만 놓고 보자면 아직도 여전히 이전의 성세에 크게 미치지 못하고 있었지만 황보천과 황보상은 중원에 널리 알려진 무가의 인물들과 견주어도 전혀 손색이 없는 실력을 보유하고 있었다. 이는 황보세가인들 스스로의 평가가 아니라 중원무림의 일반적인 평가였다. 이에 두 소년은 황보천이 지금 자신들에게 할 말이 쉽게 들을 수 없는 가르침임을 직감하고 있었다.

두 소년이 두 눈을 빛내며 자신의 말을 경청하자 황보천은 그들을 응시하며 또박또박 말을 뱉어갔다.

"경이라 함은 방향에 따라 여러 가지로 나눌 수 있다. 앞으로 찌르는 충경(衝勁), 위에서 아래로 치는 벽경(劈勁), 찔러 내리는 췌경(揣勁), 팔꿈치를 이용하는 탄경(彈勁) 등이 있지. 하지만 이런 다양한 경의 종류도 크게 보면 앞으로 지르는 직경(直勁), 옆으로 치는 횡경(橫勁), 비스듬히 치는 사경(斜勁)에서 벗어나지 못한다. 다른 것들은 이 세 가지를 응용한 기술에 불과한 것이다. 이를 더 세부적으로 보자면 모든 경은 축경에서 시작하여 발경으로 끝난다. 이 점이 중요하다. 축경이 활시위를 바짝 당긴 것이라면 발경은 화살을 퉁겨내는 것이다. 몸의 모든 것이 한 점을 향해 폭발될 때 발경의 위력이 나온다는 뜻이다. 내가 너희들에게 바라는 것은 순간적인 폭발력, 즉 발경을 완벽하게 이루는 것이다. 그게 고수로 가는 길이다."

황보천은 잠시 말을 멈추고 천천히 검을 들었다.

"발경은 손으로 쳐내는 것이 아니라 다리에서 시작되어 허리가 주를 이루는 신체의 상중하가 하나가 되어야 완벽해질 수 있는 것이다. 이렇게 말이다."

슈우욱!

황보천의 검이 허공을 가르는 순간 두 소년은 그의 검에서 파란 빛이 뿜어져 나오는 모습을 보며 두 눈을 비볐다.

그들은 황보천의 검에서 튀어나온 파란 빛이 검기임을 인식할 실력을 지니고 있지 못했기에 지금 자신들이 보는 검기가 착시 현상이라 여기고 있었다.

"다녀왔습니다!"

"오냐!"

대전 안에 들어온 황보천은 황보혁의 인사에 고개를 까딱해 보인 뒤 자신의 의자로 가 앉았다.

"제수씨는 만나봤느냐?"

"예. 데리고 왔습니다."

황보혁이 굳은 안색으로 고개를 끄덕였다.

"그래? 제수씨는 어디 있느냐?"

"지금 거처에서 쉬고 있습니다. 그런데 형님께서는 왜 제 안사람에게 지나치게 관심이 많으신 거지요?"

"뭐라?"

황보혁이 삐딱한 시선으로 자신을 쳐다자 황보천이 어이없는 표정으로 되물었다.

"안사람이 지금 어디 있는지가 왜 그렇게 궁금하신지 묻는 겁니다."

"그걸 말이라고 하느냐? 됐다! 그만 나가보거라!"

황보혁의 퉁명스런 음성에 황보천이 굳은 안색으로 고개를 돌렸다. 이에 잠시 황보천을 쏘아보던 황보혁이 몸을 휙 돌렸다.

"휴우! 녀석. 갈수록 심해지는구나."

황보혁이 대전 밖으로 빠져나가자 황보천은 허탈한 표정으로 고개를 저었다.

유년 시절, 병약한 몸 때문에 가족들의 걱정을 한 몸에 받았던 황보혁은 항상 혼자 있기를 좋아했다. 방 안에만 처박혀 뭔가 신기한 물건을 만들고 나와 가족들의 칭찬을 듣는 것이 그의 유일한 낙이었다. 하지만 황보천은 그런 황보혁을 내버려 두지 않았다. 방 안에만 있는 황보혁이 안타까워 그가 밖으로 나올 수 있도록 별의별 수를 다 썼다. 때로는 타이르기도 하고 때로는 엄하게 꾸짖었다. 하지만 황보혁은 요지부동이었다.

그래서 두 형제 사이는 점점 소원해져 갔다. 하지만 이렇게 자신에게 대들 정도는 아니었다. 황보혁의 성격이 바뀐 시기는 임현현과 혼인한 직후였다. 임현현에 대한 집착이 그를 바꿔놓은 것이다. 물론 그게 꼭 나쁜 작용을 한 것만은 아니었다. 자유분방한 임현현의 성격 덕분에 황보혁도 생전 가지 않던 연무장까지 들락날락거리게 되었으니까. 더욱이 지금은 좀처럼 나가지 않던 황보세가를 떠나 청도까지 긴 여행을 하고 온 뒤다.

"휴우! 그래, 그렇게라도 네가 세상을 접한다면 그것으로 됐다."

황보천은 짧은 한숨을 토하며 천천히 눈을 감았다.

그는 황보혁의 문제가 아니라도 할 일이 많았다. 지난 삼 년간 확보한 자금을 이용해 황보세가의 잃어버린 성세도 회복해야 했고, 또 다른 무가 가주들에게 뒤지지 않는 무공을 지니기 위해 열심히 수련에도 매진해야 했다.

자신의 처소로 걸음을 옮기는 황보혁의 마음은 착잡했다. 비록 그렇게 돈독한 형제 사이는 아니었지만 황보천은 엄연히 세가를 이끄는 가주. 자신이 그런 불경한 언사를 해도 될 만한 위치에 있는 인물이 아니었다.

"휴우! 나도 내가 왜 이렇게 변해가는지 모르겠소."

황보혁은 두 눈을 찌푸리며 고개를 저었다. 하지만 그렇다고 해서 마음이 풀리지는 않았다. 어찌 된 일인지 다른 사람의 입에서 임현현의 얘기만 튀어나오면 민감해졌다.

황보천은 물론 자신의 아우 황보상이 임현현과 함께 있는 모습만 봐도 속으로 열불이 치밀어 올랐다.

황보혁에게 있어 임현현의 주위에 있는 모든 사람은 경계의 대상이었다. 자신을 제외한 모든 남자들이 임현현을 빼앗아가기 위해 호시탐탐 노리고 있는 악한들로 보였다. 심지어는 임현현의 수발을 드는 하녀에게까지도 질투심이 솟구칠 정도였다.

"그건 다 당신 때문이야!"

황보혁은 머리 속을 스치는 임현현의 미소 띤 얼굴에 침이라도 뱉어주고 싶은 심정이었다. 하지만 그럴 수는 없다. 세상 누구보다 아끼고 사랑받아 마땅할 존재에게 감히 그런 행동을 할 수는 없었다.

"그래, 그러면 되는 거야. 내 오늘은 반드시 하겠어."

어느새 처소에 다다른 황보혁이 방문을 벌컥 열고 안으로 들어갔다. 하녀와 도란도란 얘기를 나누고 있는 임현현의 얼굴이 들어왔다.

그녀는 청도에서의 일은 이미 잊어버렸는지 마치 어제도 이 방에 있던 사람처럼 자연스런 모습을 하고 있었다.

"오셨어요?"

임현현이 방긋이 웃으며 의자에서 일어나자 옆에 있던 하녀가 목을 잔뜩 움츠리며 황급히 밖으로 빠져나갔다.

"음!"

황보혁은 성큼성큼 걸어와 임현현의 손목을 거칠게 잡아챘다.

"왜 그러시죠?"

"……."

임현현이 얼굴에 지은 미소를 거두지 않고 다소곳이 묻자 황보혁은 차마 다음 말이 입에서 떨어지지 않았다. 하지만 황보혁은 이내 마음을 다잡고 빠르게 말을 뱉었다.

"내 오늘은 당신과 잠자리를 할 생각이오!"

"……."

순간, 임현현의 얼굴이 싸늘하게 굳어졌다. 하지만 황보혁은 여기서 물러날 생각이 없었다. 다른 사람들은 모른다. 자신이 임현현과 혼인한 이후 단 한 번도 잠자리를 하지 않았다는 것을. 그건 임현현과 자신만의 약속이었고, 남들은 모르는 비밀이었다.

이윽고 임현현이 천천히 입술을 뗐다.

"그 말은 못 들은 걸로 할게요."

"못 들은 걸로 안 해도 좋아! 오늘은 나도 결코 물러날 생각이 없으니까! 어디 마음대로 하라고!"

황보혁이 임현현을 번쩍 안아 들었다. 하지만 그녀는 의외로 그의 손을 거부하지 않았다. 이에 용기를 얻은 황보혁이 임현현을 안고 침상으로 몸을 움직였다.

"이게 정말 미쳤나? 좋은 말로 할 때 내려놔라!"

"지금 뭐라고 했소? 뭐? 미쳐?"

"그래, 이 미친 새끼야! 귀를 장식으로 달았냐? 어서 내려놓으라고 했잖아!"

짝!

황보혁의 눈앞에 별이 번쩍였다.

짜짝!

황보혁의 손에서 미끄러지듯 빠져나온 임현현이 한 손으로 그의 턱을 붙잡고 다시 한 번 뺨을 올려붙였다.

"으윽!"

황보혁의 입가로 피가 번졌다.

'아프다!'

다른 말은 생각나지 않았다. 화끈거리는 통증에 다른 생각은 전혀 떠오르지 않았다. 하지만 임현현은 거기서 멈출 생각이 없는지 황보혁의 머리카락을 움켜쥐고 그의 얼굴을 들어 올렸다.

"내가 그렇게 만만히 보이니?"

"아, 아니오!"

황보혁이 다급하게 두 손을 내저었다.

"그런데 왜 이렇게 엉겨? 벌써 나하고 한 약속을 잊어먹은 거야?"

임현현이 자신의 머리채를 잡고 좌우로 흔들자 황보혁은 참담한 표정으로 얼굴을 붉혔다.

개망신. 망신도 이런 망신이 없었다. 하지만 황보혁은 도무지 임현현의 가녀린 손아귀에서 벗어날 수 없었다. 단지 머리털을 움켜잡혔을 뿐인데도 전신이 포승줄에 꽁꽁 묶인 듯 꿈쩍도 하지 않았다.

"으음!"

황보혁은 절로 침음성이 튀어나왔다. 그녀가 이번에는 자신의 목덜미를 움켜잡고 침상에 그의 머리를 거칠게 짓어댔기 때문이다.

쿵! 쿵!

"너, 조두(鳥頭)야? 내가 몇 년 동안만 신랑 노릇 해달라고 했잖아! 그런데 이제 와서 이게 무슨 짓이야? 왜, 진짜 신랑 노릇 한번 해보게?"

"내가 실언을 했소. 그러니 이 손 좀 놓고……."

황보혁은 간절한 목소리로 빌었다. 다른 말은 하지 않았다. 임현현의 말대로 자신이 그녀에게 한 가지 약속을 했었다는 사실이 떠올랐기 때문이다.

혼인하기 전, 황보혁을 은밀히 찾아왔던 임현현은 그에게 황보세가에 임가상단을 통해 전폭적인 지원을 해주겠다고 약조하며 혼인을 승낙할 것을 종용했고, 황보혁은 이에 응했다. 조건도 조건이었지만 임현현의 협박 때문이었다.

임현현은 어디서 알아냈는지 가세가 기울며 돈이 바닥난 황보혁이 자신의 취미 생활을 이어가기 위해 혈검귀라는 작자에게 혈혈검을 팔았다는 사실을 들추어내며 자신과 혼인해 주지 않으면 이를 폭로하겠다고 했다.

결국 그녀의 뜻대로 혼인을 하기에 이르렀지만 황보세가의 식구가 된 그녀는 언제 그랬냐는 듯 현모양처로 변해 자신을 섬겼기에 황보혁은 그때의 약속을 임현현이 자신과 혼인하기 위한 핑계였다고 여기기에 이른 것이다.

'실수했군.'

황보혁은 속으로 땅을 치며 후회했다. 자신이 임현현의 눈에 찰 만한 인물이 못 된다는 것을 까맣게 잊고 있었던 황보혁은 그녀가 자신을 남편으로 여기지 않는다는 사실을 이번에 뼈저리게 느꼈다. 어쩌면 그의 의처증은 그녀를 옆에 두고도 어쩌지 못하는 이 같은 상황에 기인한 것인지도 모른다.

'하지만 난 반드시 당신을 내 사람으로 만들고 말겠소!'

황보혁이 수모를 당하면서도 속으로는 굳게 다짐하는 사이 임현현이 손을 멈추고 천천히 입술을 뗐다.

"조심해! 경고는 한 번으로 족해! 앞으로 한 번만 더 쓸데없는 짓거리를 하거나 입을 놀리면 너는 물론이고 황보세가의 개미새끼 한 마리 남겨두지 않을 테니까! 알아들었어?"

임현현의 한기 서린 음성에 황보혁이 크게 고개를 끄덕였다.

황보혁은 그녀의 능력이 어디까지 이르렀는지는 몰랐다. 다만 그녀가 혼인하기 전 찾아와 자신에게 보였던 신위와 지금 보이는 눈빛은 그녀의 말이 충분한 가능성이 있음을 상기시켜 주었다.

이윽고 임현현은 언제 그랬냐는 듯 시치미를 뚝 떼고 입술을 놀렸다.

"어머! 보약이라도 한 채 지어드려야겠네요! 그렇게 맥없이 넘어지시면 어떡해요?"

임현현이 방긋이 웃으며 황보혁의 머리를 쓰다듬는 사이 밖에서 인

기척이 들려왔다.

"아씨!"

"무슨 일이냐?"

"저녁 식사가 준비되었습니다!"

"들여오너라."

"저어, 오늘은 가주님께서 황보세가의 전 가솔들과 식사를 하시기로 한 날인데요!"

"호호호! 알았다! 금방 나갈 테니 먼저 가 있어라!"

임현현이 까르르 웃으며 답하자 밖에 있던 하녀는 몸을 돌렸다.

이를 본 황보혁은 어깨를 흠칫 떨었다.

'사람이 아니다! 저 여인은 여우야!'

하지만 임현현은 이를 모르는 척 황보혁을 향해 한쪽 눈을 찡긋하며 입을 열었다.

"아시죠? 넘어지신 거예요?"

"아, 알겠소!"

황보혁이 다급하게 고개를 끄덕이자 임현현이 다시 말을 이었다.

"이제부터 당신도 많이 바빠질 거예요."

"그, 그게 무슨 말이오?"

"황보세가가 중원무림에 우뚝 서기 위한 첫걸음을 내디딜 시기가 왔 잖아요. 우선 그전에 우리 세가의 영역을 넘보는 남궁세가부터 정리해 야지요. 그러려면 당신 힘이 필요해요."

"내가 할 수 있는 게 뭐가 있다고……."

방에 들어오기 전 보였던 위압적인 기세와 달리 황보혁은 씁쓸한 표 정으로 말끝을 흐렸다.

"아니요. 가장 중요한 일을 해주셔야 해요. 남궁세가의 가주와 핵심 인물들이 지닌 병장기와 똑같은 것들을 만들어주셔야 하니까요. 당신이 그들의 병기만 만들어놓는다면 적어도 산동에서만큼은 남궁세가를 몰아낼 수 있을 거예요. 가능하겠죠?"

임현현이 살며시 고개를 저으며 말했다.

"으음!"

임현현의 말에 황보혁이 눈을 빛내며 침음성을 삼켰다. 그녀의 음성에서 짙은 음모의 냄새를 맡았기 때문이다.

                    *   *   *

"꺼억! 잘 먹었다! 그럼 다시 수련에 들어가 볼까! 으샤!"

사비가 자리에서 몸을 일으키자 그의 몸이 좌측으로 기우뚱했다. 흑화검의 무게 때문에 중심이 쏠렸기 때문이다.

치르르릉……!

사비가 힘겹게 걸음을 옮기자 그의 허리에 친친 동여맨 흑화검이 그의 발밑 땅바닥을 긁으며 요란한 소리를 냈다.

"언제까지 그런 모양새로 다닐 생각이냐?"

"……."

사군우가 눈썹을 찌푸리며 묻자 사비가 피식 웃으며 한 손을 저었다. 하지만 그 동작이 무리였는지 사비의 몸이 또 한 번 기우뚱했다.

"이크!"

사비는 다급히 힘을 주며 중심을 잡았다. 하지만 그의 몸은 외줄을 타는 사람처럼 무척이나 위태로워 보였다.

치르르르릉……!

사비가 조금씩 걸음을 옮겨 시야에서 사라져 가자 사군우는 설레설레 고개를 저으며 중얼거렸다.

"저 녀석 심중은 도대체 짐작을 할 수가 없군. 후후후!"

사비는 흑화검을 손에서 떼지 않겠다는 사군우와의 약속을 지켰다. 하지만 그렇다고 해서 사군우가 바라던 대로 흑화검을 손으로 들고 다니는 것도 아니었다. 어이없게도 사비는 사군우에게 부탁해 얻은 쇠사슬을 이용해 흑화검을 허리에 고정하고 이를 끌고 다닐 뿐이었다.

더욱 가관인 것은 약속을 지킨다며 사비가 한 행동들이었다. 그때부터 되지도 않는 손짓, 발짓으로 사군우와의 대화를 시작했고, 밥을 먹을 때는 엎드린 자세로 흑화검의 검두(劍頭)를 식기에 가져가 음식을 묻혀 먹었다. 검으로 음식을 들어 입으로 가져간 것이 아니라 검에 음식을 묻힌 후 그 검에 입을 가져가 끼니를 해결한 것이다. 불편하긴 했지만 약속을 지키려면 어쩔 수 없었다.

결국 사비의 엉뚱한 행동에 웃지도 울지도 못할 상황이 되어버린 이는 사군우였다.

그는 사비의 행동이 내심 얄밉기도 하고 괘씸하기도 했지만 그의 진지한 표정과 행동으로 봐서는 뭔가 다른 기발한 방도를 연구하는 것이 아닌가 하는 기대감도 고개를 쳐들었다. 그래서 사군우는 사비를 조금만 더 지켜보기로 했다.

"며칠만 더 기다려 보지. 그때까지 검을 들지 못하면 일러줘야겠어."

사군우가 혼잣말로 중얼거리는 사이 사비는 어느새 숲으로 들어가고 보이지 않았다.

"헉! 헉!"

숲 속으로 들어온 사비는 거친 숨을 몰아쉬며 뒤를 힐끗 돌아봤다.

역시 사군우는 따라오지 않았다. 이에 흑화검에서 손을 떼고 싶은 생각이 굴뚝같았지만 자신을 믿어주는 사군우를 배신하고 싶지 않았다.

"젠장!"

사비는 눈썹을 찌푸리며 흑화검을 내려다봤다. 시커먼 흑화검의 검두가 자신을 향해 비웃음을 날리고 있는 것 같았다.

'이렇게 하다가는 수련이고 뭐고 허리부터 부러지고 말 거야.'

사비는 천천히 고개를 들고 주변을 쓸어봤다. 어른 서너 사람은 앉기에 충분한 너럭바위가 보였다.

치르르르……!

사비는 곧장 바위로 걸음을 옮겼다.

텅!

바위에 흑화검을 기대자 기이한 금속성이 울려 퍼졌다.

"휴우! 역시 화류패기를 보내는 방법뿐이 없어. 그걸 찾아야 해."

사비는 이마에 맺힌 땀을 닦으며 눈을 빛냈다.

지금까지의 행동은 자신이 생각해도 억지에 불과했다. 사군우가 자신에게 이런 행동을 하라고 그런 약속을 한 것은 아닐 테니까.

사비는 생각하면 할수록 자신의 행동이 한심하고 창피스러웠다. 무엇보다 간간이 보이는 사군우의 실망스런 표정이 머리 속을 떠나지 않았다.

"흑화검에 화류패기를 주입한다고 해서 검이 가벼워지는 게 아닐 거야. 내 힘이 강해지는 거겠지. 그래서 흑화검도 가볍게 느껴지는 것일 테고."

사비는 그동안의 생각을 정리하며 바위에 기대 있는 흑화검으로 손을 스윽 가져갔다.

우우웅……!

마치 자신의 손길을 기다렸다는 듯 흑화검은 화류패기를 보내왔다.

사비는 두 눈을 감고 흑화검에 닿은 손에 힘을 풀었다. 전에는 흑화검에서 뿜어져 나오는 화류패기에 저항하기 위해 전력을 다했지만 오늘은 생각을 바꿔보기로 했다.

'설마 날 죽이려고 이 검을 줬을 리는 없잖아?'

사비는 속으로 고개를 끄덕이며 입술을 질끈 깨물었다.

수우웅!

몸속으로 들어오는 강렬한 화기는 분명 화류패기였지만 그 겉을 싸고 감도는 한기는 자신의 몸에 깃든 다른 기운과 무척이나 흡사했다.

'아저씨는 이게 마령심공인지 뭔지 하는 기운과 비슷한 거라고 했는데… 이 둘을 합칠 수 있는 방법은 없을까? 정말 불가능한 걸까?'

사비는 고개를 갸웃거리며 화류패공의 구결을 운용했다. 처음에는 흑화검에서 뿜어져 나오는 기운을 받기만 했지만 특별히 위험한 느낌이나 아무런 고통이 느껴지지 않자 이번에는 본격적으로 그 진기를 흡수해 보기로 한 것이다.

"읍!"

순간 사비의 두 눈이 붉게 충혈됐다. 흑화검을 통해 들어오는 힘이 예상했던 것보다 훨씬 강했기 때문이다. 하지만 사비는 화류패공의 구결을 멈추지 않았다. 그가 처음 화류패공을 수련하기 위해 손을 불에 달궜던 때와 거의 맞먹는 고통이 찾아왔지만 마령심공의 한기가 그런 고통을 바로바로 없애주었기에 가능했다.

'으음! 참을 수가 없어! 안 돼! 그렇게는 못하지!'

사비는 흑화검에서 손을 떼고 싶은 심정을 가까스로 견뎌내며 이를 악물었다.

순간, 그의 전신이 시뻘겋게 타오르는 불기둥으로 화해갔다. 그의 머리부터 발끝까지 붉은 기운이 뿜어져 나오기 시작한 것이다.

잠시 후 사비는 편안한 얼굴로 두 눈을 지그시 감았다. 타는 듯한 고통은 여전히 지속되고 있었지만 그는 이미 이 정도 고통쯤은 참을 수 있는 인내를 지니고 있었다.

'그래, 바람에 몸을 맡기듯 고통에 몸을 맡겨보자. 바람이 불 듯이, 물이 흘러가듯이 그렇게 모든 걸 맡겨보는 거야.'

두 번째.

사비는 극한의 고통 속에서 자신의 몸 안에 숨 쉬던 바람과 두 번째 만남을 갖고 있었다.

시간이 얼마나 흘렀을까?

낮인지 밤인지조차 알지 못했다. 눈을 감고 있어서도 그랬지만 자신의 몸이 발하는 적광이 사비의 주변을 항상 같은 밝기로 유지시켜 주었기 때문이다.

쏴아아아아!

사비는 제 몸속을 휘도는 진기를 느끼며 살며시 미소를 머금었다.

흑화검에서 나온 뜨겁고 차가운 두 기운이 이미 그의 몸속에 내재되어 있던 화류패기, 마령심기와 하나가 된 것이다. 완전히 하나를 이루지는 못했지만 실타래처럼 엉켜 있으면서도 아무 무리 없이 전신을 도는 것으로 보아 이전보다는 진전이 있음이 분명했다.

이윽고 사비가 천천히 눈을 떴다.

그의 눈동자 속에 밤하늘에 빛나는 별 두 개가 자신을 비추며 깜빡이고 있다. 하지만 잠시 후 사비는 그 별들이 사군우의 눈동자임을 알아봤다.

순간, 사비의 전신을 감싸던 적광이 순식간에 사비의 두 눈동자 속으로 빨려 들어갔다.

"언제 왔어요?"

"좀 전에……."

사비가 피식 웃으며 묻자 사군우는 말끝을 흐리며 몸을 휙 돌렸다.

"밥해놨으니 와서 먹어라."

한 달 전 사군우는 사비의 몸에서 발현된 적광을 보고 곧바로 달려왔다는 말은 하지 않았다. 그때부터 지금까지 줄곧 사비의 곁을 지키며 그의 몸에서 흘러나오는 진기를 다스려 주기 위해 자신의 화류패기를 쏟아 부었다는 말도 하지 않았다. 그저 사비에게 지금 자신이 느끼고 있는 감정을 감추기 위해 서둘러 자리를 벗어나기에만 급급했다.

사군우가 성큼성큼 걸음을 옮겨 멀어져 가자 사비는 아쉬운 눈초리로 그의 뒷모습을 바라보다가 자신의 오른손에 감싸쥔 흑화검으로 시선을 돌렸다.

"이거 들려고 내가 얼마나 힘들었는지 알아요? 그런데 칭찬 한마디 해주고 가면 어디가 덧나요?"

사비는 흑화검을 천천히 들어 올리며 중얼거렸다. 전혀 힘들어 보이는 얼굴이 아니었다.

사비는 마치 손에 아무것도 들고 있지 않은 사람처럼 흑화검을 들고 허공에 힘차게 저었다.

후아앙!

흑화검이 굵은 검명을 토하며 허공을 갈랐다. 하지만 사군우는 끝내 뒤돌아보지 않았다.

'사비야, 정말 잘해주고 있다. 기대 이상으로 잘해주었어.'

사군우는 크게 감격하고 있었다. 흑화검을 휘두르는 사비를 향해 고개를 돌리고 와락 끌어안아 주고 싶을 정도로 코끝이 찡해져 왔다. 하지만 그보다 더 급한 일은 사비를 위해 아낌없이 쏟아 부었던 화류패기를 회복하는 것이었다.

그는 사비에게 점점 약해져 가는 자신의 모습을 보이고 싶지 않았다.

'넌 다른 것에는 신경 쓸 것 없다. 오직 화류패공을 네 것으로 만들고 풍류비공을 익힐 준비를 하면 되는 거야. 그거면 족하다. 하하하!'

속으로 웃음 짓던 사군우의 몸이 살짝 떨렸다. 그의 몸속을 관통하는 타는 듯한 통증 때문이었다. 하지만 사비는 흑화검을 들었다는 기쁨에 먼발치에 있는 사군우의 상태는 미처 보지 못하고 있었다.

지난 한 달간 자신이 당한 고통이 사비의 고통보다 몇 배는 더 크고 깊은 것임을 알고 있었지만 사군우는 그런 것은 전혀 신경이 쓰이지 않았다. 그저 자신의 예상보다 더욱 커져 가는 사비로 인해 흐뭇한 미소만 지을 뿐.

'녀석, 그거 아니? 내가 지금 이리 기쁜 건 네 화류패공의 성취가 뛰어나서가 아니라 네 눈빛이 진정한 사내의 눈빛으로 변해가고 있어서란다.'

사군우는 피식 웃으며 천천히 손을 들어 올렸다. 조금씩 입가로 흘러나오는 선홍색 핏물을 닦아내기 위해서였다.

우거진 녹음 사이로 따사롭다 못해 이제는 나른하게 느껴지는 빛줄기가 관제묘를 감싸고 있다.

쿵! 쿵! 쿵!

사비는 요상한 모양으로 관제묘를 들락날락거렸다.

흑화검의 검두를 양손으로 잡고 그 위에 자신의 모든 체중을 실은 사비의 양다리는 지면에서 떨어진 채 버둥거리고 있었다. 마치 흑화검을 자신의 하나뿐인 다리인 양 온몸을 검에 의지한 채 팔짝팔짝 뛰어다니는 모습은 영락없이 실성한 사람이었다.

"그만 해라! 정신이 하나도 없구나!"

"왜 그러세요? 이것도 수련의 일환인 거 모르세요?"

사군우가 눈썹을 찌푸리며 외치자 사비가 어깨를 으쓱하며 대꾸했다.

사군우는 속으로 피식 웃었다. 사비의 이런 행동이 자신에게 보내는 일종의 시위임을 이미 몇 차례 겪어본 터라 그의 심중이 짐작이 갔기 때문이다.

'그래, 이만하면 배울 때도 됐지.'

사군우는 속으로 고개를 끄덕였다.

일 년 반. 그동안 사비는 사군우와의 약속을 충실히 이행했다. 흑화검을 손에서 떼지 않았을 뿐만 아니라 이제는 지닌 양손보다 더욱 수월하게 다룰 수 있을 정도. 심지어는 자신이 가르쳐 주지 않았는데도 흑화검에 화류패기를 담는 수준에 이르러 있었다. 더욱이 그런 둔한 상태로 사군우가 펼치는 공세까지 받아내고 있었다.

처음에는 흑화검의 무게를 감당치 못하고 사군우의 주먹에 나가떨어지기 일쑤였지만 시간이 조금씩 흐르며 아무리 사군우라도 웬만한 공격으로는 사비의 몸에 흠집 하나 낼 수가 없었다.

물론 아직까지 사군우의 주먹을 피할 정도의 실력은 아니었다. 사군우가 신법은커녕 피하거나 막는 방법을 여전히 가르쳐 주지 않았기 때문이다.

그리고 지금 사비는 이제 검을 손처럼 쓸 수 있는 수련은 끝을 냈으니 발로 쓰는 방법을 연구한다며 저렇게 미친 사람마냥 사군우의 정신을 사납게 하고 있었다.

사군우는 자신을 빤히 쳐다보는 사비의 시선을 외면하며 천천히 몸을 일으켰다. 이에 사비는 입술을 삐죽 내밀며 몸을 휙 돌렸다.

"허풍쟁이! 밑천 다 드러난 거죠? 가르쳐 줄 것 없으면 그냥 말해요! 난 다 이해한다고요!"

"쯧쯧쯧! 녀석! 어줍잖은 재간을 얻었다고 또다시 천둥벌거숭이 같은 본색을 드러내는구나! 앞장서라!"

"네!"

사군우의 명을 들은 사비가 힘차게 고개를 끄덕이며 숲 쪽으로 걸음을 옮겼다.

둘 사이에 더 이상 설명 같은 건 필요없었다. 그저 한마디 말과 주고받는 눈빛이면 서로의 심사를 알아챌 수 있었다. 하지만 사비는 그 이유가 무엇 때문인지 몰랐다. 그저 사군우와 지낸 이 년 반이라는 세월이 자신과 사군우 사이에 말로 설명 못할 교감을 만들어주었다고 생각할 뿐이었다.

사비는 그것이 혈육 간의 교감임은 꿈에도 짐작치 못했다.

줄지어 늘어선 고목과 커다란 너럭바위가 있는 공터. 사비가 앞장서서 다다른 곳은 사비가 사군우에게서 새로운 것을 배울 때면 오던 그 자리였다.

사군우는 말없이 사비에게 손을 내밀었고, 사비 또한 말없이 그의 손에 흑화검을 건넸다.

순간, 사비는 괜히 울적한 기분이 들었다. 일 년이 넘는 세월 동안 단 한시도 자신의 손을 떠나지 않던 흑화검을 건네자 몸의 일부가 떨어져 나간 듯한 휑한 느낌이 온몸을 휘감았기 때문이다.

사비의 눈빛에 서린 안타까움을 발견한 사군우가 피식 웃으며 양손으로 흑화검을 말아 쥐었다.

"흑화검과 화류패기를 주고받는 방법은 이미 깨달았을 것이다. 그리고 네가 깨달은 방법과 내가 아는 방법에는 별 차이가 없다. 그러니 내가 지금부터 보이는 흑화검법(黑花劍法)도 지닌 장점만 취하고 다른 것은 모두 버려라. 넌 내가 그랬던 것처럼 스스로 다른 검법을 만들어 사용해야 한다."

"흑화검법이요? 흑화검성, 흑화검, 흑화검법. 왜 하나같이 이름에 흑화가 들어가죠?"

사비가 고개를 갸웃거리며 묻자 사군우가 피식 웃음을 흘렸다.

"내 별호나 이 녀석이 흑화라는 이름을 지니게 된 연유는 모두 내가 지금부터 펼칠 검법에 기인한 것이다. 그러니 잘 보고 새기도록 해라. 워낙 강력한 무공이라 두 번 시전하기는 힘이 드니 두 눈 똑똑히 뜨고 보도록."

말을 마친 사군우가 천천히 사비를 향해 걸음을 옮겼다.

"캑! 혹시 그 검법도 저에게 펼칠 생각이에요?"

"아니. 이건 아무리 너라도 감당치 못할 것이다. 비켜서라!"

사군우가 고개를 젓자 사비가 황급히 옆으로 물러났다.

사군우는 관제묘로 나 있는 작은 오솔길로 두 눈을 고정했다.

"내 지금까지 네게 신법이나 보법을 가르쳐 주지 않은 이유는 내게 그런 무공이 없기 때문이다. 흑화검법을 수련하느라 그런 것을 익힐 시간이 없었다. 또한 상대의 검을 막는 일이 생길 때면 몸속에 흐르는 화류패기가 알아서 움직였기에 신법이나 방어법을 익힐 필요성을 느끼지 못했지. 하지만 무엇보다… 내가 피해야 할 만한 힘을 지닌 적을 만난 적이 없었다는 이유가 가장 컸다."

"으음!"

사비는 침음성을 삼켰다. 사군우의 말은 어찌 들으면 오만하다 못해 광오했다. 그러나 그 말은 다른 누구도 아닌 사군우의 입에서 튀어나온 말이었다.

이십 년간 천하제일인이라 불린 절대 무인 흑화검성. 하지만 사비는 사군우가 흑화검성이라는 사실을 몰랐다 하더라도 그 말을 믿었을 것이다. 이젠 사군우라는 존재가 그에게 절대적인 믿음으로 자리매김하고 있었기 때문이다.

이윽고 사군우가 천천히 검을 들어 올리며 중얼거렸다.

"흑화검법은 삼 식으로 이루어져 있다. 지금 시전할 초식은 회풍류라는 초식이다. 검로는 볼 필요도 없다. 그저 내가 어떤 기운을 뿜어내는지 느끼기만 하면 된다."

사군우의 두 눈이 빛을 발했다.

흑화검법(黑花劍法) 제일식(第一式) 회풍류(回風溜)!

순간, 사군우의 손에 들린 흑화검이 비스듬히 기울어지며 좌에서 우로 움직였다.

휘이잉……!

한줄기 미풍, 그리고 사비의 시야를 가득 메운 검은 꽃잎.

이십 년 전 공황식에게 패배를 안겨준 바로 그 초식이었다. 하지만 그때와 달리 지금 사군우가 펼치는 초식은 한없이 느리게 변화하고 있었다.

흑화검법을 이런 식으로 전개하면 엄청난 진기의 소모가 필연적일 수밖에 없었지만 사군우는 자신이 할 수 있는 최저의 속도로 흑화검법을 시전해 갔다. 상대를 공격하기 위해서가 아니라 사비에게 보여주기 위한 초식이었기 때문이다.

'사비야, 흑화검법은 한 번 본다고 깨달을 수 있는 초식이 아니다. 그리고 정해진 검로나 구결이 있는 것도 아니지. 그저 내 몸속에 있는 화류패기를 검은 꽃잎으로 만든 후 상대에게 날린다는 염원을 담을 뿐이다. 그것만 기억하면 된다. 그것만.'

사군우가 입술을 질끈 깨무는 순간 흑화검의 움직임도 멈췄다. 하지만 흑화검의 검첨(劍尖)에서 뿜어져 나온 검은 꽃잎들은 회오리처럼 뒤엉키며 전방을 향해 폭사되어 갔다.

'이건가, 아저씨의 진정한 무공이……?'

사비는 사군우가 시전하는 검법을 보며 전신을 부르르 떨었다.

그의 뇌리를 강타하는 전율. 사비는 지금껏 사군우에게 받았던 가르침의 이유들을 확연히 깨달았다.

'그래, 저건 도저히 인간이 만들 수 있는 힘이 아니야. 내 생명까지 모두 태워 버려야 흉내라도 낼 수 있는 무공. 그런 힘을 견뎌낼 만한

검 역시 흑화검뿐이 없을 테고.'

사비는 불현듯 사군우의 전면으로 쏘아져 가는 검은 꽃잎들이 그의 생명이 타며 만들어진 검은 재라는 생각이 들었다.

사비가 번개에 맞은 사람마냥 연신 몸을 떠는 사이 사군우는 계속해서 검식을 이어갔다.

흑화검법(黑花劍法) 제이식(第二式) 흑화벽(黑花擘)!

사군우가 공중으로 도약하며 흑화검을 머리 위로 들어 올렸다. 그가 막 흑화검을 머리 위에서 아래로 내려치는 순간 그의 전신에 축적되어 있던 화류패기가 일시에 흑화검에 모이며 거대한 꽃송이를 피워 올렸다.

쿠아아앙……!

사비의 눈동자에 가득 찬 흑색 천지.

사비는 흑화벽을 통해 발현된 거대한 꽃을 보며 죽음을 떠올렸다. 제일식 회풍류가 화류패기를 끊이지 않게 이어주며 공격하는 초식인 반면 흑화벽은 전신에 있는 화류패기를 한 번에 응축시켜 날리는 파천의 절학이었다.

흑화검법(黑花劍法) 제삼식(第三式) 멸아참(滅我斬)!

사군우는 이 멸아참의 초식은 펼치지 않았다. 이 마지막 초식은 전신의 화류패기와 더불어 지닌 생기까지 모두 한꺼번에 태워 버려야 진정한 위력을 발휘할 수 있는 최후 절초로 이를 펼치는 순간 자신의 생명도 모두 끝이 남을 알기 때문이었다.

"봤느냐?"

사군우가 가쁜 숨을 몰아쉬며 고개를 돌렸다.

"……."

하지만 사비는 입을 열지 않았다. 사군우의 이마에 흐르는 땀을 발견했기 때문이다.

함께하는 동안 처음으로 보게 된 사군우의 땀. 사비는 그가 흘리는 땀이 온몸으로 흘리는 눈물일지도 모른다는 생각이 들었다.

"앞서 말한 대로 초식의 틀에는 얽매일 필요 없다. 그러니 내가 검을 어떻게 휘둘렀는지는 기억하려고 애쓰지 말거라. 그저 그 검은 꽃을 어떻게 피웠을까만 고민하고 생각해라."

"……."

"왜 말이 없는 게냐?"

사군우는 사비의 굳은 얼굴을 보며 천천히 그에게로 다가왔다.

"다시는… 다시는 이따위 무공 펼치지 마요!"

"무슨 말을 하는 게냐?"

"내가 아무리 아는 거 없고 무식한 놈이라고 해도 지금 아저씨가 하는 짓이 제 생명을 깎아먹는 짓이라는 것쯤은 안다고요. 그렇게까지 해서라도 강해지고 싶었어요?"

"……."

이번에는 사군우가 입을 열지 못했다. 사비가 어렴풋이나마 자신의 상태를 짐작하고 있음을 눈치챘기 때문이다.

"아저씨가 그랬죠? 무공은 다른 사람을 해하기 위한 살인술에 불과하지만 무도는 다르다고. 사람을 죽일 수도 있지만 살릴 수도 있는 기술이라고요. 그러면 아저씨가 지닌 이 흑화검법이라는 무공은 살인술인가요? 자폭이나 다름없는 이런 무공이 무도라고 할 수 있는 거냐고요?"

"……."

사군우는 아무 말도 못했다. 사비의 물음이 머리 속에 아련하게 울려 퍼졌다. 이에 사비는 사군우의 굳은 얼굴을 빤히 응시하며 다시 말을 이었다.

"다른 사람을 죽이는 것도 살인이지만 자신을 죽이는 것도 살인이에요. 아저씨도 그건 몰랐나 보죠?"

말을 마친 사비가 몸을 홱 돌리자 사군우가 급히 말을 뱉었다.

"어쩌면 네 말대로 화류패공은 자신의 생명을 갉아먹는 무공에 지나지 않을지도 모르지. 하지만 내가 일러준 풍류비공을 함께 익힌다면 그런 염려는 하지 않아도 된다."

사군우의 말에 막 걸음을 옮기려던 사비가 다시 몸을 돌렸다.

"아저씨는 내가 지금 나 죽을까 봐 이러는 것 같아요? 나는 말이죠, 무식하기는 해도 바보는 아니라고요. 풍류비공이라는 거… 아저씨는 익히지 못했다면서요. 아니에요?"

"음!"

사군우는 터져 나오는 침음성을 애써 참으며 입을 다물었다.

그사이 사비가 다시 걸음을 옮기며 나직이 읊조렸다.

"그렇다고 흑화검법이라는 그 되먹지도 않은 무공을 안 배우겠다는 얘기는 아니에요. 아저씨가 다시 쓰지 않기를 바란다는 거죠. 나도 풍류비공을 다 익히기 전까지는 쓰지 않을 생각이고요. 난… 아저씨하고 조금 더 같이 살고 싶어요."

이윽고 사비는 점점 멀어져 갔고, 사비의 뒷모습을 물끄러미 바라보던 사군우는 천천히 고개를 숙이며 중얼거렸다.

　"자신을 죽이는 무공도 살인술이라……. 내가 지금껏 추구해 온 것이 살인술에 불과했나?"

　사군우의 입가로 씁쓸한 미소가 번져 갔고, 그가 잡고 있던 흑화검이 부르르 떨리며 나직한 검명을 토해냈다.

|第三章|
함사사영(含沙射影)

휘이잉······!

바람에 떨리는 풀잎. 그 잎사귀에 매달린 새벽 이슬이 떨어지지 않기 위해 온몸을 떤다.

이슬 방울에 투영된 두 인영. 백리준과 양청이었다. 그들은 서로 다른 곳을 바라보고 있지만 간간이 벌어지는 입술로 보아 둘 사이에 대화가 오가는 중임을 알 수 있다.

"언제까지 이러고 있어야 하는 거지?"

뒷짐을 진 양청이 밝아오는 새벽 하늘에 시선을 고정한 채 물었다. 그의 얼굴에는 불만의 기색이 가득했다. 마음 같아서는 당장이라도 달려가 사군우를 만나고 싶었지만 백리준의 만류 때문에 가까스로 참고 있는 중이었다.

"대형의 처음이자 마지막 부탁이네. 좀 더 지켜보세."

백리준은 조금씩 선명해져 가는 자신의 그림자를 바라보며 나직이 입술을 뗐다.

사군우가 사비의 손에 흑화검을 쥐어주던 일 년 반 전 백리준은 사군우의 부탁으로 흑화일심대의 동료들을 불렀다.

현재 관제묘 주변 숲에 은신해 있는 절정고수들의 수는 백리준을 포함해 열. 사비가 지금까지 아무런 방해를 받지 않고 수련에만 전념할 수 있었던 까닭이 여기에 있었다.

그들은 보이지 않는 그림자처럼 사비와 사군우의 주변을 맴돌며 타인의 발길을 단속했다. 하지만 사비는 이를 모른다. 워낙 신출귀몰한 흑화일심대 고수들의 은잠술 때문이기도 했지만 곁에 있는 사군우가 사비와 주변인들의 기운을 차단하고 있었기 때문이다.

그리고 지금 기다리다 지친 양청이 다른 동료들의 불만을 대신해 백리준에게 불평을 늘어놓고 있는 것이다.

"대형과 직접 얘기하겠네!"

"원치 않으실 걸세!"

양청이 단호한 어조로 입을 열며 막 걸음을 옮기자 백리준이 살며시 고개를 저으며 그의 앞을 가로막았다.

"해보자는 건가?"

양청이 눈썹을 꿈틀하자 그의 몸에서 가공할 기운이 뿜어져 나왔다.

"휴우! 오늘은 정말 자네답지 않군!"

백리준은 짧은 탄식을 토하며 고개를 저었다. 이에 양청이 침중한 어조로 다시 입을 열었다.

"중원이 흔들리고 있네. 백천맹과 마도의 분위기가 심상치 않아. 간간이 국지적인 싸움도 벌어지기 시작했고… 평화에 균열이 가고 있단 말일세. 우리가 이렇게 허송세월을 하는 동안에도 많은 무고한 이들이 죽어나가고 있단 말이야."

"평화라……. 자네는 그걸 평화라고 보나? 어차피 드러나지 않았을 뿐 중원은 이미 육패의 손에 놀아나고 있지 않았나?"

"그나마 육패가 있었기에 헛된 피를 조금이라도 덜 흘릴 수 있었다는 생각은 안 드나?"

"난 자네가 대형의 뜻을 이해하고 있는 줄 알았는데… 아니었나 보군."

"물론 난 지금도 대형을 존경하네. 하지만 그분이 끝까지 나서지 않는다면 나도 더 이상은 어쩔 수 없지."

"대형을 배신하겠다는 뜻인가?"

백리준이 눈썹을 찌푸리며 묻자 양청은 잠시 망설이다가 힘겹게 입을 열었다.

"배신이라……. 천하 만민을 위해 대형을 떠나는 것이 배신이라면 그렇게 할 생각이야. 우리 같은 능력을 지닌 사람들이 허송세월을 해도 될 만큼 천하는 조용하지 않네. 그건 자네도 알잖나? 그러니 우리 함께 가세."

"이제 자네와 헤어질 때가 된 것 같군."

백리준이 씁쓸한 표정으로 몸을 돌리자 양청은 그의 뒷모습을 물끄러미 바라보며 나직이 입술을 뗐다.

"더 이상 철창 속에 둥지를 튼 봉황만 바라보고 있을 수는 없군. 미안하게 됐네."

양청은 그 말을 끝으로 몸을 돌리고 천천히 걸음을 옮겼다.

백리준은 뒤돌아보지 않았다. 그는 양청이 말하는 바가 무엇을 뜻하는지 알고 있었다.

'자네는 역시 처음부터 다른 마음을 품고 있었군. 대형은 이를 아시기에 흑화일심대를 멀리하셨던 거고.'

백리준은 착잡했다. 양청이 관제묘를 벗어나는 순간 관제묘 주변 숲을 감싸고 있던 고수 중 자신을 제외한 나머지 인원이 모두 빠져나갔기 때문이다.

그들은 양청과 뜻을 같이하는 이들일 테고, 이곳에 오지 않은 나머지 흑화일심대의 동료들 중에도 양청과 같은 생각을 지닌 자들이 비슷한 비율일 터.

이로써 모든 것이 분명해졌다. 흑화일심대에 속한 이백여 동료 중 순수하게 사군우를 추종해 가입한 이는 자신을 포함해 채 이십을 넘지 못한다는 사실과 사군우가 이를 알고 있었기에 흑화일심대에 적극적으로 손을 내밀지 않았다는 사실이 모두 드러난 것이다.

"허허! 역시 대형의 판단이 옳았습니다!"

백리준은 하늘을 보며 허허로운 웃음을 흘렸다.

*   *   *

호북성 의창.

의창은 장강을 끼고 자리한 소읍으로 일반인보다는 강을 터전으로 삼고 삶을 영위하는 선원들로 붐비는 곳이다.

장강에서 잡아온 생선을 파는 어전.

거의 누더기나 다름없는 도복을 걸친 노도사가 널린 좌판을 기웃거리며 어기적어기적 걸음을 놀렸다.

생선 비린내라도 맡았는지 그의 얼굴은 잔뜩 찌푸려져 있었다. 하지만 그게 아니었다. 그저 그가 모든 신경을 전면을 향해 곤두세우고 있기 때문이었다.

'내 이럴 줄 알았어. 그 인간 말을 듣는 게 아니었는데. 어디서 저런 괴물 같은 놈을 찾아내 가지고……. 에잉!'

전면 십 장 앞에서 이동 중인 한 사내를 보며 연신 투덜거리는 노도사는 굉천자였다.

사군우의 서찰을 받은 직후 곧장 곤륜산에서 내려와 청해로 달려온 그는 관제묘를 벗어나는 타락수라 화무영을 추격했다.

그때는 뛸 듯이 기뻤다. 이전에는 반신반의했었지만 화무영이 사군우의 말대로 마령심공의 기운을 지니고 있었기 때문이다.

이때부터 그는 굳이 사군우의 부탁이 아니더라도 화무영을 따를 수밖에 없었다. 화무영이 지닌 마령심기는 지난 이십 년간 굉천자가 고심에 고심을 거듭하던 문제를 해결할 수 있는 열쇠였기 때문이다.

'천명음양단(天命陰陽丹)의 부족한 음기를 채우려면 저 녀석의 마령심기가 필요한데 이건 뭐, 도무지 잡을 수가 없으니…….'

굉천자는 착잡한 얼굴로 입맛을 다셨다. 자신이 심혈을 기울여 만든 천명음양단을 완벽하게 만들어줄 마지막 재료가 눈앞에 있는데도 어쩌지 못하는 자신의 무능력함에 짜증이 솟구쳤다.

천명음양단은 곤륜선문에 대대로 전해 내려오는 연단술 중에서도 최상위에 위치한 단약으로 천하에 존재하는 귀하디귀한 약재를 모두 쏟아 붓고도 완성하지 못한 희대의 영약이었다.

그렇다고 천명음양단이 무인의 공력을 몇 갑자 올려주거나 죽은 사람을 살릴 수 있는 천고의 영약이라는 소리는 아니었다. 단지 인간이 태어날 때부터 지닌 양과 음의 성질을 중화시켜 주는 효능이 있을 뿐. 따라서 굉천자가 심혈을 기울여 만들고 있는 단약은 일반인이나 무인들이 알면 정말 쓸데없는 짓거리에 불과할 뿐이었다.

그럼에도 불구하고 굉천자가 천명음양단을 만드는 데 집착하는 이유는 단 하나. 천명음양단을 복용하고 몸을 중화시키면 천하에 어떤 기운도 흡수할 수 있는 신체로 거듭난다는 데 있었다.

지닌 효능으로 공력을 증가시키지는 못하지만 천하 만물의 모든 기운을 흡수할 수 있으니 그렇게만 된다면 자신이 꿈에도 바라던 연단술을 통해 등선을 하는 인간의 탄생을 보는 것도 불가능한 일이 아닐 것이다.

물론 직접 등선의 꿈을 이루고 싶은 욕심도 있었지만 안타깝게도 천명음양단은 자신이 감당할 수 있는 것이 아니었다. 하지만 완전한 천명음양단을 만들기 위해서는 세상에서 가장 순수한 양기와 음기가 필요했다. 양기는 사군우가 부탁한 지금의 일을 마치기만 하면 그의 화류패기를 나눠 준다고 했으니 문제될 것이 없었지만 음기는 화무영에게서 취해야 했다.

그러나 그것은 일 년간 화무영을 지켜보며 건드리지 않는다는 조건을 지킨 후의 일이어야 했다.

그래서 화무영을 추격했던 것인데 처음에는 우습게만 생각했던 그 일이 그리 만만치가 않았다.

처음 청해를 벗어나 화무영을 추격할 때만 해도 일 년만 그를 따라다니면 끝이라 생각했는데 지금은 그런 자신감이 조금씩 작아지고 있었다.

화무영이 놀랄 만한 진전을 보이고 있는 까닭이다.

물론 처음에도 마령심기를 조절할 정도의 실력을 갖추어 꽤 놀라긴 했지만 지금 정도는 아니었다. 그가 마령심기를 조절하는 마성의 경지를 넘어 마령심기를 감출 수 있는 마황의 경지에 들어서고 있었기 때문이다.

굉천자는 점점 조급해졌다. 이러다가는 마령심기를 얻기는커녕 화무영에게 뼈도 못 추리겠다는 불안감이 자꾸 밀려왔다.

'안 되겠어! 그래, 이판사판이야! 오늘 끝장을 보자고!'

굉천자는 화무영의 뒤통수를 향해 따가운 눈총을 날리며 입술을 질끈 깨물었다.

하지만 그는 설불리 움직일 수 없었다. 자신과 화무영 사이에 있는 한 여인 때문이었다. 청해를 지나 래수의 한 무덤가에서부터 화무영에게 붙은 꼬리. 워낙 은밀한 신법을 지녀 자신조차 미처 감지하지 못할 뻔했던 추격자였다.

그녀는 어찌 된 일인지 지금까지 줄곧 화무영을 미행만 할 뿐 이렇다 할 행동을 하지 않았기에 굉천자도 잠자코 지켜보기만 했다.

물론 지금은 화무영도, 굉천자도, 정체불명의 여인도 서로를 느끼고 있었지만 그렇다고 직접적으로 대면을 한 적은 없다.

그렇게 무려 이 년간의 긴 추격전이 이어진 것이다. 하지만 오늘은 다르다. 굉천자가 이 오랜 추격을 끝낼 결심을 했기 때문이다.

천천히 고개를 들던 굉천자가 두 눈을 휘둥그레 뜨고 사방을 두리번거렸다.

"어, 없다!"

방금 전까지만 해도 분명 있던 화무영이 자신의 시야에서 사라진 것이다.

굉천자는 화무영을 추격하던 여인을 향해 빠르게 고개를 틀었다. 그녀 역시 당황한 기색이 역력해 보였다. 이에 굉천자의 얼굴이 급격히 일그러졌다.

'마령심기를 완전히 감췄어. 너구리 같은 놈. 벌써 마황의 경지에 올랐던 거야.'

굉천자는 속으로 투덜거리며 빠르게 걸음을 놀렸다.

객잔 이층에서 시전을 빤히 쳐다보는 눈동자.

화무영의 입가에 미소가 번졌다.

이전보다 훨씬 혈색이 좋아지긴 했지만 그의 얼굴은 여전히 다른 사람에 비해서는 창백한 편이었다. 하지만 턱 밑으로 거뭇하게 자란 수염이 그의 차가운 귀기를 가려주고 있었다.

'후후후! 역시 그랬어. 저 노인네가 사 어르신의 친구였군. 하지만 저 여인은 누군지 감을 잡을 수가 없군.'

화무영은 고개를 갸웃거리며 자신을 찾아 바쁘게 몸을 움직이는 두 남녀를 번갈아 쳐다봤다.

지난 이 년간 지속된 추격전은 화무영은 물론 그에게 수련을 시킨 사군우의 예상보다도 훨씬 엄청난 성취를 안겨주었다.

화무영이 모든 마인들의 숙원인 마기를 조절하는 차원이 아니라 다스릴 수 있는 마황의 경지에 들어선 것이다. 이는 사군우가 제시한 수련의 안배와 그의 뛰어난 자질과 노력이 맞물리며 나타난 성과였다.

하지만 다른 무엇보다 연인이었던 소란을 떠나보내며 화무영의 가슴에 남은 한과 서러움이 그에게 무서울 정도의 집념을 발휘하게 해주었고, 이를 통해 화무영은 당대 어느 누구도 들어선 적이 없다는 마황의 경지에 들어서게 됐다.

하지만 화무영은 결코 만족할 수 없었다. 물론 자신이 얼마나 높은 경지에 도달해 있는가는 본인 스스로도 잘 알고 있었지만 자신을 이렇게 만들어준 사부나 다름없는 사군우와 견주어봤을 때는 다소 모자란 구석이 있다는 것이 그의 생각이었다.

이로 인해 화무영에게 새로운 목표가 생겼으니 그것은 바로 사군우의 성취를 뛰어넘는 것이었다. 그것은 단순한 호승심을 뛰어넘는 그 이상의 뭔가를 내포하고 있었다.

복수를 꿈꾸며 무공을 익혔던 그가 사군우가 추구하는 무도에 한 걸음 내디딘 것이다.

아무튼 화무영은 이제 청해로 돌아갈 생각을 하고 있었다. 자신을 도와준 굉천자에게 언질이라도 줄까 하는 생각도 들었지만 굳이 말하지 않아도 그가 사군우의 친구라면 당연히 청해로 찾아올 것이다. 또한 신분을 알 수 없는 여인에게 자신을 추격할 수 있는 빌미를 제공하고 싶지도 않았다.

화무영은 점점 멀어져 가는 굉천자를 물끄러미 바라보다가 천천히 고개를 돌렸다.

'이제 정말 돌아갈 때가 된 것 같군. 그분도 많은 진전이 있었겠지?'

화무영은 문득 사비의 미소 띤 얼굴이 떠올랐다. 무공에 갓 입문한 상태였다고 해도 사군우에게 배우고 있으니 지금쯤은 훌륭한 실력을 지니고 있을 것이다. 하지만 사군우가 행한 천하에 다시없을 무식한 수련 방법이 떠오르자 사비의 웃는 얼굴이 양손이 불구가 된 채 어두운 얼굴을 하고 있는 모습으로 바뀌어갔다.

'아무리 그래도 자기 아들을 불구로 만들었으려고……'

화무영은 고개를 도리질 치며 천천히 몸을 일으켰다. 누가 말해준 것도 아닌데 그는 사비가 사군우의 아들이라 여기고 있었다. 뛰어난 의술을 지니고 있던 화무영은 두 사람의 두상을 보고 그들의 관계를 확신하고 있는 것이다.

하지만 화무영은 자신이 아니더라도 눈치 빠른 사람이라면 사비와 사군우가 지닌 용모와 풍기는 분위기만 봐도 충분히 알 수 있을 것이라고 생각했다.

"그래도 여기까지 왔는데 안 들를 수는 없겠지?"

객잔을 빠져나온 화무영은 혼잣말로 중얼거리며 남쪽으로 걸음을 옮겼다.

그가 향하는 곳은 의창에서 오십 리 떨어진 형문산(荊門山)으로 이 산은 무인들에게 선혜원이 있는 곳으로 더 잘 알려진 곳이었다.

화무영은 옹기종기 모여 있는 가옥들을 보며 기분 좋은 미소를 흘렸다.

선혜원(善慧園). 중원무림에서 가장 뛰어난 의술을 지닌 이들이 모여 있는 곳으로 근래 들어 황실 어의(御醫)까지 배출한 의가(醫家)의 요람이었다.

화무영은 알고 있다. 이렇게 겉보기에는 아담하고 자그맣게 보이는 선혜원이 실상 안으로 들어서면 웬만한 규모의 도읍보다 훨씬 장대한 규모를 지니고 있음을.

"삼 년 만인가? 원주께서는 어찌 지내시는지……."

화무영은 피식 웃으며 선혜원을 향해 익숙한 걸음을 놀리기 시작했다.

화정은 의관도 제대로 갖추지 않고 황급히 달려나왔다. 자신이 가장 아끼던 제자가 그의 눈앞에서 머리를 조아리고 있다.

"오! 무영아! 네가 어떻게 여기를……! 아니지! 일단 안으로 들자! 내 오랜만에 너를 보니 정신이 하나도 없구나!"

자신의 실태를 깨달은 화정은 이내 멋쩍게 웃으며 화무영을 데리고 흑색 기와를 이고 있는 이층 전각으로 걸음을 옮겼다.

그곳은 선혜원주 화정의 집무실이었다.

"그래, 그동안 어찌 지냈느냐? 왜 그토록 소식이 없던 것이냐?"

화정은 화무영이 의자에 앉자마자 질문을 퍼부어댔다.

'원주께서는 여전히 나를 아끼신다.'

화무영은 코끝이 시큰했다.

잠시 후 화무영은 자신을 맞아 반가워 어쩔 줄 몰라 하는 화정을 바라보며 살며시 입을 열었다.

"그간 사정이 있어 찾아뵐 경황이 없었습니다. 그리고… 송구스럽게도 의원을 세우지 못했습니다."

"뭣이? 아니, 의원을 세우지 못했다니, 그게 무슨 말이냐?"

화정이 휘둥그레진 눈으로 물었다.

"좋지 않은 일이 있어서 그만……."

"으음! 얼마나 큰 고초를 겪었기에 의원을 차리지도 못했을꼬."

"……."

화무영이 말끝을 흐리자 화정이 안타까운 어조로 그의 손을 잡고 쓰다듬었다. 하지만 화무영은 더 이상 다른 말을 할 수가 없었다. 자신이 타락수라라는 사실을 알게 되면 화정까지 해를 입게 될까 염려됐기 때문이다.

"아무튼 잘 왔다. 이곳은 네 집이다. 이제 집에 돌아왔으니 당분간 은 조금 쉬며 마음을 추스르도록 해라. 추후 네 장래에 대해 의논하도 록 하자꾸나."

"저어, 급히 가봐야 할 곳이 있어서 그건 아무래도 조금 힘들 것 같 습니다. 신경 써주신 원주님의 마음은 고이 간직하겠습니다."

화무영이 살며시 머리를 조아리며 말했다.

"가봐야 할 곳이라……. 그래, 어디로 갈 생각이냐?"

화정이 눈을 빛내며 물었다. 하지만 화무영은 머리를 조아리고 있느 라 이를 미처 발견하지 못했다.

"죄송하지만 그것 또한 말씀드리기가 여의치 않습니다."

"허허허! 그동안 네게 참으로 많은 사연이 생겼나 보구나."

화정은 애써 서운한 내색을 감추며 고소를 머금었다. 이에 잠시 주 저하던 화무영이 힘겹게 입술을 뗐다.

"제게 구명지은의 은혜를 베푸신 은인이 계신 곳으로 가야 합니다. 그분께서 신분을 감추기를 원하셔서 말씀드리지 못하는 것이니 부디 너그러이 이해해 주십시오."

화무영은 말을 마친 후 크게 고개를 숙였다.

"그런 일이라면 내 어찌 더 묻겠느냐? 알겠다. 하지만 오늘 하루라 도 묵고 가거라. 그동안 피로가 많이 누적된 듯 보여 이대로는 차마 못 보내겠구나."

"그리하겠습니다."

화무영은 마지못해 고개를 끄덕였다.

그날 밤 화무영과 화정은 밤새도록 이야기를 나눴다. 주로 말은 화정이 하고 듣는 쪽은 화무영이었지만 화정은 화무영이 간간이 뱉은 말들에서 적지 않은 것을 알아낼 수 있었다. 본래 거짓을 잘 모르는 화무영의 얼굴만 보고도 그의 심사를 짐작할 수 있었기 때문이다.

다음날 아침. 화정은 선혜원 밖까지 화무영의 배웅을 나왔다.

화무영이 정중히 허리를 굽히고 몸을 돌리자 화정의 눈가에 미미한 경련이 일었다.

'어찌 변칙으로 익힌 마령심공으로 살아남을 수 있었단 말인가? 더욱이 일견하기에도 마성의 경지에 이르렀을 정도의 실력을 갖추고 나타나다니……. 아쉽구나. 무영이의 자질이 이 정도로 출중하다는 것을 일찍이 눈치챘더라면 음양마교주의 후대를 키우는 우를 범하지 않았을 터인데.'

화정은 멀어져 가는 화무영의 뒷모습을 바라보며 착잡한 표정으로 고개를 저었다. 하지만 그는 더 이상 시간을 지체할 수 없었다. 자신의 짐작이 맞는다면 화무영을 구한 인물은 사군우일 가능성이 농후했고, 그가 아직까지 살아 있다면 육패의 이목을 돌리기 위해 장강수로채와 같은 흑천의 세력들을 희생시키는 일은 더 이상 벌이지 않아도 되기 때문이다.

'천려일실(千慮一失)이라 했다. 이빨이 빠져도 호랑이는 호랑이. 육패를 세상 밖으로 나오게 하는 좋은 미끼가 될 터. 자네를 두 번 죽이는 셈이 돼버렸군.'

찰나지간 화정의 눈에 안타까움이 스쳤다. 하지만 그것도 잠시, 그는 표정을 고치며 황급히 선혜원 안으로 걸음을 옮겼다.

$$*\qquad*\qquad*$$

사군우가 흑화검법을 펼쳐 보이고 삼 일이 흐르도록 사비는 아무런 말도 하지 않았다. 사군우 앞에서도 혼자 있을 때도 전혀 입을 열지 않았다.

그저 관제묘 사당 벽에 우두커니 기대어 넋 나간 사람처럼 멍한 얼굴로 앉아 있을 뿐.

사군우의 무공에 충격을 받은 것이다.

세상에 그런 가공한 무공이 존재한다는 것은 상상조차 못했던 사비.

그는 왜 사군우가 천하제일인이라 불리는지 절실하게 느꼈다.

하지만 꼭 그런 이유 때문만은 아니었다. 사비가 입을 다문 가장 큰 이유는 사군우에게서 죽음의 향기를 맡았기 때문이다.

'아저씨가 조금씩 죽어가고 있었어. 바보같이 그런 것도 모르고 있었다니.'

사비는 자신이 한심스러웠다. 점점 어두워져 가는 사군우의 얼굴이 자신의 성취가 미미해서 나타난 실망감이라 여겼던 자신의 둔함이 원망스러웠다.

그런데도 자신은 계속해서 무공을 가르쳐 달라고 성화를 부렸으니.

더군다나 사군우의 무공은 사용하면 할수록 제 살을 깎아먹는 것과 다름없는 죽음의 무공이었다.

이전에는 몰랐지만 흑화검법을 본 후 사비는 그 사실을 뼈저리게 느꼈다. 자신이 화류패기를 지니고 있지 않았다면 전혀 몰랐을 사실.

사비는 점점 의혹 속으로 빠져 들어갔다.

'왜 아저씨는 내게 그런 파멸의 무공을 가르쳐 주려고 했을까? 왜?'

생각하면 할수록 의문은 꼬리에 꼬리를 물었다.

사군우가 미친 것이 아닐까?

혹시 자신에게 깊은 원한이 있는 것이 아닐까?

이런 저런 가정을 해봐도 좀처럼 해답은 나오지 않았다.

그렇게 삼 일이 흐른 것이다.

그리고 사군우가 다가왔다.

사군우는 사비를 바라보며 말없이 흑화검을 내밀었다. 하지만 사비는 사군우가 내민 흑화검을 바라보기만 할 뿐 아무런 행동을 취하지 않았다.

그렇게 한참을 말이 없던 침묵을 깨고 사군우가 드디어 입을 열었다.

"난 노예였다."

사군우의 짧은 한마디에 사비의 눈가에 잔 경련이 일었다. 하지만 사군우는 이를 못 본 척 다시 말을 이어갔다.

"천월사도라는 곳이 있다. 청해 앞바다에서 동북쪽으로 오백여 리를 가면 나오는 여인들의 세상이다. 세상에는 알려지지 않은 신비의 섬이지. 그곳의 여인들은 강하다. 그녀들은 신비한 힘을 지니고 태어난다. 임독양맥과 생사현관이 타통된 상태에서 태어나는 절정고수와 비견될 정도다."

"……."

사군우가 잠시 입을 다물고 사비를 바라봤다. 하지만 사비는 더 이상 아무런 반응도 보이지 않았다.

"천월사도는 여인들에게 있어 천국과 다름없는 곳이다. 하지만 사내들에게 있어서는 지옥이 따로 없는 곳이기도 하다. 난 그곳의 노예였다. 그게 언제부터였는지는 나도 모른다. 내 아비가 누구인지, 어미가 누구인지도 모른다. 중원으로 은밀히 나왔던 천월사도의 여인들에 의해 납치되었을 수도 있고, 애초에 천월사도에서 태어났을 수도 있다. 하지만 그런 것은 중요하지 않았다. 어차피 난 노예였으니까. 더구나……."

사군우는 두 눈을 지그시 감고 회상에 잠겼다. 아무에게도 말하지 않았던 자신만의 과거를 꺼내기가 쉽지 않았던 까닭이다.

"난 열 살의 나이에 종마로 선택됐다. 종마는 말 그대로 종마다. 여인들의 번식을 위해 씨를 뿌리는 노리개. 가끔은 그녀들의 쾌락을 위한 도구로 사용되기도 한다. 하지만 난 다행히 천월사도에서도 극상의 서열을 지닌 여인의 종마였지. 종마로 간택된 후 익힌 보양술이 네게 가르친 화류패공이다."

쿵!

사비는 심장이 멎는 충격에 저도 모르게 고개를 쳐들었다. 처음 사군우는 자신에게 화류패공이 보양술로 여겨지던 것이라는 말을 분명히 했었다. 그때는 허투루 들었지만 지금 생각해 보니 사군우의 과거가 고스란히 담겨 있는 말이라는 생각이 들었다.

사군우는 사비의 놀란 표정을 보며 속으로 짧은 한숨을 토했다. 이런 말을 한다는 것 자체가 쉽지 않은 일이었다. 게다가 그 말을 듣고 있는 이는 자신의 아들. 하지만 사군우는 이미 사비에게 자신의 얘기를 들려주려고 마음을 먹은 상태였기에 이내 다시 입술을 뗐다.

"그래서 난 중원에 나와서도 여인들을 기피했다. 한 여인을 제외하면……. 하지만 그건 중요한 게 아니다. 내가 굳이 이런 말을 해주는 이유는 너에게 화류패공과 흑화검법을 익힐 결정권을 넘겨주기 전에 최소한 해주어야 할 상황 설명일 뿐이다."

사군우는 쓸쓸하게 웃으며 다시 말을 이어갔다.

"난 살고 싶었다. 종마가 아니라 진정한 사내의 삶을 살고 싶었지. 하지만 한낱 노예에 불과한 내게는 아무런 선택의 여지가 없었다. 그런 꿈은 사치에 불과할 뿐. 그렇게 오 년이 흘렀다. 나를 선택한 여인과 합궁을 할 시기가 오 년 뒤로 다가온 것이었지. 그러다가 문득 내가 어쩔 수 없이 익힌 화류패공이 무공일지도 모른다는 생각이 들었다. 그리고 그런 기대감은 조금씩 확신으로 변해갔다. 확인할 수 있는 건 아무것도 없었지만 난 그만큼 절박했다. 난 사내로 살고 싶었으니까!"

사군우의 목소리가 조금씩 격정으로 떨리기 시작했다. 사비에게 말을 하며 지금껏 자신이 살아온 지난날들이 주마등처럼 스쳤기 때문이리라.

"그리고 아무도 몰래 수련을 시작했다. 그게 너에게 시킨 그 말도 안 되는 수련이다."

"어떻게 나왔어요?"

사비가 처음으로 말문을 열자 사군우가 의외라는 눈초리로 그의 얼굴을 빤히 쳐다봤다.

"그런 강한 여자들 틈에서 어떻게 도망쳤냐고요?"

사비가 퉁명스런 어투로 재차 묻자 사군우가 피식 웃으며 답했다.

"천월사도 사내들에게는 성년이 되는 해 한 가지 선택의 기회가 주어진다. 그 기회란 것은 도저히 뚫을 수 없는 관문을 통과하면 천월사도를 나갈 수 있게 해준다는 것이다. 일종의 회유책이라고 할 수 있지. 하지만 그건 노예로 살 것이냐, 아니면 죽을 것이냐를 선택하는 것일 뿐이다. 아무도 관문을 통과한 자가 없었으니까."

"아저씨 말고는요?"

사비가 빤한 눈으로 자신을 응시하자 사군우가 힘차게 고개를 끄덕였다.

"그래. 나는 통과했다. 몰래 익혔던 화류패공 덕분에 중원으로 나올 수 있었지. 그리고 내가 꿈꾸던 삶을 살 수 있었다. 그래서 후회는 없다."

"당장 죽어도요?"

"물론!"

사비의 물음에 사군우는 아무런 망설임 없이 고개를 끄덕였다. 이에 잠시 생각에 잠겼던 사비가 천천히 고개를 끄덕이며 입을 열었다.

"그럼 됐어요!"

"뭐가 됐다는 거냐?"

사비가 엉덩이를 툭툭 털고 자리에서 일어나며 피식 웃자 사군우가 의아한 눈초리로 물었다.

"아저씨가 천하제일이라는 명예 때문이 아니라 제대로 살고 싶어서 화류패공을 익힌 거라면 이해할 수 있다고요."

"으음."

사군우는 침음성을 삼켰다. 아직 사비에게 해주고 싶은 말들이 남아 있었지만 더 이상은 필요없을 것 같았다. 사비가 자신을 진심으로 이해해 주고 있음을 느낀 것이다.

이윽고 사군우가 사비의 두 눈에 시선을 맞추며 다시 입을 열었다.

"내가 왜 네게 화류패공을 가르쳐 줬는지 알고 싶지 않니?"

"당연한 걸 내가 왜 물어봐요? 그야 아저씨는 목숨을 내걸고라도 제대로 살아보고 싶어서 화류패공을 익혔던 거고 물론 나는 그렇게 목숨을 걸 이유가 없으니 아저씨가 날 그냥 죽게 내버려 두지 않을 거잖아요. 그러니 궁금할 것도 없죠."

"허허! 너란 녀석은 대체……."

사비가 어깨를 으쓱하며 대답하자 사군우가 실소를 머금었다.

"특이한 놈이죠? 헤헤!"

사비가 머리를 긁적이며 환하게 웃었다. 그의 미소를 본 사군우의 얼굴에도 조금씩 따뜻한 미소가 번져 갔다.

사당 안. 뻥 뚫린 밤하늘을 이불 삼아 나란히 누운 사군우와 사비가 오랜만에 정겨운 대화를 나누고 있다. 아니, 처음이었다.

"엄마는 꽤 엄했어요. 다른 아이들과 다투기라도 하는 날에는 종아리가 성치 않았죠."

"너를 때린 어미의 마음은 더 아팠을 것이다."

"맞아요. 엄마는 저를 때린 날엔 밤잠을 설치며 제 다리를 조심조심 주물러 댔으니까요. 엄마는 몰랐지만 저는 그런 엄마 손길이 좋아서 일부러 더 싸우고 다녔어요. 헤헤!"

"헛! 이런 못된 놈 같으니라고!"

사비가 거슴츠레한 눈으로 옛일을 생각하며 싱긋이 웃자 사군우가 눈살을 찌푸리며 헛바람을 집어삼켰다. 하지만 속으로는 사비의 어릴 적이 떠올라 절로 미소가 머금어졌다.

'당신이 이 아이를 얼마나 닦달했을지 안 봐도 눈에 선하구려.'

사군우가 현화를 떠올리며 피식 미소 짓는 사이 사비가 다시 입을 열었다.

"그러다가 내가 열다섯 살 되던 해에 죽었어요."

"어쩌다가… 죽었느냐?"

사군우가 짐짓 시치미를 떼고 몸을 일으켜 앉으며 묻자 사비도 따라 일어나며 잠시 주저했다.

"음, 이건 정말 비밀인데……. 좋아요! 아저씨도 비밀을 알려줬으니까 나도 하나쯤은 알려줘야 인지상정이죠!"

사비가 큰 선심이나 쓴다는 듯 고개를 끄덕이며 다시 말을 이었다.

"암사파라고 흑치회 전에 청도를 장악했던 놈들이 있었어요. 거기 황두라는 자식이 두목으로 있었는데……."

"으음."

사군우는 절로 튀어나오는 침음성을 애써 삼키며 사비의 다음 말을 기다렸다.

이윽고 사비가 힘겹게 입술을 뗐다.

"그 황두라는 자식하고… 맞짱을 뜨다가 골로 갔지 뭐예요? 히히!"

"허! 이런 고얀 놈! 감히 어른을 놀려?"

콩!

"으씨! 또 때리네? 이래서 피하는 법을 배워야 한다니까!"

사비가 사군우의 주먹에 맞은 머리를 비비며 투덜거렸다. 이를 본 사군우는 씁쓸한 미소를 머금고 다시 자리에 누웠다.

"이제 그만 자자. 내일부터 다시 수련을 시작하려면 눈 좀 붙여두는 게 좋을 게다."

"알았어요. 그럼 내일부터 흑화검법을 수련하는 건가요?"

사비가 사군우의 옆에 몸을 누이며 묻자 사군우가 고개를 저었다.

"아니. 흑화검법은 화류패기를 써야 하는 무공이니 일단 보류다. 그 전에 소모한 화류패기를 곧바로 진기로 회복시킬 수 있는 풍류비공을 익혀야 하니까. 물론 그건 앞으로 차차 네가 알아서 해나갈 일이다."

"그럼 뭘 배워요? 아직도 가르쳐 줄 게 더 남았어요?"

"후후후! 녀석. 내겐 흑화검법 말고도 밑천이 한참 더 남아 있다. 하지만 모두 배우려면 시간이 모자라니 그중에 내가 가장 아끼는 무공을 가르쳐 주마. 그것만 제대로 익히면 타락수라나 현현이가 동시에 덤벼도 웬만큼은 버틸 수 있을 게다."

"우와! 그 정도예요?"

사비가 탄성을 내질렀다. 이전에는 전혀 몰랐지만 지금은 타락수라와 임현현의 실력이 어느 정도일지 대충은 짐작이 가는 그로서는 사군우의 말에 구미가 당길 수밖에 없었다.

"그 무공은 이름이 뭔데요?"

"글쎄다. 아직 정한 이름이 없다. 너와 내가 사씨(司氏)이니 사가권법(司家拳法)이라고 해도 괜찮을 것 같구나."

"사가권법이요? 이름이 좀 촌스러운 것 같은데요?"

고개를 갸웃거리던 사비가 사군우에게 고개를 돌렸다. 하지만 사군우는 어느새 깊이 잠들어 있었다. 이를 본 사비는 사군우의 몸이 점점 악화되고 있음을 느끼며 걱정스런 눈으로 그의 널찍한 등을 바라봤다.

"아저씨, 오래 살아요. 모처럼 죽이 맞는 인간인데 일찍 죽으면 내가 너무 심심하잖아요."

사군우를 바라보던 사비는 나직한 목소리로 중얼거리며 천천히 돌아누웠다. 하지만 사비는 사군우가 잠든 척하며 자신을 향해 속으로 말을 건네고 있다는 것은 미처 모르고 있었다.

'아들아, 사가권법은 내가 너에게 주는 가장 소중한 선물이란다.'

관제상 위에 나란히 선 사군우와 사비는 밝아오는 아침의 여명을 지켜보고 있었다. 같은 얼굴이지만 서로에게 다른 의미로 남아 있는 여인의 얼굴을 떠올리는 두 사내.

비슷한 키와 비슷한 체구, 그리고 닮은 미소의 입술 선. 그들은 자신들이 닮았다는 것을 모르는지 도란도란 얘기에 한창이다.

"흑화검법을 시전하며 보인 검은 빛들은 진정한 흑이 아니다. 그저 화류패공 궁극의 경지를 흉내 낸 것에 불과할 뿐이지. 어쩌면 네가 말했듯 흑화검법은 인간의 힘으로는 도저히 감당할 수 없는 신의 무공일지도 모른다. 하지만 사가권법은 다르다. 사가권법은 화류패기의 힘을 최소로 조절하며 사용할 수 있게 해준다. 내가 만일 흑화검법이 아닌 사가권법을 사용했다면 흑화검성이 아니라 흑화권성이라 불렸을 것이다."

사군우는 잠시 말을 멈추고 사비를 바라봤다. 자신과 어깨를 나란히 한 채 전면에 시선을 고정한 사비는 두 귀를 쫑긋 세우고 있었다.

"흑화검법에 대해서는 더 이상 말을 하지 않겠다. 오늘부터는 사가권법을 가르쳐 주마. 물론 사가권법은 흑화검법처럼 지닌 화류패기를 모두 쏟아 붓는다면 오히려 흑화검법보다 더욱 강력한 힘을 발휘할지도 모른다. 하지만 그건 어디까지나 이론일 뿐 결코 시도하는 일은 없어야 한다. 알겠느냐?"

"네, 걱정 마세요. 저는 아저씨처럼 일찍 죽으려고 환장한 짓을 할 정도로 멍청한 인간은 아니니까요."

사비가 피식 웃으며 고개를 끄덕였다.

"오냐. 잘났다. 지금은 그냥 넘어간다만 사가권법을 다 배운 후에는 각오하는 게 좋을 거다. 그때부터는 본격적으로 싸워보게 될 테니까.

후후후!"

사군우는 생각만 해도 기분이 좋은 모양인지 그답지 않게 음침한 미소까지 지으며 다시 말을 이었다.

"사가권법에는 앞서 말한 대로 흑화검법과는 다른 장점이 있다. 화류패기를 조절할 수 있다는 것. 다시 말해 화류패기를 밖으로 쏟아내지 않고도 쓸 수 있다는 말이다. 그저 양손과 발에 화류패기를 두르기만 하면 되니까. 이렇게!"

사군우가 천천히 양손을 들어 올리자 그의 손으로 시선을 옮긴 사비의 눈에 이채가 서렸다. 사군우의 양손이 점점 붉게 물들기 시작했기 때문이다.

그리고 잠시 후 그의 손에 담긴 빛은 핏빛 적색에서 황색으로, 밝은 황색에서 찬란한 백색으로, 그리고 한없이 투명에 가까운 청색으로 화해갔다.

사군우는 구결만 일러주고 몸소 시전해 보이는 것으로 끝을 내던 이전의 교육과 달리 사가권법을 가르치면서부터는 자상한 설명과 세세한 지적을 덧붙였다.

그만큼 자신이 창안한 사가권법에 자신이 있었기 때문이고, 사비가 이를 완전한 자기 것으로 만들기를 바랐기 때문이다. 이에 사비는 새롭게 바뀐 사군우의 교육 방식에 놀랐고, 그가 말한 사가권법의 초식명에 또 한 번 놀랐다.

제일초식인 앙심불회(仰心不悔)부터 불로불욕(不勞不慾), 타언불혹(他言不惑), 삼상일언(三想一言), 진언필행(眞言必行), 백절불굴(百折不屈), 그리고 마지막 초식인 심중지루(心中之淚)까지 모두 자신에게 누누이

강조했던 사군우의 가르침이었다.

사비는 놀란 눈을 깜빡이며 사군우가 일러준 초식을 되뇌어봤다.

"사내는 스스로의 마음에 부끄러움이 없어야 하고[仰心不悔], 노력하지 않은 대가는 취하지 말아야 하며[不勞不慾], 다른 사람의 말에 미혹하지 않는다[他言不惑]. 또한 사내는 세 번 생각하고 한 번 말하고[三想一言], 뱉은 말은 반드시 지켜야 하며[眞言必行], 어떠한 힘에도 꺾이지 않고 굴하지 않는 장부여야 한다[百折不屈]."

사비는 잠시 말을 멈추고 사군우의 얼굴을 바라봤다. 이에 사군우가 사비의 말을 받으며 천천히 입을 열었다.

"마지막으로 대장부는 실패할지언정 좌절하지 않고 어떠한 경우에도 눈물을 보이지 않는다. 다만 가슴으로 흘릴 뿐이다[心中之淚]."

"……."

사비는 전류가 흐르는 듯 찌르르한 느낌에 온몸을 떨었다.

'이게 아저씨가 살아온 삶인가?'

사비가 천천히 고개를 들었다.

"명심할게요!"

사비는 힘차게 고개를 끄덕였다. 사군우가 가르쳐 준 초식은 단순히 초식으로써의 의미뿐만이 아니라 사군우가 이제껏 살아오며 행한 삶의 철학이자 인생관이었다.

사비는 사군우가 자신에게 무공을 가르치는 것이 아니라 사내로서 살아가는 방법을 가르치는 것임을 느끼고 있었다.

"명심할게요!"

"그럼 보아라!"

사비가 연신 고개를 끄덕이며 같은 말을 반복하자 사군우는 피식 웃으며 관제상 밑으로 날아 내렸다.

'되었다! 이제 되었어!'

사군우는 입가에 가득 미소를 머금고 신들린 사람처럼 사가권법을 펼치기 시작했다.

사비의 눈이 잘게 떨렸다. 그의 눈에 비친 사군우의 권법. 그것은 무공이 아니라 일평생을 진정한 사내로 살아온 이의 춤사위였다.

더욱이 사가권법은 이름만 그럴듯한 초식이 아니었다. 주먹과 발이 나아갈 때마다 사군우의 삶과 한이 묻어 있는 무공이었다.

"앙심불회! 어떠한 변식도 없이 일직선으로 내뻗는다! 그것은 주먹이나 발을 포함해 화류패기를 담을 수 있는 신체의 일부라면 어떠한 것이라도 가능한 공격이다. 한 번 날리면 후회가 없어야 할 지나치게 정직한 공격이지만 상대는 전혀 예측할 수 없는 기이한 초식이 앙심불회다!"

사군우의 손과 발이 현란하게 움직였다. 하지만 사비는 사군우의 몸에서 뿜어져 나오는 가공할 속도와 어디서 뻗어 나올지 모르는 변칙적인 모습이 마치 움직이지 않고 서 있는 것 같다는 착각이 들었다.

"불로불욕! 상대의 공격을 받아야 펼칠 수 있는 공격으로 이화접목(移花接木)의 묘리와 유사하지만 그 속에는 화류패공의 유일한 방어책인 만류흡이 가미되어 있다! 공격하는 상대의 힘이 강하면 강할수록 더 큰 효과를 낼 수 있는 초식이다!"

사군우는 초식명을 외치며 화류패기를 담은 회선장을 날렸다. 그가 날린 장력이 자신의 가슴을 향해 짓쳐들자 사군우의 가슴이 푹 꺼져들었다가 다시 튀어나왔다. 그와 동시에 날아왔던 회선장이 급격히 커지며 퉁겨져 나갔다.

"타언불혹! 머리를 사용하는 초식으로 전신의 화류패기를 머리에 집중하여 날리는 공격이다! 전신을 회전시키며 생기는 힘까지 가미하면 더 큰 타격을 입힐 수 있다!"

사군우가 지면을 박차며 날아오르자 그의 머리 주위의 대기가 일렁이기 시작했다. 이를 보는 사비의 눈이 조금씩 커지기 시작했다.

'굉장하다!'

사비가 속으로 연신 탄성을 내지르는 사이에도 사군우는 계속해서 사가권법을 펼쳐 나갔다.

"삼상일언! 머리, 주먹, 다리를 동시에 사용하는 기술로 세 방향에서 한곳을 집중적으로 공격하는 초식이다! 진언필행! 양 어깨와 팔꿈치, 무릎 등 인간의 신체 중 가장 단단한 부위를 이용해 연달아 공격하는 연속기로 이 초식을 쓰면 상대가 숨을 토하기도 전에 제압할 수 있다! 백절불굴! 전신을 회전시키며 온몸으로 공격하는 기술로 앙심불회와 타언불혹의 절기를 익숙하게 시전할 수 있어야 가능한 복합기다!"

사비는 숨 돌릴 틈 없이 내질러 대는 사군우의 손과 발을 보며 입술을 질끈 깨물었다.

"심중지루! 신체의 한곳에 전신의 모든 화류패기를 집중해 이를 훼손시키며 암기처럼 날리는 기술로 화류패기가 쏟아져 나오며 버티지 못하는 신체를 구하기 위한 대안책으로 만든 사가권법의 최후 절초다!"

사군우는 자신의 우수로 좌수를 자르는 시늉을 하며 전면을 향해 우수를 쭉 뻗었다. 그와 동시에 한줄기 빛이 전면으로 쏟아져 나갔다.

쌔애애액……!

"다시 보아라!"

사군우는 심중지루로 사가권법의 모든 초식을 마친 후에도 연신 사비를 향해 초식의 활용법을 외쳐 대며 수차례 반복해서 사가권법을 펼쳐 보였다.

사비의 두 눈동자로 격정의 물결이 휘몰아쳤다. 흑화검법을 봤을 때와는 달리 사군우는 전혀 힘든 기색을 보이지 않고 있었다. 그의 말대로 사가권법은 화류패기를 사용할 수도, 하지 않을 수도 있는 무공이었기에 신체에 무리를 느끼지 않았기 때문이다. 이에 더욱 마음이 놓인 사비는 사군우에게서 시선을 떼지 못하고 땀이 배인 손을 와락 움켜쥐었다.

"좋구나!"

사비가 저도 모르게 탄성을 내뱉자 사군우도 흥이 돋는지 허공으로 치솟으며 사가권법의 초식들을 쉴 새 없이 쏟아내기 시작했다.

이번에는 순서대로 펼치지 않고 몸과 마음이 가는 대로 자연스럽게 움직였다.

우우우웅……!

'아름답다!'

순간 사군우의 전신에서 웅휘로운 광채가 뻗어 나왔다. 사비는 자신이 직접 두 눈으로 바라보고 있는데도 사군우가 다른 세상에서 움직이고 있는 것 같다고 느꼈다.

"사가권법이나 흑화검법 모두 내가 네게 전한 무공의 묘리는 초식이 아니라 흐름에 있다! 이 점을 잊지 마라!"

파아앗……!

사군우의 신형이 허공으로 치솟았다. 한 마리 학의 날갯짓처럼 우아한 몸짓이었지만 승천하는 용처럼 강맹한 기운이 사방으로 퍼져 나갔다.

"허허! 음양이 상응하고 천인이 합일되니 누가 그를 넘볼 수 있으리오!"

사비의 목소리가 아니었다. 그 음성의 주인은 관제묘에서 한참을 떨어진 숲에서 사군우의 무위를 몰래 감상하다가 절로 감탄사를 내뱉고만 백리준이었다.

*   *   *

사비가 무공 수련에 한창일 무렵 산동성은 일대 전환기를 맞고 있었다.

급격히 기울어가던 황보세가가 다시 산동성의 패자로 급부상하기 시작한 것이다. 안휘에서 산동까지 진출했던 남궁세가가 좋지 않은 소문에 시달리기 시작한 것도 그 즈음이었다.

황보세가의 장원.

황보천의 거처에는 세가의 핵심 가솔들이 모두 모여 있었다. 전대 황보세가주가 죽은 후 세가 일에서 손을 뗐던 가문의 여러 존장들과 황보혁과 황보상을 위시한 세가의 신진 기재들까지 세가에서 영향력이 있는 인물들은 하나도 빠짐없이 모인 자리였다.

특이한 점이 있다면 가문 회의에 여인을 들이지 않는 황보세가의 가풍에 맞지 않게 여인이 하나 끼어 있다는 것이었다.

임현현이었다.

가존들의 대부분은 임현현이 이런 중요한 자리에 끼어 있다는 것이

탐탁지 않았으나 가주 황보천을 비롯한 신진들의 표정은 지극히 당연하다는 눈치였다. 그들은 황보세가가 재기할 수 있었던 가장 큰 이유가 임현현의 밝은 혜안과 심계에 있음을 알고 있기 때문이었다.

"우선… 오늘은 아주 중대한 사안을 결정하기 위해 모였습니다."

황보천은 좌중을 스윽 둘러보았다. 자신의 우측에 앉아 있는 가문의 존장들. 부친이 죽고 서로 가주가 되기 위해 혈안이었던 자들로 황보천이 가주가 되자 곧바로 세가에서 떨어져 나갔던 배신자들이 근엄한 표정으로 앉아 있다. 하지만 뿌리가 없으면 나무는 살 수 없다는 임현현의 말에 그들을 다시 불러들였다.

그들의 얼굴을 보고 있자니 은근히 기분이 상했지만 다른 한편으로는 그들이 체면을 구기면서까지 다시 찾아들 정도로 세가가 힘을 찾았다는 사실에 자부심이 들었다.

다시 고개를 돌린 황보천의 눈에 자신을 믿고 따라준 자랑스러운 황보세가의 후기지수들이 들어왔다. 하나같이 정광 어린 눈빛을 뿜어내는 젊은 기재들.

황보천은 그들이 있기에 앞으로 세가의 미래가 훨씬 밝아지리라 확신하며 흐뭇한 얼굴로 입을 열었다.

"어제부로 남궁세가가 산동에 마련했던 분가를 정리하고 본가가 있는 안휘 땅으로 되돌아갔다고 합니다."

"오! 감축드리오!"

"모두 가주님의 탁월한 영도력 덕분입니다!"

여기저기서 감탄사가 터져 나왔다.

황보세가의 땅에 들어와 턱하니 분가를 차렸던 남궁세가가 쫓기듯 산동을 떠났다는 소식은 이 자리에 있는 모든 이들의 가슴을 뿌듯하게 해주었다. 황보세가의 힘이 다시 커졌기 때문이기도 했지만 결정적인 이유는 산동에 근간을 둔 유지들과 민심이 남궁세가를 떠났기 때문이다.

남궁세가의 인물들이 산동인들을 노예보다 못한 존재로 본다는 소문, 그리고 여기저기서 들려오는 남궁세가인들의 행패.

남궁세가에서는 자신들의 행동이 아니라고 주장했지만 사람들은 믿지 않았다. 남궁세가의 복장과 그들이 지닌 무공을 흉내 낼 만큼 간 큰 세력이 존재하지 않는다고 생각했기 때문이다. 더욱이 그곳이 황보세가라는 사실은 꿈에도 짐작치 못했다.

하지만 황보천을 포함해 극소수의 세가인들은 근래 들어 남궁세가가 산동에서 벌인 일련의 행각들이 그들의 소행이 아님을 어느 누구보다 잘 알고 있다. 그리고 그 일의 가장 큰 주역이 황보혁과 임현현이라는 것도.

'제수씨의 책략이 정당하다고 볼 수는 없으나 남궁세가에서 본 가의 영역을 침범한 것부터가 잘못된 일이니 자책할 필요는 없지.'

황보천은 다른 이들의 칭찬을 들으며 임현현을 향해 곁눈질을 했다. 임현현은 잠자코 가솔들의 얘기를 경청하고 있었지만 오늘 이 자리를 제안한 것은 그녀였다.

'참으로 세가의 복이라 할 수 있는 여인이야.'

속으로 중얼거리던 황보천이 천천히 입을 열었다.

"하지만 그렇다고 해서 본 세가가 예전의 성세를 완전히 회복한 것이라 볼 수는 없습니다. 아버님 대까지는 산동의 낮과 밤이 우리의 손에 있었으나 지금은 낮뿐이니 말입니다."

"으음."

좌중이 고개를 끄덕였다. 그들은 황보천이 말하고자 하는 바를 짐작할 수 있었다. 그가 말하고자 하는 것은 산동의 밤을 지배하는 삼악파에 관한 것이었다.

"짐작하시듯 삼악파에 관한 얘깁니다. 삼악파는 시정잡배들의 집단으로 보기에는 너무 방대해졌습니다. 어쩌면 이번 일은 남궁세가와의 이권 다툼보다 더 힘이 들지도 모릅니다. 그러나 이들을 누르지 않고는 산동을 완전한 우리의 관할로 둘 수가 없습니다."

"하지만 자칫 야문과의 싸움으로 번질 수도 있소."

"삼악파를 완전히 없앤다면 그럴 가능성도 충분히 있습니다. 하지만!"

한 가존이 이의를 제기했다. 그는 황보천의 당숙 황보단이었다.

황보천은 고개를 젓는 황보단의 얼굴을 보며 다시 말을 이었다.

"그들을 힘으로 누르는 것이 아니라 뒤에서 조용히 조종할 수만 있다면 야문이라도 어쩌지 못합니다. 자신들의 이익을 탐하거나 인명을 해하지 않으면 건드리지 않는다는 야문의 특이한 계율이 있는 한 내세울 명분이 없게 될 테니까요. 또한 우리에게 필요한 건 그들이 지닌 이권이 아닙니다. 그저 산동 땅을 어지럽히지 않을 정도로 조용히 지내주기만 하면 그뿐입니다."

"으음."

황보단이 침음성을 삼키며 입을 다물자 황보천이 좌중을 둘러보며 입을 열었다.

"낮이 있으면 밤이 있습니다. 그걸 인정해야 낮과 밤 모두를 가질 수 있는 것입니다. 하지만 그들을 손에 넣기 위해서는 우리의 힘을 보여줄 필요가 있습니다. 삼악파의 규모가 어느 정도나 되느냐?"

황보천이 묻자 황보상이 머리를 조아리며 입을 열었다.

"현재 오십여 명의 소두가 수하 삼십여 명을 거느리고 산동의 각 현에 주둔하고 있습니다. 이 소두들은 삼류급의 무공 실력을 갖춘 중두 휘하에 대여섯 단위로 묶여 있으며 삼악파의 최상위에는 강창기라는 자가 대두로 있습니다."

"허! 웬만한 중문파와 맞먹는 규모로군!"

황보단이 탄성을 터뜨렸다. 삼악파의 규모가 자신의 예상을 훨씬 뛰어넘었기 때문이다. 또한 삼악파처럼 은밀한 세력에 대한 조사를 언제 이렇게 자세히 했는지에 대한 감탄도 섞여 있었다. 하지만 황보상은 이를 못 들은 척 계속해서 말을 이어갔다.

"소두나 그 밑에 있는 조직원들은 염두에 둘 필요가 없습니다. 문제는 삼류 수준의 무공을 지닌 중두 열 명과 이류급에 속하는 강창기 대두입니다. 그리고 무엇보다 한 달 간격으로 나오는 야문의 순찰을 피하는 것도 중요합니다."

"음! 그건 이미 알고 있는 것이니 다른 문제가 없으면 빠른 시일 내에 끝내는 게 관건이다. 천하가 우리를 지켜보고 있으니까. 그럼… 이 일은 황보혁이 맡는다. 혁이는 황보사수(皇甫四秀)를 데리고 가라. 이번 기회에 황보사수가 남궁사수보다 뛰어나다는 것을 알리도록 하자."

황보천이 황보혁을 향해 고개를 돌렸다.

"알겠습니다!"

황보천의 말에 황보혁이 힘차게 고개를 끄덕였다.

황보사수는 황보천이 황보혁과 황보상을 포함한 네 명의 후기지수에게 붙여준 별호였다. 황보천은 황보사수가 남궁원예를 제외한 기존의 인물들이 모두 타락수라 화무영에게 죽은 후 새로이 구성된 남궁사수에 배분상으로도 실력으로도 밀리지 않으리라 확신했다. 인접해 있으면서 같은 별호를 사용한다는 것은 명백한 도전. 황보천은 이번 기회에 황보세가가 남궁세가에 전혀 밀리지 않는다는 것을, 아니, 오히려 훨씬 앞선다는 것을 보여줄 생각이었다.

'둘째의 변화가 세가에 큰 힘이 되고 있다. 이 역시 모두 제수씨 덕분이겠지?'

근래 들어 눈에 띄게 변한 황보혁을 흐뭇한 눈길로 바라보던 황보천이 가존들을 향해 고개를 돌렸다.

"삼악파는 조만간 우리의 수족처럼 움직일 것입니다. 그렇다고 드러내 놓고 관계를 나타내지는 않을 테니 너무 심려치 않으셔도 됩니다. 여러 어르신들께서는 그저 낮만 관리해 주시면 됩니다."

"낮이라니?"

"산동에 있는 상단들을 보호해 주시고 표국들과 다른 무가들의 지원을 맡아주십시오."

황보단이 되묻자 황보천이 피식 웃으며 답했다.

"험! 뭐, 그건 어렵지 않지!"

황보단을 포함한 존장들이 흔쾌히 고개를 끄덕였다. 그런 일이라면 이전에도 자신들이 해오던 일들, 아니, 전대 가주가 죽고 힘이 없었을 때도 다시 하고 싶었던 일들이다. 상단과 표국, 무가들을 관리하는 일은 그저 어깨에 힘이나 주며 안면만 익혀두면 되는 쉬운 일이었기 때문이다.

황보천은 그들의 만족스런 표정을 물끄러미 바라보다가 나직이 입술을 뗐다.

"우리의 목표는 산동제일가가 아닙니다. 강소공가를 뛰어넘는 천하제일세가. 그러기 위해서는 모두의 힘을 하나로 모아야 합니다. 이 점 잊지 마십시오."

황보천의 말에 모인 좌중 모두가 만면에 웃음을 머금었다. 젊은이들은 새로운 희망과 꿈에 부풀어 올랐기 때문이고, 나이 지긋한 이들은 우습게만 보던 가주가 크게 성장했다는 것에 대한 감회였다.

'그래, 그런 마음가짐이라면 이루지 못할 일이 뭐가 있을꼬. 혹 이루지 못한다 해도 황보세가는 당분간 걱정할 일이 없을 것이야. 암!'

황보단은 흐뭇한 미소를 머금고 고개를 끄덕였다. 하지만 그는 몰랐다. 황보천을 위시한 세가의 젊은이들이 자신들을 얼마나 역겹고 한심하게 보고 있는지를.

"이번에 갔다 오시면 꼭 만들어주셔야 해요. 아셨죠?"

황보혁은 방문을 열고 들어서자마자 들려온 목소리에 고개를 돌렸다. 임현현이 자신을 보며 배시시 웃고 있었다.

"하하하! 알겠소!"

황보혁은 유쾌하게 웃으며 고개를 끄덕였다. 그는 이럴 때 보면 임현현이 정말 자신을 좋아하고 있는 것이 아닌가 하는 착각이 들었다.

이전의 사태만 아니었다면 아마 지금도 그렇게 생각하고 있을 것이다. 하지만 황보혁은 임현현이 자신을 필요에 의한 도구 그 이상의 존재로 생각하지 않는다는 것을 이미 직접 경험한 상태였다.

지금도 임현현은 그저 자신에게 부탁을 하는 것뿐이었다.

'세상에서 가장 단단하고 가벼운 성질을 지닌 무기라……. 게다가 무공이 없어도 절정고수를 단번에 죽일 수 있는 파괴력까지 지녀야 한

다니. 그런 게 있으면 내가 지니고 다니겠소.'

황보혁은 속으로 입맛을 다셨다.

임현현이 주문한 무기는 소장왕이라 불리는 자신이 생각해도 그저 환상에 불과한 무기였다. 하지만 그렇다고 그녀의 청을 거절할 수도 없었다. 그렇게 되면 언제 봉변을 당할지 모르는 신세에 처해 있었기 때문이다.

'내 지금은 당신에게 아무것도 아닌 존재이나 언젠가는 반드시 당신의 마음을 얻고 말겠소.'

황보혁은 속으로 다짐하며 임현현의 얼굴을 물끄러미 바라봤다. 눈앞에 있으면서도 잡을 수 없는 신기루 같은 여인이 자신을 보고 웃고 있다.

그 여인의 마음을 얻기 위해서는 그녀를 위해 전심전력을 다하는 모습부터 보여줘야 했다.

그게 순서였다. 처음에는 질투심에 눈이 멀어 해서는 안 될 언행을 다반사로 했지만 지금은 다르다.

여인의 마음을 얻기 위해서는 감동이 필요하다는 것을 깨달았기 때문이다. 물론 여전히 그녀가 다른 사내와 대화를 주고받는 것을 보면 참을 수 없는 질투심이 솟구쳤지만 지금은 어느 정도 자신의 감정을 다스릴 수 있었다. 그녀의 마음을 차지하겠다는 목표를 이루게 되면 그때는 이런 감정은 쓸데없는 것이 될 것임을 그는 알고 있었다.

"조심해서 다녀오세요."

"염려 마시오!"

임현현의 부드러운 음성에 정신이 든 황보혁이 고개를 끄덕이며 웃었다.

"잘 지내고 있나요?"

황보혁이 자신에게 선사할 무기를 설계한다며 그의 작업장으로 향한 직후 임현현은 창문 밖으로 고개를 내밀고 화사하게 핀 자정향(紫丁香:라일락)을 물끄러미 바라봤다.

자정향 꽃잎이 바람에 떨리며 환한 미소를 짓는 한 사내의 얼굴로 화해간다.

사비. 숨이 끊길 지경에 놓인 그를 내버려 두고 오며 얼마나 후회했는지 모른다. 더욱이 자신을 향한 오해와 원망을 마음에 담고 있을 그를 생각하면 가슴이 천근만근 무거워졌다. 하지만 임현현은 사비의 곁에 있는 이를 믿었다.

결코 사비를 죽게 내버려 두지 않을, 그리고 사비를 그런 옹졸한 사내로 만들지 않을 사군우를 믿었다.

'그게 옹졸한 건 아니지. 내가 그의 입장이었다면 난 두 번 다시 그를 보지 않았을 테니까.'

속으로 중얼거리던 임현현이 자신이 떠올린 생각에 화들짝 놀랐다.

"어머! 내가 언제 이렇게 마음이 넓어졌지? 후훗!"

임현현은 자신의 변화가 신기했다. 황보세가로 다시 돌아오고 나서는 이전의 성격으로 되돌아간 듯했지만 문득 사비를 떠올릴 때면 자식에게 관대한 어머니처럼 넓고 따뜻한 마음이 일었다.

"이런 게 그리움이라는 걸까?"

임현현은 다시 자정향으로 되돌아가는 사비의 얼굴을 잡으려는 듯 손을 뻗으며 중얼거렸다.

하지만 아직은 아니다. 먼저 황보세가를 강소공가와 더불어 천하이

대세가로 만들어야 한다. 그래야 대천사가 묵인하는 기간을 좀 더 연장할 수 있었다.

임현현은 불현듯 대천사의 성난 눈빛을 떠올리며 어깨를 흠칫 떨었다.

"휴우! 어쩌면 당신을 선택한 건… 질 수밖에 없는 도박을 시작한 건지도 몰라요. 하지만 후회하지 않을래요. 저는 당신과 아버님을 믿어요."

임현현은 창가에서 시선을 떼고 천천히 몸을 돌렸다.

황보혁이라면 무리없이 삼악파를 장악하고 되돌아올 것이다. 하지만 삼악파의 일을 해결했다고 해서 산동을 확실히 잡았다고 할 수는 없었다. 그녀는 그 이후의 일을 생각하고 있었다.

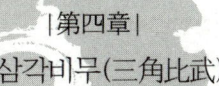

|第四章|
삼각비무(三角比武)

"비가 오려나?"

사비는 눈을 들었다. 먹장구름 한 장이 머리 위로 다가온다.

후두둑!

갑작스레 내린 비로 관제묘 주변이 소란스러워졌다.

사비는 눈살을 찌푸리며 사당 쪽으로 몸을 돌렸다. 좌정한 사군우의 모습이 눈에 들어왔다.

순간, 바람이 우수수 소리를 내며 사군우의 얼굴을 스쳤다.

수척하다.

사비는 눈에 띄게 쇠약해진 사군우의 모습이 보이자 땅에 박힌 돌멩이를 아무렇게나 걷어찼다.

'뭐지, 이 기분은?

돌멩이를 툭툭 걷어차며 사군우를 향해 다가가던 사비가 갑자기 몸을 움찔했다.

누군가가 자신을 바라보는 느낌. 심연처럼 고요하면서도 순식간에 얼어버릴 것 같은 한기가 느껴졌다.

사비는 주위를 두리번거렸다. 하지만 어디에도 다른 이의 모습은 보이지 않았다.

'착각인가?'

사비는 사군우가 여전히 아무 말 없이 앉아 있는 모습을 힐끗 쳐다본 후 고개를 갸웃거렸다.

'나는 몰라도 아저씨의 눈을 피할 인간은 세상에 존재하지 않아!'

사비가 이내 고개를 끄덕이며 막 걸음을 옮길 때였다.

팟!

짧은 파공성. 그 직후 짓쳐든 한기.

사비는 경악에 찬 눈으로 힘껏 고개를 젖혔다.

"어떤 새끼야?"

간발의 차로 적의 공세를 비껴가게 한 사비가 이내 자세를 고쳐 잡으며 주위를 두리번거렸다. 하지만 조금 전까지만 해도 자신의 숨통을 조여오던 그 기운은 거짓말처럼 사라지고 없었다.

'이상하네? 아저씨가 모를 리 없는데……. 그렇다면 설마 그 계집이 돌아온 건가?'

사군우에게 힐끗 고개를 돌려본 사비는 그가 여전히 눈을 감고 명상에 잠겨 있자 이내 눈썹을 찌푸리며 천천히 주위를 훑어봤다. 조금씩 굵어지는 빗줄기 사이로 보이는 주변 사물 외에는 아무것도 보이지 않았다.

휙!

흐릿한 뭔가가 눈앞을 스쳤다.

'그놈이었군!'

사비는 두 눈을 빛내며 입꼬리를 말아 올렸다. 사군우가 왜 아무 반응을 보이지 않는지 이제야 깨달았다.

'그놈… 백색이가 왔어! 나쁜 자식, 어디 갔다가 이제 오는 거야? 근데 이 자식이 감히 주인을 놀려? 어디 두고 보자!'

사비는 순식간이었지만 방금 전 자신을 스쳤던 그 한기가 마령심기임을 눈치챘다. 타락수라 화무영이 돌아온 것이다.

"아저씨, 오늘은 비 오니까 수련 끝내도 되죠?"

"……."

사비는 시치미를 뚝 떼고 사군우를 향해 고개를 돌렸다. 하지만 사군우는 여전히 묵묵부답이었다.

그러나 사비 역시 사군우의 대답을 바란 것이 아니었다. 그가 바라는 것은 따로 있었다.

'움직인다!'

사비는 자신이 입을 여는 사이 화무영이 다가오고 있음을 눈치채고 두 주먹을 불끈 쥐었다.

팟!

빗줄기를 뚫고 다가드는 그림자. 동시에 사비의 몸도 살짝 흔들렸다.

"헉!"

경악성이 터졌다. 이에 사군우가 감았던 눈을 뜨고 사비가 있는 쪽으로 시선을 옮겼다. 머리 위로 하얀 김이 모락모락 올라오고 있는 사비와 그의 손에 목을 움켜잡힌 화무영이 보였다. 사비가 찰나지간 끝

어울린 화류패공을 이용해 화무영에게 반격을 가한 것이다.

"백색이! 허락도 없이 가출하더니 이젠 쥐새끼마냥 몰래 기어들어 와서 주인을 놀리기까지 해? 죽고 싶냐?"

사비가 무뚝뚝한 어투로 말을 던지자 화무영은 경악에 찬 눈초리로 고개를 저었다.

"그게 아니고……."

화무영은 극심한 충격에 말을 잇지 못했다. 있을 수 없는 일이었다. 마황의 경지에 이른 자신을 사비 정도의 실력을 가진 이가 알아챘다는 것은 논리적으로 설명이 불가능한 일이었다. 게다가 사비는 자신의 존재를 알아차린 것도 모자라 반격을 가해왔다.

'음! 도저히 이해할 수 없다! 어떻게?'

화무영은 속으로 크게 도리질 쳤다. 물론 사비의 공격이 자신이 피할 수 없을 정도로 빨랐던 것은 아니다. 단지 굉천자도 발견치 못한 자신의 흔적을 너무나도 손쉽게 찾아낸 사비에 놀랐을 뿐이다.

하지만 만일 화무영은 자신이 어떠한 핑계로도 용납될 수 없는 명백한 실수를 했음을 인정했다.

"하하하! 축하하네! 역시 대단한 오성을 지녔군!"

자리에서 벌떡 일어난 사군우가 성큼성큼 걸어왔다.

"하지만 방심을 했어! 사비를 너무 무시했고 자신의 실력을 과신했네! 이는 무도를 추구하는 이들에게 무엇과도 비교할 수 없는 극심한 심마라네! 내 자네에게 그 사실을 깨우쳐 주고 싶어 일부러 지켜보고 있었지!"

사비와 화무영의 앞으로 다가온 사군우가 피식 웃으며 말했다.

"쳇! 잡기는 내가 잡았는데 왜 아저씨가 잘난 척이에요?"

사비는 화무영의 목을 놓아주며 얼굴을 찌푸렸다. 이에 사군우가 피식 웃으며 천천히 입을 열었다.

"허허! 녀석! 네가 무영이를 잡은 것이 아니라 무영이가 자신을 잡힌 것일 뿐이다!"

"그런 말이 어디 있어요? 어찌 됐든 결과적으로는 내가 이긴 건데……. 봤지? 앞으로 기어오르면 가만 안 둔다!"

사비는 사군우에게 입술을 삐죽 내밀며 화무영을 향해 주먹을 들어 보였다.

"……"

그러나 화무영은 말이 없다. 사군우의 말이 귓가에 맴돌았기 때문이다.

'내 스스로가 나를 잡히게 만든 거라고? 어르신께서 또 한 번 나를 일깨워 주시는군.'

화무영은 속으로 연신 고개를 끄덕였다. 자신의 성취에 대한 자신감이 과하다 보니 오히려 그 자신감이 자신을 죽일 수도 있는 자만심으로 변질되어 독버섯처럼 자라나고 있었던 것이다. 방심을 하고 있으면 아무리 절정의 실력을 가진 무인이라 해도 지닌 공력이 한 줌도 안 되는 자에게 죽을 수도 있다는 뼈저린 교훈이었다.

"감사합니다!"

화무영은 사군우의 앞으로 다가가 털썩 무릎을 꿇었다. 이에 사군우가 흡족한 미소를 보이며 입을 열었다.

"물론 꼭 방심만 해서 졌다고 볼 일도 아니다. 네가 지닌 마령심기를 사비 또한 지니고 있으니 이 녀석이 다른 이들에 비해 너의 기운을 감지하기가 수월했을 것이고, 또 사비가 지니고 있는 화류패기가 너의 감각을 흔들어놓았기 때문에 어쩔 수 없는 부분도 있었을 테지."

사군우는 말을 하며 사비의 얼굴을 힐끗 쳐다봤다. 그제야 사비도 만족한 모양인 듯 입가에 한 가닥 미소를 머금었다.

"아무튼 생각보다 빨리 왔구나. 네 덕분에 사비의 수련이 조금 더 수월해질 수 있겠다."

"네? 그게 무슨 말씀이신지?"

"그건 내일이 되면 알 수 있을 것이다."

화무영이 의아한 눈초리로 고개를 들자 사군우가 몸을 돌리며 대꾸했다.

사군우가 다시 사당 안으로 들어가자 화무영은 사비를 향해 시선을 옮겼다. 자신을 향해 주먹을 들어 보이며 위협하는 사비의 모습이 들어왔다.

다음날 아침.

비 온 뒤라 그런지 하늘은 시리도록 맑고 화창했다.

하지만 그 하늘 밑에 털퍼덕 주저앉아 있는 사비는 오만상을 찌푸리고 있었다. 그의 곁에 앉아 있는 화무영의 얼굴도 그리 좋아 보이지는 않았다.

"진담이십니까?"

화무영이 당혹스런 얼굴로 물었다.

"그럼 내가 너희들을 불러놓고 허튼소리라도 하고 있는 것 같으냐?"

"하지만 그것은……."

화무영은 말끝을 흐리며 사비의 얼굴을 힐끗 쳐다봤다. 사비의 불만에 가득 찬 얼굴과 고집스레 앙다문 입술이 눈에 들어왔다.

"진짜 환장하겠네! 아저씨, 전생에 무슨 나랑 원수 진 사이예요? 쫄따구에게 무공을 배우면 내 체면이 뭐가 되냐고요?"

"무영이에게 평생 뒤처진 채로 살고 싶으면 안 해도 된다."

"으으!"

사군우가 싱긋이 웃으며 말하자 사비가 팔짱을 끼고 고개를 홱 돌렸다.

사비는 화무영에게 무공을 배우라는 사군우의 저의를 도무지 알 길이 없었다. 사가권법이라면 굳이 화무영의 무공 같은 건 배우지 않아도 충분히 고수가 될 수 있다고 확신하고 있는 상태였기 때문이다.

화무영 또한 곤란하기는 매한가지였다. 아무리 주공으로 모시기로 했어도 자신의 성명절기를 선뜻 내놓는다는 결정은 무인인 그로서 쉬운 일이 아니었다.

이윽고 화무영이 힘겹게 입술을 뗐다.

"어르신, 죄송하오나 제가 익힌 환우마하장법(寰宇魔昷掌法)은 엄연히 마공입니다. 주공이 배우실 만한 무공이 아니지요. 더욱이 저도 아직 완숙한 경지에 이르지 못했습니다. 이런 무공을 익히다 혹여 큰 곤란을 겪게 된다면……."

"안다."

사군우는 한 손을 내저으며 화무영의 말을 가로챘다.

"그래서 더 가르치고, 배우라는 것이다. 나는 이미 사비에게 내가 가르칠 수 있는 모든 것을 가르쳤다. 이젠 이를 갈고닦는 길만이 남았을 뿐이야. 하지만 허공에 대고 헛손질과 헛발질을 해대는 것만으로는 빠른 성취를 이루지 못한다. 다치고 깨지더라도 실전을 통한 수련과는 감히 비교할 수도 없지. 다행히 사비는 너로 인해 마령심기를 지니고 있으니 환우마하장법을 익히는 데 큰 무리는 없을 게다. 너 또한 사비에게 무공을 가르치며 새로운 무리를 깨달을 수 있을지도 모르고."

"으음, 그럼 혹시……."

"그래, 비무를 하라는 거다."

화무영이 더욱 일그러진 얼굴로 묻자 사군우가 크게 고개를 끄덕이며 대꾸했다.

"하지만 그러다가 다치기라도 하면……?"

"실력이 없어 다치는데 무슨 원망을 하겠느냐? 또 사비가 어느 정도 수준에 이르기 전까지는 네가 조금 살살 다루면 될 일이다."

"봐주긴 누가 봐준다고 그래요? 야! 겁나면 지금 말해! 그런 거 아니면 얼른 대답하고!"

사비가 자리에서 벌떡 일어나며 외쳤다. 그는 화무영에게 무공을 배우라는 뜻이 서로 비무를 하라는 것임을 알아채곤 이전보다 한층 밝은 표정이었다.

'휴우! 사부로 모시라는 줄 알고 조마조마했는데 다행이네. 그냥 치고 박고 싸우면 되는 거였군.'

내심 안도한 사비는 화무영을 향해 빨리 대답하라고 눈짓을 보냈다. 이에 화무영이 마지못해 고개를 끄덕이며 입을 열었다.

"하라시면 하긴 합니다만 앞서 말씀드렸듯이 아직 익숙하지 않은 무공이고 또 손에 눈이 없으니……."

"보자 보자 하니까! 내가 그렇게 우습게 보여? 그런 걱정 하기 전에 미리 고맙다는 인사나 하시지? 백지장 같은 그 계집애 같은 얼굴 흠씬 두들겨 줘서 혈색 좋게 만들어줄 테니까!"

"으음! 언제부터 하면 됩니까? 지금 할까요?"

사비의 말을 들은 화무영이 눈을 빛내며 물었다. 사비가 자신이 가장 민감하게 생각하는 피부를 걸고넘어져 약이 바짝 오른 것이다.

"하하하! 가자!"

사군우가 크게 웃으며 자리에서 일어나 몸을 움직이자 사비와 화무영이 서로를 노려보며 그 뒤를 따랐다.

마주 선 사내들의 눈이 불타오른다.

늘 오는 장소였고 항상 봐오던 사물들이 주변에 널려 있었지만 사비는 모든 것이 낯설다. 아니, 앞에 선 사내의 눈빛으로 인해 다른 것들이 눈에 들어오지도 않는다.

'음! 다르다. 이전과 전혀 달라.'

사비는 속으로 침음성을 삼키며 어떤 공격을 할지 열심히 염두를 굴렸다.

사군우에게 배운 사가권법을 쓸 생각이었지만 몇 번 보기만 한 무공을 우습게 펼칠 정도의 천재는 아니었다. 아니, 이전에는 자신이 무공에 있어서는 천재일지도 모른다는 생각을 했었지만 지금은 그런 생각은 쏙 들어간 상태였다.

'이건 도무지……'

움직이지 않는 철벽이었다. 자신을 발 아래로 내려다보고 있는 산이었다. 사비는 자신을 쏘아보는 눈빛으로 인해 절망을 느끼고 있었다.

사군우!

그가 정식으로 자신과의 비무에 임한 것이다.

화무영을 상대할 것이라 예상했던 사비의 예상을 깨고 앞으로 나선 사군우는 이전과는 전혀 다른 가공할 투기를 뿜어내며 사비를 향해 달려들 태세를 갖추었다.

사군우는 잠시 후 사비를 보내준다면서 화무영을 이곳과는 조금 떨어진 자신들의 비무를 관전할 수 없는 곳에 대기시켰다. 그나마 다행인 건 사군우가 펼칠 무공이 사비에게도 익숙한 사가권법이라는 것이었다.

하지만 사비는 결코 방심할 수 없었다. 이전에는 자신이 막을 정도의 힘을 썼지만 지금은 전력을 다한다는 사군우의 말을 들었기 때문이다.

순간, 사비의 눈동자 속에 들어 있던 사군우의 신형이 사라졌다.

드디어 그가 움직인 것이다.

슉!

짧은 파공음, 그리고 그와 동시에 눈앞에 이른 손. 사비는 깜짝 놀라며 뒤로 물러났다. 하지만 사군우의 손은 사비의 지척에서 떠나지 않았다.

'숨이 막혀!'

사비는 사군우의 손이 수십 개로 늘어나는 듯한 느낌에 반사적으로 화류패기를 끌어올렸다.

"안 돼! 앞으로 화류패기를 쓰는 것은 허락치 않겠다! 그 힘을 사용할 수 있는 시기는 풍류비공이 가능해진 이후여야 한다!"

사군우의 준엄한 음성이 귓전을 때리자 사비는 몸을 흠칫 떨며 그대로 움직임을 멈췄다.

퍽!

"크윽!"

둔탁한 파열음과 함께 사비의 몸이 활시위처럼 휘어졌다. 사비는 극심한 고통을 참기 위해 이를 악물었다. 하지만 고통은 예상보다 그리 크지 않았다.

"어? 왜 이렇지?"

"녀석, 너에게는 쓰지 말라고 한 내가 화류패기를 썼을 것 같으냐? 겁먹지 말고 다시 덤벼봐라!"

"누가 겁을 먹었다는 거예요?"

그제야 사군우가 화류패기를 쓰지 않았다는 것을 깨달은 사비는 이내 눈썹을 꿈틀하며 앞으로 양손을 쭉 뻗었다.

슉!

짧은 파공음. 이를 본 사군우의 눈에 이채가 서렸다. 아직 서툴긴 해도 그것은 분명 자신이 사비를 공격할 때 썼던 앙심불회의 초식이었기 때문이다.

'흠! 역시 초식을 봤구나!'

팍!

속으로 짧은 감탄사를 흘리던 사군우가 이내 살짝 고개를 뒤로 젖혔다가 앞으로 퉁겼다.

"흡!"

자신의 공격을 피할 거라 예상하며 회심의 미소를 짓던 사비는 사군우가 머리로 반격을 가해오자 헛바람을 집어삼키며 급히 뒤로 양손을 뺐다.

'제길, 늦었다!'

퍼억!

사군우의 머리통이 사비의 가슴을 강타했다. 이에 뒤로 주르륵 밀려난 사비는 안색을 일그러뜨리며 설레설레 고개를 저었다.

"반칙이야!"

"그게 무슨 소리냐?"

"지금 쓴 거 타언불혹이라는 초식 맞죠?"

"그래!"

사군우가 크게 고개를 끄덕였다.

"내 이럴 줄 알았어. 타언불혹은 그렇게 쓰는 게 아니잖아요. 몸을 일직선으로 펼치면서 머리를 날려야 한다면서요?"

"하하하! 누가 그런 법을 만들었느냐? 내가 만든 초식, 내가 상황에 맞게 쓴다는데 누가 내게 뭐라고 한단 말이야?"

"듣고 보니 그러네."

사군우의 말에 사비가 고개를 갸웃거리며 생각에 잠겼다. 이에 사군우도 움직임을 멈추고 사비의 생각을 방해하지 않기 위해 잠시 입을 다물었다.

비무를 하는 것도 중요하지만 지금은 사비에게 생각을 정리할 시간을 주는 것이 훨씬 중요하다.

"그렇군! 초식의 틀에 얽매이지 말라는 말이 이거였군요! 좋았어! 이번에는 내 차례예요!"

잠시 생각에 잠겼던 사비가 고개를 끄덕이며 환하게 웃었다. 사군우와의 비무를 통해 사가권법을 어떤 식으로 응용해야 하는지에 대한 요령을 어렴풋이나마 깨달았기 때문이다.

"갑니닷!"

사비는 어서 빨리 자신의 깨달음을 확인해 보고 싶은 마음에 사군우를 향해 힘껏 몸을 날렸다.

"잠깐!"

사군우는 허리를 살짝 옆으로 틀어 사비의 주먹을 피하며 뒤로 물러섰다.

"왜요?"

사비가 의아한 눈으로 바라보자 사군우가 엷게 웃으며 입술을 달싹였다.

"오늘은 여기까지만 하자. 이제 무영이에게 가보거라."

"네?"

"후후후! 방금 전 비무를 하며 너와 내가 주고받았던 초식들을 활용해 무영이에게 복습해 보라는 뜻이다!"

"아!"

사비는 비로소 이해했다. 사군우가 왜 화무영과 비무를 하라고 했는지, 그리고 왜 금세 말을 바꾸고 본인이 먼저 자신을 상대했는지.

'그랬구나. 아저씨는 내가 아저씨와 백색이 사이를 오가면서 두 사람의 비무에 다리 역할을 하라는 거야. 나뿐만 아니라 화무영에게도 가르침을 주기 위해서.'

사비는 속으로 고개를 끄덕였다. 사군우에게 당했던 초식을 화무영에게 사용하면 그는 자신보다는 더 훌륭한 움직임을 보일 것이다. 또 화무영이 펼친 초식을 이용해 사군우를 공격하면 또 다른 기발한 반격이 쏟아져 나올 것이고, 이런 식의 수련을 거듭하면 할수록 자신과 사군우, 그리고 화무영까지 모두 치열한 실전 비무를 통한 수련을 하게 되는 셈.

물론 그게 가능하려면 사비가 얼마만큼 그들의 무공을 빠르게 흡수하고 펼칠 수 있느냐가 관건이다. 사군우가 말했던 실전을 통한 수련은 바로 이러한 뜻이었다.

"치! 내가 빙빙 돌리지 말라고 했죠? 왜 자꾸 머리 굴리게 만드는 거예요? 갈게요!"

사비가 투덜거리며 몸을 휙 돌리자 사군우가 그의 뒤통수에 대고 소리를 질렀다.

"무영이에게 혼나고 싶지 않다면 결코 화류패기를 끌어올리는 일이 없어야 한다! 그것만 지킨다면 너는 새로운 길을 만들 수 있을 게야!"

"알아요!"

사비는 귀찮다는 듯 뒤도 돌아보지 않고 한 손을 흔들어 보였다.

'후후후! 녀석, 너는 천재다. 아니, 천하에 다시없을 바보다. 세상에 이런 무모한 수련을 군말없이 따르는 네가 바보가 아니면 그 누가 바보라는 소리를 듣겠느냐?'

사군우는 멀어져 가는 사비를 바라보며 속으로 중얼거렸다. 그가 강행하고 있는 수련 방법은 말이 수련이지 고문이나 다름없는 것이었다. 아무리 화류패공을 수련하며 고통을 감내하는 법을 알고 있다고 해도 한참을 모자라는 실력으로 절세고수 둘을 상대로 실전을 방불케 하는 싸움을 한다는 것은 어불성설이다.

하지만 사비는 사군우의 말에 한마디 토도 달지 않고 화무영을 향해 걸음을 옮기고 있다. 그것은 결코 아무나 할 수 있는 행동이 아니었다.

'그건 네가 내 아들이기에 가능한 일일 테지.'

사군우는 천천히 고개를 들고 쪽빛보다 푸른 하늘을 바라봤다. 그의 얼굴로 조금씩 환한 미소가 번져 갔다.

"제가 익힌 무공 환우마하장법은 이혈음풍장법, 천마구류도법과 함께 음양마교의 삼대지존마공입니다."

사비의 앞에 마주 선 화무영이 정중하게 머리를 조아리며 말했다.

"그럼 마령심공인지 뭔지 하는 건?"

"그건… 마도인들 사이에서는 음양마교뿐만 아니라 천하 마도를 움직일 수 있는 마도 정점에 있는 무공으로 알려져 있습니다."

"그럼 마령심공이 제일 세겠군. 좋아, 마령심공으로 덤벼봐."

"저어, 그런 것이 아니오고 마령심공은 그전에 말씀드린 삼대지존마공을 움직일 수 있는 원동력입니다. 따라서 마령심공은 다른 지존 마공들과 함께 사용을 해야 하지요."

"뭐가 이렇게 복잡한 거야?"

사비가 인상을 잔뜩 찌푸리자 화무영은 당혹스런 시선으로 그를 빤히 쳐다봤다.

'어쩌면 무식해도 이렇게 무식하실 수가 있을까? 도대체 어르신께서는 그동안 주공에게 뭘 가르치신 거지?'

"어쭈! 눈 안 깔아!"

사비는 자신을 바라보는 화무영의 눈빛이 못마땅해 버럭 소리치며 눈을 부라렸다. 이에 급히 고개를 숙인 화무영은 속으로 짧은 한숨을 토하며 다시 입을 열었다.

"아무래도 주공께서 배우신 무공이 제가 배운 무공들과는 달라 이해를 못하시는 것 같습니다. 조금 더 쉽게 설명드리자면 마령심공은 몸속에 지닌 검이요, 지존마공은 그 검을 쓰는 방법이라고 보시면 됩니다. 따라서 둘 중 어느 하나가 부족하더라도 제 위력을 발휘할 수 없는 무공이지요."

"흠! 그 정도는 나도 안다고……."

사비는 고개를 끄덕이며 생각했다.

화류패공은 힘을 키우고 발휘하는 방법이 모두 들어 있는 무공이다. 아니, 발휘하는 방법이 전혀 필요없는 무공이다. 그저 몸이 가는 대로, 마음이 가는 대로 사용하면 그뿐.

물론 사군우가 화류패공과 함께 사용할 수 있는 흑화검법이나 사가권법 같은 무공을 가르쳐 주기는 했지만 그걸 반드시 익혀야 한다고 강조하지는 않았다. 오히려 화류패공의 지나친 힘을 다스리려면 반드시 풍류비공이라는 몇 줄도 안 되는 구결을 깨달아야 한다는 소리만 귀가 닳도록 얘기했을 뿐.

'특이하긴 특이하지. 초식을 알려고 하지 말고 스스로 개발하라는 말만 계속 읊어대니까. 쩝!'

사비는 화무영의 말을 곱씹어보며 천천히 고개를 들었다.

"자! 이제 그 환우마하장법이라는 거 한번 펼쳐 봐. 내가 한번 봐주고 모자란 부분이 있으면 가르쳐 줄 테니까."

"예?"

"귀가 먹었어? 몇 번을 말해야 알아듣겠어? 그냥 잔말 말고 덤벼보라고!"

사비가 한쪽 눈을 찡긋하자 화무영의 얼굴이 일순 굳어졌다.

"으음! 그럼 조심하십시오! 아직 성취가 미숙하여 자칫 힘을 조절하지 못할까 염려됩니다!"

"그러니까 봐주면서 한다잖아, 이 멍청아!"

화무영은 입을 꾹 다물고 뒤로 세 걸음을 물러났다. 더 이상 말을 섞어봤자 기분만 상할 것이 뻔했다.

'으음! 내가 왜 이리 흥분을 하는 거지?'

하지만 화무영은 사비의 속을 긁는 말에 자신이 너무 쉽게 흥분하는 것이 더 이상했다. 이에 그는 심호흡을 하며 흥분된 감정을 추스렸다.

"괜찮군! 역시 내가 수하 보는 눈은 있다니까!"

사비의 유쾌한 어조에 화무영이 눈썹을 모았다. 지금껏 했던 사비의 말이 자신을 도발하기 위한 의도였음을 깨달은 것이다.

'실력은 모르지만 싸움을 어떻게 하는지 아는 사내야!'

화무영은 감탄했다.

사군우를 통해 자신이 자만에 빠져 있음을 깨달았을 때보다 더한 뉘우침이 찾아왔다.

마황의 경지. 천하 모든 마인들이 꿈꾸는 경지에 오른 자신이었지만 실전 경험에 있어서는 결코 사비를 앞서지 못함을 깨달은 것이다.

'최선을 다해야 한다. 그렇지 않으면 망신은 따놓은 당상이야!'

화무영은 사비를 바라보며 환우마하장법의 초식들을 떠올렸다. 마령심기를 담을 생각은 없었지만 그렇다고 양보 같은 건 생각지도 않았다. 그는 어제 사비와 있었던 짧은 일전의 결과가 우연이 아니었음을 뒤늦게 깨닫고 있었다.

"그럼 시작하겠습니다!"

짧게 고개를 숙여 보인 화무영이 양손을 가지런히 모으고 머리 위로 들어 올렸다.

끼리릭……!

그의 두 손이 좌우로 부챗살처럼 펼쳐지며 기이한 음향이 들리기 시작했다. 환우마하장법의 제일식 환영절운(幻影絶韻)이라는 초식이었다.

"환우마하장법이라고 했지? 꽤 재밌어 보이는데?"

슉!

사비가 피식 웃으며 양 발을 좌우로 놀리며 앞으로 달려나갔다.

짧은 파공음, 그리고 그와 동시에 화무영의 눈앞에 이른 손. 사군우가 사비에게 썼던 앙심불회였다.

*   *   *

정적.

사람들은 숨을 죽인 채 눈을 빛낸다.

차라라락……!

잠시 후 그 정적을 깨고 마치 작은 북을 젓가락으로 두드리는 듯한 소리가 장내에 울려 퍼졌다.

탁!

"자! 거십시오!"

"난 삼(三)!"

"오(五)에 열 문!"

도주(賭主)가 주사위 통을 내려침과 동시에 도박장 안은 떠나갈 듯 시끄러워졌다.

그 소음을 뚫고 안으로 들어선 이들. 선두에 선 사내는 도박장 안을 스윽 훑어본 뒤 한쪽 귀퉁이에 마련된 의자로 성큼성큼 걸어가 앉았다. 뒤따라왔던 체구 좋은 장한들이 잽싸게 그의 뒤로 이동해 제 복부 앞으로 양손을 모으고 시립했다.

그와 동시에 통통한 사내 하나가 그의 앞으로 헐레벌떡 달려왔다.

"오늘은 좀 어때?"

"헤헤헤! 중두께서 항상 신경 써주신 덕분에 여전히 문전성십니다요."

통통한 사내는 추덕상의 무뚝뚝한 물음에 답하며 연신 굽실거렸다.

"알았어. 가봐."

추덕상은 고개를 한 번 까딱해 보인 후 도박장 안을 가득 메운 손님들을 보며 생각에 잠겼다.

삼악파가 흑치회를 박살 내고 청도를 장악한 지 삼 년.

추덕상은 청도에 남은 삼십여 명의 수하를 데리고 빠르게 시전 상권을 장악해 갔다. 장도를 처리하며 발생한 부상자들 때문에 자신의 위치에 위기를 느낀 그로서는 그것만이 자신의 실수를 만회할 유일한 기회임을 알고 있었기 때문이다.

그사이 간혹 저항이 있긴 했으나 추덕상에게 있어서는 모기보다 못한 벌레들의 발악에 불과했다.

결국 추덕상은 자신의 뜻대로 청도의 밤 세계를 완전히 삼악파의 손아귀에 넣었고, 이를 인정받아 중두의 자리에 오르는 기염을 토한 것이다.

본디 청도는 번화한 곳으로 추덕상은 처음부터 다른 소두들보다 많은 관리비를 뜯을 수 있는 여건을 지니고 있었고, 이에 상부로 보내는 돈이 다른 현에 비해 월등하니 눈에 띌 수밖에 없으니 어쩌면 당연한 결과였다.

하지만 추덕상의 심사는 지난 삼 년 동안 하루도 편할 날이 없었다. 자신이 직접 대면한 것은 아니었지만 장도의 시체를 들쳐 업고 달아난 광견 사비에 대한 꺼림칙함 때문이었다. 이에 청도를 포함해 인근 여섯 현의 중두로 진급한 추덕상은 자신이 중두로 근무지인 황도로 떠나기 전에 사비의 일을 마무리하기로 작정했다. 후임 소두를 위해서가 아니라 여전히 청도가 자신의 관리 하에 놓여 있었기 때문이다.

그래서 추덕상은 수하들 중 날랜 자들을 추려 관제묘로 정탐을 보냈다. 다른 곳은 샅샅이 수색한 뒤였다. 귀신이 출몰한다는 해괴망측한 소문 때문에 관제묘만을 살피지 않았을 뿐.

추덕상은 사비가 있다면 그곳일 거라 짐작하고 있었다. 더욱이 자신을 찾아와 다짜고짜 주먹을 날리며 협박을 했던 여인이 사비와 흡사한 외모를 지닌 인물의 뒤를 쫓아간 곳이 관제묘였다는 수하들의 보고도 그의 추측을 더해주었다.

'만일 그 새끼가 관제묘에도 없다면 이미 예전에 이곳을 떴을 것이다. 그것만 확인하면 되는 거야.'

추덕상은 속으로 사비가 관제묘에 없기를 바랐다. 그가 두려워서가 아니라 그의 뒤를 쫓아갔던 여인이 걸렸기 때문이다. 오늘날의 추덕상을 있게 한 그의 직감은 그 여인과는 결코 마찰을 일으키지 말라고 경고하고 있었다.

추덕상은 의자에 몸을 파묻고 지그시 눈을 감았다.

관제묘로 보낸 수하들이 오려면 조금 시간이 걸릴 것이다. 그때까지 노심초사 기다리느니 조금이라도 눈을 붙여두는 것이 나았다.

오늘은 황도로 떠나는 자신의 성대한 환송식이 있는 날이었다.

청도에서 삼 리쯤 벗어난 관도를 걷는 일단의 무리.

연신 농지거리를 주고받는 그들의 얼굴에는 한가로움을 넘어 권태

로움이 흘렀다.

청도의 소두에서 여섯 현을 관리하는 중두로 내정된 추덕상의 지시를 이행하기 위해 움직이는 삼악파 조직원들이었다.

"이봐, 그 미친개가 정말 거기에 있을까?"

"낸들 아나? 그냥 중두님이 명하신 일이니 가는 거지."

쑥대머리사내의 물음에 기름기가 번들번들한 주먹코의 장한이 어깨를 으쓱해 보였다. 이에 쑥대머리사내가 잠시 주저하다가 다시 입을 열었다.

"근데 말이야, 만약에 정말 소문대로 귀신이 있으면 어떡하지?"

"뭐, 귀신? 사람도 참, 간이 그렇게 작아서 어따 쓰나? 그런 쓸데없는 걱정일랑 하지 말고 이따가 앵춘이 엉덩짝 주무를 생각이나 하라고. 흐흐흐!"

주먹코사내는 입술에 침을 바르며 음흉한 웃음을 흘렸다.

맞은편 숲속에서 그들을 바라보는 눈동자가 의혹에 물들어 있다.

'보아하니 청도의 잡배들 같은데 도대체 무슨 일로? 하지만 대형과 그분의 전인은 아직 방해를 받을 만큼 여유롭지 않으시니 수고를 해야겠군.'

휙!

삼악파 조직원들의 대열이 지나는 길의 가장자리 나무 위로 날아오른 백리준은 그들의 머리를 물끄러미 내려다보며 빙긋이 미소를 머금었다.

호흡이 거칠고 발걸음도 어지럽다. 역시 무공을 익힌 자들이 아니었다.

백리준은 한결 여유로운 표정이 되어 관제묘 쪽을 힐끗 바라봤다.

지금도 사군우와 그의 전인, 그리고 반년 전 자신조차 눈치채지 못할 정도의 기이한 신법으로 이곳에 찾아든 타락수라는 비무에 한창일 터.

처음 타락수라가 찾아들었을 때 백리준은 그토록 찾아 헤맸던 그가 사군우를 찾아왔다는 사실에 경악했다. 하지만 자신은 이제 백천맹도 흑화일심대 소속도 아닌 홀가분한 몸이었다. 지금은 그저 사군우의 계획을 방해하는 이들을 소리 소문 없이 처리하는 임무만 수행하면 그뿐이었다.

'무의미한 살생을 피하려면 아무래도 예전처럼 하는 것이 좋겠지?'

마음의 결정을 내린 백리준이 소리없이 지면에 착지했다. 하지만 삼악파 조직원들은 그의 출현을 발견하지 못하고 조심조심 앞으로 걸음을 옮기고 있었다. 처음의 건들거리던 모습들과는 달리 관제묘에 귀신이 있다는 소문이 아무래도 꺼림칙한 모양이었다.

그때였다.

"이놈들!!"

"헥!"

"으, 으악! 귀, 귀신이다!"

백리준의 사자후에 삼악파원들의 몸이 그 자리에 얼어붙었다.

그들은 성난 사자 갈기처럼 곤두선 수염을 하고 번개가 튀어나올 듯 번쩍이는 눈빛으로 자신을 쏘아보는 백리준을 보자 관제묘에 나온다는 귀신이 자신들 앞에 서 있다는 것 외에는 아무런 생각도 들지 않았다.

하지만 그것도 잠시, 백리준은 신법을 전개해 그들의 시야에서 자취를 감췄다.

"뭐, 뭐야?"

쑥대머리사내가 더듬거리며 옆에 서 있던 코주부의 옷소매를 잡아끌었다. 하지만 코주부사내는 아직도 귀가 윙윙거리는지 입을 떡 벌린 채 정신을 못 차리고 있었다.

"으하하하하!"

백리준의 소성에 삼악파 조직원들의 등줄기로 식은땀이 삐질 흘렀다.

"으으으!"

서로를 바라보는 그들의 눈동자가 공포로 일렁였다.

백리준은 이들의 모습을 바라보며 속으로 피식 웃었다. 그는 다시 나무 위로 올라가 살기를 흘리는 중이었다. 역시 자신의 예상대로 삼악파원들은 죽음의 공포를 느끼며 급살 맞은 사람처럼 전신을 부르르 떨었다.

"가, 가자고!"

쑥대머리사내가 외침과 동시에 왔던 길로 내달리자 그제야 다른 조직원들이 너 나 할 것 없이 그의 뒤를 따라 줄달음질치기 시작했다.

"사, 살려줘!"

마지막으로 남아 있던 코주부사내가 입에 거품을 물고 도망치는 것을 끝으로 백리준의 싱거운 임무도 끝을 맺었다.

"저 사람은 도대체 누구예요?"

사군우와 한창 손발을 섞던 사비가 숲 속 전역으로 울려 퍼지는 백리준의 웃음소리를 듣고 고개를 갸웃거렸다.

"너도 아는 사람이다. 내 부탁으로 우리를 도와주고 있는 것일 뿐이니 넌 신경 쓸 필요 없다."

사군우가 고개를 끄덕이며 쭉 몸을 날렸다.

"이크! 이젠 안 되니까 별 치사한 수를 다 쓰네!"

사비는 사군우의 공세를 가볍게 피하며 반격을 가했다.

달랐다. 달라도 너무 달랐다.

지난 육 개월의 수련으로 인해 사비의 몸에서는 자연스레 사가권법의 초식들이 쏟아져 나왔다. 또한 가끔 가다 귀기 섞인 음향을 섞어 펼쳐 보이는 장법도 매섭기 그지없었다.

화무영에게 배운 환우마하장법이었다.

사군우는 날이 갈수록 발전하는 사비의 성취가 더 이상 놀랍지도 않았다.

그저 밥 먹고 자는 시간을 제외하면 하는 일이 싸움이었다. 처음에는 사비의 체력을 고려해 휴식을 취했지만 지금은 아니었다.

사군우와 화무영을 교대로 상대하는 사비는 쉴 틈이 없었고, 사군우와 화무영 역시 사비와 싸우지 않을 때도 무공 수련에 몰두했다.

사비가 강해지면 강해질수록 상대하기가 버거워졌고, 더불어 서로를 향한 호승심으로 작용했기 때문이다.

이젠 상대를 봐주는 일은 거의 드물었다. 서로를 죽이기 위해 달려들었고, 살기 위해 방어를 했다.

하지만 사비가 사가권법과 환우마하장법을 적절히 섞어가며 쓰는 모습을 무공을 아는 다른 사람이 보았다면 눈이 튀어나올 정도로 놀랄 일이었다. 서로 상극으로 알려진 두 무공을 쓰는 인간이 세상에 존재한다는 말도 안 되는 현실을 목격하는 셈이었기에.

'사비도 무영이도… 앞으로 무림은 너희들의 세상이 될 수밖에 없겠구나!'

사군우는 사비가 날린 환우마하장을 피해 허공으로 도약하며 흐뭇한 미소를 머금었다.

벌컥!

"소, 소두! 아니, 중두님! 큰일났습니다요!"

"아함! 무슨 일이냐?"

도박장 문을 열고 득달같이 달려온 수하의 외침에 깜빡 잠이 들었던 추덕상이 기지개를 켜며 자리에서 일어났다.

"지, 지금 관제묘로 갔던 아이들이 왔는데……."

"지금 어디 있느냐?"

불길한 예감이 든 추덕상은 수하의 대답도 듣기 전에 도박장 문을 열고 밖으로 빠져나갔다. 이에 헐레벌떡 달려왔던 그 수하는 그의 뒤를 따라오며 연신 종알거렸다.

"관제묘에서 모두 귀신을 보고 혼비백산해서 왔습니다. 하나같이 횡설수설하며 정신이 없는 것이 귀신이 씌여도 단단히 씌인 모양입니다."

"미친놈! 세상이 어떤 세상인데 귀신이 있다는 말이냐? 앞장서라!"

"예, 예!"

추덕상이 싸늘한 일갈을 내뱉자 수하는 잰걸음으로 앞으로 달려나갔다.

수하의 안내를 받고 청도에서 관도로 접어드는 갈림길에 당도한 추덕상은 눈앞의 상황을 보고 버럭 고함을 질렀다.

"이런 덜떨어진 자식들! 지금 여기 자빠져서 뭐 하는 거야?"

하지만 그의 외침에도 관제묘에 갔던 수하들은 끙끙 앓는 소리만 낼 뿐 일어날 생각을 하지 못했다.

추덕상은 자신의 명이라면 자다가도 벌떡 일어날 그들의 무반응에

적잖이 당황했다.

'으음! 설마 관제묘에 정말 뭔가가 있단 말인가?'

추덕상은 눈살을 찌푸리며 생각에 잠겼다.

이윽고 안색을 고친 추덕상이 자신을 따라온 수하들을 향해 고개를 돌리고 입을 열었다.

"저 녀석들이 정신을 차리는 즉시 내 처소로 데리고 와라!"

"예!"

수하들이 일제히 고개를 숙이자 추덕상이 몸을 홱 돌리고 곧장 자리를 떴다.

'불길해! 아무래도 광견 그놈과 관련된 일이 틀림없어!'

추덕상은 자신의 예감이 틀리기를 바라며 빠르게 걸음을 놀렸다.

추덕상은 오만상을 찌푸리며 전면을 노려봤다. 앞에 선 수하들은 쭈뼛쭈뼛 시선을 피하며 고개를 떨어뜨리고 있다.

"한심한 것들!"

추덕상은 고개를 홱 돌려 좌측에 시립한 수하에게 입을 열었다.

"오늘 환송식은 취소다! 귀신이 됐든 광견이 됐든 저 자식들이 관제묘에서 봤다는 새끼를 잡기 전까지는 황도로 가지 않겠다!"

"예."

"그리고 니들!"

좌측에 선 수하가 기어들어 가는 목소리로 대답하자 추덕상이 다시 고개를 돌리고 엉거주춤 서 있는 수하들을 향해 외쳤다.

"기회를 봐서 취화루를 접수해라! 왕춘악이라는 영감탱이는 죽지 않을 정도로 주물러 놓고!"

"저어, 중두님. 죄송하지만 취화루는 관리비도 꼬박꼬박 잘 내는 아주 모범적인 업소라고 할 수 있는 곳입니다."

좌측에 서 있던 수하가 조심스레 말하자 추덕상이 비릿한 미소를 흘리며 다시 입을 열었다.

"안다! 그래서 그냥 두려고 했는데 광견과 관계가 있는 영감탱이라는 소문이 있어서 그런지 아무래도 불안해! 그리고 취화루를 접수했을 때 광견이 나타나지 않으면 이미 청도 바닥을 떴다고 볼 수 있잖느냐? 그걸 확인해 보자는 거야! 취화루도 먹고 광견 놈도 잡고! 일거양득이지! 흐흐!"

"도랑 치고 가재 잡고! 역시 중두 어르신은 비상하십니다!"

"당연하지! 이런 머리가 있으니 내가 중두가 된 것 아니겠냐? 으하하하!"

수하의 아양에 추덕상이 유쾌하게 웃었다.

"막을 수 있겠어?"

"으음, 글쎄요."

사비의 물음에 화무영은 침음성을 삼키며 고개를 갸우뚱했다.

사군우와 싸운 직후 화무영을 찾은 사비는 오자마자 사군우에게 당한 초식에 대해서 읊어댔다.

그의 급한 성미대로라면 직접 펼쳐 보여야 옳았지만 그는 그러지 못했다. 이번만큼은 사군우의 초식을 따라 할 자신이 없었기 때문이다.

사군우가 펼친 초식은 사가권법의 네 번째 초식 삼상일언이었다. 본디 삼상일언은 주먹과 다리, 그리고 머리를 동일한 목표 지점에 날리며 세 배의 타격을 가하는 공격 초식이었지만 사군우는 이를 변형하여 사비의 머리와 가슴, 그리고 하단전의 세 군데를 나누어 공격했다.

"회오리 속에 갇힌 느낌이었어. 꼼짝도 할 수 없었지. 그렇다고 화류패기를 담았던 것도 아닌데 말이야. 게다가 아저씨가 날린 주먹과 다리가 세 사람의 것으로 보였다니까. 처음에는 환영(幻影)일 거라고 생각했는데 맞아보니까 그게 아니더라고."

사비는 사군우의 초식을 떠올리며 살며시 고개를 저었고, 이를 바라보는 화무영의 눈에 이채가 서렸다.

이전까지 사비를 통해 겪어본 사가권법은 그런 초식이 전혀 나올 수 없었다. 물론 사가권법은 수많은 응용 동작으로 변형이 가능한 무공이니 자신의 짐작이 틀릴 수도 있었지만 이젠 사가권법을 능숙하게 시전할 수 있는 사비가 그 좋아하는 싸움까지 마다하며 고민을 털어놓는 것을 보면 사실임이 분명했다.

"처음에는 사가권법을 초식이 없는 무공이라고 생각했거든. 그러다가 시간이 지나면서 초식이 없는 게 아니라 수천, 수만 가지의 초식이 잠들어 있는 권법일지도 모른다는 생각이 들었어. 하지만 지금은 그냥……."

사비는 잠시 말을 끊고 화무영의 얼굴을 바라봤다.

"아무것도 아닌 것 같아. 그냥… 살아 있는 권법이라는 생각만 들어. 그래서 스스로 변화하고 진화하는 그런 무공 같다는 생각이……."

"……."

화무영은 대답할 수 없었다.

사비는 지금 심적인 충격을 감당하기 위해 자신에게 속내를 털어놓고 있을 뿐이다. 그런 사비에게 지금 자신이 해줄 수 있는 것은 그저 들어주는 것 외에는 아무것도 없었다.

'주공께서는 벌써 유초유승(有招有勝)의 경지를 넘어 무초유승(無招有勝)의 경지를 향해 나가고 계시는군.'

화무영은 내심 부러운 생각이 들었다. 물론 자신이 지닌 무공들 또한 세상 누구나가 탐내고 두려워하는 절학이었지만 사군우에게 배우는 사비의 무공이 부러웠다. 배우고 싶었다.

하지만 그럴 가능성은 전무했다. 자신은 화류패공을 익히지 않았고, 앞으로도 익힐 생각이 없었다.

화무영에게는 제 살을 태우는 고통을 이겨낸다고 해도 화류패기를 얻을 수 있으리라는 확신이 없었다. 그는 사비가 화류패공을 익힐 수 있었던 이유는 사군우의 피를 물려받았기 때문일 것이라는 생각을 하고 있었다.

이윽고 잠시 입을 다물었던 사비가 천천히 입술을 뗐다.

"그리고… 아저씨도 무공 실력이 늘어난 것 같아."

"에이! 아무리. 그럴 리가요. 어르신은 이미 무의 정점에 이르신 분입니다. 물론 지난 여섯 달 동안의 수련이 천하에 다시없을 독특하고 효율적인 수련 방법이라는 건 인정하지만 절정고수가 자신의 껍질을 깨고 새로운 경지로 도약하려면 그 정도로는 어림도 없어요. 더욱이 어르신은 이미 세상 누구도 꿈조차 꾸지 못하는 경지에 오르신 분이에요."

화무영은 한 손을 내저으며 반박했다.

"그렇지만… 너도 늘었잖아?"

"그건……."

화무영은 일순 할 말을 잃었다. 사비에게 했던 반박의 말은 자신까지 포함되어 있는 것이다.

물론 그가 마황지경을 벗어나 새로운 경지로 올라선 것은 아니었지만 사비와 겨루는 동안 자신의 환우마하장법이 이전과는 비교할 수도 없는 지경에 이른 것은 부정할 수 없는 사실이다. 이로 인해 이젠 백천 맹의 수백 고수가 자신을 쫓는다고 해도 눈썹 하나 깜짝하지 않을 자신감이 생겼으니까.

"휴우! 물론 제 실력이 늘어난 것은 사실이에요. 하지만 그건 초식일 뿐이지 본 실력이 늘었다고 볼 수는 없습니다."

화무영은 대답을 하면서도 자신의 말이 궁색하다는 생각이 들었다.

"그런가? 아무튼 오늘 아저씨가 펼친 초식은 사가권법이면서도 사가권법이 아니었어. 그걸 따라 할 자신도 없고……."

사비가 화무영을 향해 두 눈을 맞추며 다시 말을 이었다.

"그래서 말인데… 그거 할 수 있을 때까지는 당분간 비무를 그만두고 싶은데……."

사비의 말을 들은 화무영의 얼굴에 일순 실망이 스쳤다.

사비에게 환우마하장법과 사가권법을 막는 방법을 가르치기 위한 의도로 시작한 것이었지만 지금은 자신에게도 평생에 다시없을 소중한 기간이었다. 사군우의 움직임을 그대로 익혀와 자신에게 펼치는 사비를 통해 자신이 더 한층 성장했음을 몸소 체감하고 있었기 때문이다.

사군우는 이제 화무영에게 있어 생명의 은인을 떠나 자신에게 무공을 가르쳐 주는 스승이나 다름없었다.

"예, 그러십시오. 하지만 그 시간이 길지 않기를 바랍니다."

화무영이 아쉬운 어조로 고개를 끄덕였다. 본인의 욕심을 채우기 위해 사비의 수련을 방해할 수는 없었다. 지금 지닌 고민을 그대로 간직하고 싸워봤자 사비에게 아무 득이 되지 못함을 알기 때문이었다. 또한 화무영은 자신보다는 사비가 올라야 할 계단이 더 많다는 사실도 잘 알고 있었다.

"그래, 나도 그러고 싶어. 최대한 빨리 올게. 하지만 장담은 못할 것 같아."

말을 마친 사비는 천천히 자리에서 일어났다.

그를 물끄러미 바라보는 화무영은 문득 사비가 이전보다 많이 차분해진 것 같다는 엉뚱한 생각이 들었다.

"어디로 가시게요?"

"내가 가는 게 아니라 네가 가야지. 아저씨하고 관제묘에 가 있어. 됐다 싶으면 부르러 갈게."

"예, 알겠습니다. 그럼."

화무영은 사비를 향해 살며시 고개를 숙여 보인 후 곧바로 몸을 돌렸다.

사비는 떠나는 화무영의 뒷모습을 물끄러미 바라보다가 이내 긴 한숨을 토했다.

"휴우! 끝이 없는 것 같아. 이제 조금만 더 하면 끝이라고 생각했는데… 어쩌면 아저씨가 나를 헤어 나올 수 없는 수렁에 빠뜨린 건 아닐까 하는 생각이 들어."

사비는 천천히 고개를 들어 하늘을 바라봤다.

한바탕 함박눈이라도 쏟아지려는지 하늘에는 잿빛 구름이 모여들고 있었다.

"나와! 쥐새끼!"

하늘을 바라보던 사비가 고개를 홱 돌렸다.

"고얀 놈! 저 말버릇 좀 보게! 쯧쯧쯧!"

뒷짐을 진 채 혀를 차며 걸어오는 노인. 해질 대로 해진 도복을 입고 사비를 뚫어져라 응시하는 노인은 굉천자였다.

굉천자는 이채가 가득 서린 눈으로 사비를 응시하며 다시 입을 열었다.

"사군우라는 친구를 찾고 있는데 혹시 아나?"

"아저씨를 알아?"

"허! 이 녀석 보게? 이놈! 어른을 봤으면 인사부터 올려야지 어디다 대고 감히 반말을 지껄이는 것이냐?"

"그러는 당신은? 왜 느닷없이 나타나서 성질을 부리는 건데? 그리고 내가 당신 나이를 알게 뭐야. 언제 나한테 얘기나 해줬어? 정신 사납게 하지 말고 그냥 가던 길이나 가셔!"

굉천자가 노호성을 터뜨리자 사비가 귀찮다는 표정으로 한 손을 내저었다.

"헛! 저, 저런 고얀 것!"

굉천자는 하도 어이가 없어 눈만 깜빡이며 말을 잇지 못했다.

곤륜의 문원들에게 지극한 공경만 받아온 그에게 이렇게 싸가지없는 태도를 보인 인간은 처음이었다.

물론 곤륜검문의 후대들이 곤륜선문을 무시하는 경향이 있긴 했지만 그것은 어디까지나 곤륜선문과 관련된 일에만 국한된 것일 뿐 곤륜에서 가장 높은 배분과 연륜을 지닌 굉천자의 앞에서는 감히 그런 내색조차 하지 못할 정도로 굉천자는 높은 위치에 있는 인물이었다.

"이놈아! 그걸 꼭 말로 해야 아는 것이냐? 내가 너보다 나이를 더 먹었다는 것은 이 수염만 봐도 알 수 있는 것이 아니더냐?"

굉천자가 끓어오르는 노기를 애써 억누르며 자신의 새하얀 수염을 손가락으로 가리켰다. 이에 잠시 입을 다물고 주저하던 사비는 짐짓 당황한 표정으로 허리를 숙였다.

"아! 그렇군요. 제가 잠시 정신이 나가 어르신을 몰라뵙고 함부로 굴었습니다. 부디 너그러이 이해해 주십시오."

"어험! 내 오늘은 그냥 넘어간다만 다음에는 결코 이런 일이 없어야 한다. 알겠느냐?"

굉천자는 다소 누그러진 얼굴로 고개를 끄덕였다.

"예! 삼가 명심하겠습니다."

"허허허! 그래, 자고로 노인을 공경하는 것은 젊은 사람들의 도리란다. 지금이라도 깨달았으니 됐다. 그만 일어나라."

사비가 또 한 번 허리를 숙이자 한결 부드러워진 표정이 된 굉천자가 수염을 쓰다듬으며 한 손을 들어 올렸다.

순간, 그의 손에서 뻗어 나온 기류가 사비의 몸을 일으켜 세웠다.

지이잉……!

'아니! 이럴 수가?'

사비의 놀란 얼굴을 기대하던 굉천자가 곤혹스런 얼굴로 눈을 부릅떴다. 사비가 자신의 예상과 달리 여전히 허리를 숙인 채로 있었기 때문이다.

"무슨 일이냐? 왜 그러고 있는 게야?"

뭔가 잘못됐다고 판단한 굉천자가 사비의 앞으로 얼굴을 들이밀며 물었다.

사비가 천천히 고개를 들어 올렸다.

이윽고 하얀 이를 드러내며 웃고 있는 사비의 얼굴이 굉천자의 눈에 들어왔다.

"좋아?"

"뭐라?"

"어른 대접 해주니까 좋으냐고."

사비가 씨익 웃으며 묻자 굉천자의 눈이 경악으로 커졌다.

"이, 이런 방자한!!"

쉬익!

굉천자가 노호성을 터뜨리며 사비를 향해 손을 뻗었다.

학의 목처럼 부드럽게 구부러지며 뻗어오는 그의 손놀림은 곤륜의 절학 종학금룡수(從鶴擒龍手)였다. 이를 본 사비의 눈이 찰나지간 빛을 뿜었다.

'역시 고수였어!'

사비는 만류흡을 전개하며 다급히 뒤로 물러섰다. 하지만 당황으로 일그러져야 할 그의 얼굴에는 환한 미소가 가득 담겨 있었다.

'아저씨나 백색이는 나를 봐줬겠지만 지금 이 영감은 화가 머리끝까지 나 있을 테니 그렇지 않겠지? 어쩌면 내가 아저씨의 초식을 따라 하지 못하는 건 위기감이 없기 때문인지도……. 그래, 이 영감을 통해 그 절박함을 느껴보는 거야.'

사비는 굉천자가 예사롭지 않은 인물임을 눈치채고 그를 도발했던 것이다. 그는 굉천자를 대상으로 자신의 실력을 가늠해 보고 나아가 자신이 부딪친 벽을 뚫어보기로 했다. 엉뚱한 발상이었지만 그는 나름대로 이런 생각을 떠올린 자신의 머리에 크게 만족했다.

단순한 사비. 그는 굉천자가 어느 정도의 고수인지도 모르면서 무모한 도전을 감행하고 있었다.

파파팟!

퍼퍽!

"센데? 죽을 때가 다 된 노인네 힘치고는 말이야. 히히히!"

굉천자의 주먹에 나가떨어졌던 사비가 벌떡 일어나며 외쳤다.

"이이!"

사비를 가격하는 순간 대부분의 공력을 거둬들였던 굉천자는 그의 비릿한 미소를 보자 자신이 쓸데없는 자비심을 발휘했다는 생각에 때늦은 후회를 했다.

하지만 다른 한편으로는 자신의 공격을 어렵지 않게 받아넘기는 사비의 실력에 적잖이 놀라고 있었다. 아무리 자신이 양생과 연단을 수련하는 데 평생을 바쳤다고 해도 새파란 젊은이가 이런 식으로 가볍게 받아넘길 정도의 무공을 지닌 것은 아니었기 때문이다.

이제 내일 모레면 백 이십의 나이. 굉천자는 적어도 그 나이에 부끄럽지 않은 무공 실력은 갖추고 있다는 자부심을 지니고 있었다. 또한 몸에 좋다는 단약이란 단약은 모조리 복용해 본 터라 지닌 공력만큼은 곤륜의 어느 누구보다 월등했다. 사비는 그런 자신의 공격을 아무렇지도 않게 받아넘긴 것이다.

"그래도 노인네라 그런지 뒷심은 영 부족하네. 아저씨나 백색이하고는 차이가 많이 나."

사비가 설레설레 고개를 저으며 이죽거리자 굉천자가 성난 눈을 치켜뜨고 허공으로 솟구쳐 올랐다.

'이런 인간에게는 자비를 베풀 필요가 없지. 원시천존께서도 이해해 주실 게야. 무량수불!'

굉천자는 전신 공력을 모두 끌어올리며 사비를 향해 양손을 찍어눌렀다. 그가 지금 펼친 초식은 종학금룡수 중 가장 위력적이라는 쌍학

충천(雙鶴衝天)이었다.

이를 본 사비의 눈가에 잔 경련이 일었다. 굉천자의 손을 보며 실로 오랜만에 죽음의 냄새를 맡은 것이다.

'헉! 대단하군! 이거 너무 건드려 놨나?'

사비는 속으로 경악성을 터뜨리며 다급히 손을 들었다. 그와 동시에 온몸을 지지는 통증이 전신을 엄습해 왔다.

'이건 화류패기!'

사비는 저절로 움직이기 시작하는 자신의 손과 발을 보며 속으로 크게 당황했다. 굉천자의 가공할 공세에 몸속에 잠들어 있던 화류패기가 반응을 보인 것이다.

슈슉!

"헉!"

이번에 경악성을 터뜨린 이는 굉천자였다. 사비의 머리를 찍어가던 굉천자는 자신의 손속이 지나친 것 같다는 생각에 다시 공력을 거둬들이려는 찰나 사비의 머리와 양 주먹이 여러 개로 늘어나며 자신을 공격해 오자 다급히 제 발을 찍고 하늘로 솟구쳐 오르며 전력을 다해 쌍장을 날렸다. 곤륜 또 하나의 절기 운룡대구식(雲龍大九式)이었다.

퍼엉!

"욱!"

자욱한 먼지바람이 일며 사비의 등이 지면에 거칠게 부딪쳤다. 이와 동시에 굉천자는 허공에서 공중제비를 수십 바퀴 돌며 사비의 장력을 상쇄시키고 지면으로 사뿐히 착지했다.

하지만 굉천자는 몸을 움직일 수 없었다. 완전히 상쇄시키기에는 사비의 화류패기가 워낙 강했기 때문이다.

'이 힘은?'

그는 불신의 눈빛으로 쓰러진 사비를 뚫어져라 응시했다.

"으윽! 이거 진짜 죽을 뻔했잖아!"

사비는 눈살을 찌푸리며 몸을 일으켰다. 이를 본 굉천자는 가슴이 철렁했다. 사비가 성난 얼굴로 자신을 향해 걸어오고 있었기 때문이다.

"방금 내가 펼친 거 봤어? 어때? 죽이지?"

"……."

굉천자의 앞에 이른 사비는 언제 화가 났었냐는 듯 피식 웃으며 물었다. 하지만 굉천자는 가슴 부근에서 이는 따끔거리는 통증 때문에 대꾸할 수가 없었다.

"아무튼 고마워. 덕분에 좀 도움이 된 것 같아. 그리고 아까는 미안했어. 그렇게까지 할 생각은 없었는데 내가 좀 급했거든. 흐흐흐!"

사비는 기분 좋은 웃음을 흘리며 머리를 긁적였다. 이에 굉천자는 속으로 크게 안도하며 진기를 다스리기 위해 정신을 집중했다.

이윽고 굉천자가 입은 내상을 어느 정도 치료할 무렵 사비가 슬며시 몸을 돌리며 손을 흔들었다.

"그럼 난 이만 갈게. 요새 내가 조금 바쁘거든."

"자, 잠깐!"

막 몸을 회복한 굉천자는 걸음을 옮기려는 사비를 향해 다급히 외쳤다.

"왜?"

"흑화검성과 어떤 관계냐? 그는 지금 어디 있느냐?"

"이런. 당신 혹시 아저씨한테 이르려고 하는 거야?"

사비가 당혹스런 얼굴로 굉천자를 향해 눈을 돌렸다. 이에 굉천자는 살며시 고개를 저으며 사비의 앞으로 다가왔다.

"아니다. 나는 그를 만나기 위해 왔을 뿐이다. 그와는 오랜 지기니 안심해라. 하지만… 우선은 네 몸부터 좀 살펴봐야겠다."

슛!

굉천자의 어깨가 가늘게 떨렸다. 하지만 사비는 그의 손이 자신의 완맥을 틀어잡는 것을 보고도 막지 못했다.

타타탁!

굉천자는 사비의 전신을 훑어 혈도를 제압한 후 그의 기운을 가늠해 보기 위해 빠르게 손을 놀렸다.

'으음! 이런 게 방심이라는 거군.'

사비는 속으로 침음성을 삼켰다.

방심이라는 말이 절실하게 느껴졌다. 굉천자에게 나쁜 의도가 없을 것이라는 짐작과 상대를 이겼다는 자만심이 그를 위기로 몰아넣은 것이다. 사비는 화무영이 자신에게 당하며 어떤 심정이었을지 이해가 됐다.

"역시 화류패기군. 하지만 네가 어찌 화류패기를 지니고 있는 것이냐?"

굉천자가 믿기지 않는 눈초리로 물었다.

"아니다. 이럴 게 아니라 내 그에게 직접 물어야겠다. 넌 잠시 여기 있어라."

굉천자는 사비의 대답도 기다리지 않고 급히 몸을 돌렸다.

'가만, 이 녀석에게 화류패기를 얻으면……'

막 걸음을 옮기려던 굉천자가 움직임을 멈추고 눈을 가늘게 떴다.

자신이 확인한 사비의 화류패기는 사군우의 것에 전혀 모자람이 없었다. 그렇다면 굳이 언제 얻을 수 있을지 모르는 사군우의 화류패기를 기다리는 것보다 먼저 이자의 화류패기를 취하는 것이 여러모로 유익했다.

"허허허! 천운이로고! 내 너에게는 충분한 보답을 해주마!"

굉천자가 흥겹게 웃으며 자신에게 다가오자 사비가 의아한 눈초리로 그를 빤히 쳐다봤다.

'이 영감탱이가 무슨 소리를 하는 거야?'

탁!

사비의 목뒤에 있는 아문혈을 쳐 그의 입을 벌린 굉천자는 품속에서 작은 목함을 꺼내 들었다.

그가 목함의 뚜껑을 열자 청량한 향기가 사비의 코끝을 스쳤다.

"이 환약을 잠시만 입에 물고 있으면 된다. 내 마음이 급해 미리 언질조차 주지 않고 네 화류패기를 취하기는 하지만 네게는 그리 큰 부담은 아닐 것이다. 소모된 화류패기야 네가 불속에 몇 번 뒹구는 것으로 다시 회복할 수 있는 것이니 말이다. 또……."

굉천자는 입을 열다 말고 왼손을 다시 품속에 집어넣었다. 품속을 뒤적거리던 그는 꺼내 든 세 알의 환약을 사비가 볼 수 있도록 들어 보이며 입을 열었다.

"이건 속공단(速功丹)이라는 것이다. 내공을 속성으로 높여주는 공능이 있는 것으로 무림인들이 꿈에도 그리는 영단이지. 물론 화류패기를 지닌 너로서는 쓸데없는 것이라 여길 수도 있지만 세상일이란 아무도 모르는 거고, 또 먹어서 나쁠 건 없으니 그냥 내 성의라 생각하고 넣어둬라."

말을 마친 굉천자는 사비의 입에 속공단을 털어 넣으며 피식 웃었다.

사비의 입 안으로 들어간 속공단은 그의 혀끝에 닿음과 동시에 사르륵 녹으며 사지백해로 퍼져 갔다.

"보기에는 이래도 현 곤륜 장문으로 있는 놈이 내게 십 년 동안 아양을 떨어도 내놓지 않은 진귀한 것이란다. 한 알에 일 갑자의 공력을 얻을 수 있는 것이니 그럴 만도 하지. 하지만 모든 영약이 그렇듯 복용했다고 해서 그게 그대로 공력으로 얻어지는 것은 아니니 소화시키려면 앞으로 열심히 수련해야 할 것이다. 또한 먹을수록 약의 효능은 반감된다. 네가 먹은 속공단이 세 알이니 열심히만 하면 이 갑자 정도는 얻을 수 있을 게다."

굉천자는 곤륜 장문까지 들먹여 가며 너스레를 떨었다. 사비의 허락을 받지 않고 화류패기를 얻는다는 것이 양심에 찔리는 모양이었다.

'이 인간이 도대체 무슨 짓을 하려고 이러는 거지?'

사비는 자신을 두고 벌어지는 일련의 상황이 이해가 가지 않았다.

그저 속공단이 분출하는 상쾌함으로 보아 굉천자가 자신에게 먹인 환약이 독은 아닐 것이라는 생각에 안도할 따름이었다.

이윽고 굉천자가 오른손에 꾹 움켜쥐고 있던 환약을 조심조심 사비의 입으로 가져갔다.

그의 손에 들린 천명음양단은 반은 적색이고 반은 청색을 띤 환약으로 엄지 손톱만한 크기였다.

"잠시 입에 물고 있기만 하면 되는 것이니 괴롭더라도 조금만 참아라."

굉천자는 미안한 표정을 지으며 사비의 입에 조심스레 천명음양단을 밀어 넣었다.

천명음양단은 속공단과 달리 입 안에 넣어도 전혀 녹지 않았다. 단지 속공단과는 비교조차 할 수 없는 상쾌함과 청량함이 전신을 훑고 지나가는 것 외에는.

'윽!'

하지만 천명음양단이 혀끝에 닿고 잠시 후 사비의 두 눈이 시뻘겋게 충혈됐다.

화류패기를 얻기 위해 수련하던 고통이 떠올랐다. 아니, 그보다 몇 배는 더 극심한 고통이었다.

굉천자는 이를 지켜보기가 민망했는지 고통으로 일그러진 사비의 얼굴을 애써 외면하며 슬며시 몸을 돌렸다.

"내 잠시 뒤에 다시 올 테니 그때까지만 버텨라. 모름지기 사내란 그만한 고통쯤은 우습게 견뎌야 하는 법. 험! 험!"

굉천자는 황급히 걸음을 놀렸다. 하지만 사비는 느닷없이 찾아든 극심한 고통을 이겨내기 위해 죽을힘을 다하느라 그가 자리를 뜨는 것을 볼 틈이 없었다.

'뭐야? 내 몸이 왜 이러는 거지?'

고통에 휩싸여 아무 생각도 들지 않던 사비는 정신이 번쩍 들었다. 자신이 지닌 화류패기가 천명음양단으로 빨려 들어가고 있음을 알아챘기 때문이다.

'으으! 미친 늙은이! 가만히 안 두겠어!'

순간, 사비의 두 눈이 이글이글 타올랐다.

그리고 잠시 후 그의 몸이 점점 붉게 물들기 시작했다.

"오랜만이구나!"

관제상 위에 앉아 하늘에 낀 구름을 물끄러미 바라보던 사군우가 시선을 아래로 내렸다. 자신을 향해 다가오며 정중히 머리를 조아리는 화무영의 모습이 눈에 들어왔다.

둘은 지난 반년 동안 대면하기가 쉽지 않았다. 식사도 따로 했고 잠도 엇갈려 잤다. 교대로 사비를 상대하느라 서로 간에 만날 기회가 드물었기 때문이다.

"네게는 진작 고맙다는 말을 해야 했는데……."

"그 말씀은 거두어주십시오. 감사는 오히려 제가 드려야 할 것 같습니다."

화무영은 황급히 사군우의 말을 가로채며 다시 입을 열었다.

"주공과 겨루며 깨달은 바가 실로 적지 않습니다. 이는 모두 어르신께서 환우마하장법을 가장 효과적으로 펼칠 수 있도록 지도해 주셨기 때문입니다."

화무영의 말에 사군우가 희미한 미소를 머금었다.

그의 말대로 자신은 그동안 사비가 환우마하장법을 최대한 쓸 수 있는 상황을 염두에 두고 공격을 감행했었다. 물론 처음에는 환우마하장법을 눈에 익히느라 그럴 여력이 없었지만 사비가 숙달될 즈음이 되어서는 사군우 역시 환우마하장법의 공방의 변화를 대충 이해할 수 있었다. 그래서 그때부터는 사비를 통해 화무영의 취약점까지 짚어낼 수 있었고, 이를 염두에 둔 공격으로 화무영의 무공을 가르칠 수 있었던 것이다.

이윽고 사군우가 관제상 위에서 내려오며 입을 열었다.

"이제 내 밑천도 거의 바닥이 난 것 같다."

"저도 그렇습니다. 저는 그저 한시라도 빨리 주공과 다시 겨뤘으면 하는 바람뿐입니다."

"하하하! 뭔가 큰 오해를 하고 있구나."

"오해라니? 그게 무슨 말씀이신지?"

화무영이 의아한 눈초리로 물었다.

"오늘 내가 사비에게 펼친 무공은 그 녀석뿐만 아니라 너에게도 해당되는 숙제다. 너와 사비 모두가 그 숙제를 풀어야 다시 삼각비무(三角比武)를 할 생각이다. 나는 지금껏 단 한시도 사비만 가르친다는 생각을 하지 않았다."

"그럼 그것이……."

화무영은 말을 잇지 못했다. 사군우가 자신에게 무공을 가르치고 있다는 것은 생각도 못해본 일이었다. 그저 사비의 수련에 도움을 주며 자신 또한 부수적으로 성취를 얻는 것이라 생각했을 뿐인데…….

'그렇군. 어르신께서는 굳이 나를 통하지 않더라도 주공을 가르치실 수 있다. 그런데도 굳이 나를 이 수련에 끼워 넣으신 이유는 내게 무공을 가르쳐 주시기 위해서였던 거야.'

화무영은 그제야 사군우의 뜻을 헤아릴 수 있었다.

사군우는 화무영의 무공이 본인이 지닌 무공과 전혀 다른 성질이었기에 직접 가르치지 않았을 뿐 분명 그에게 무리와 무도의 가르침을 주고 있었던 것이다. 사비를 통해서.

'내가 어리석었어!'

화무영은 감격에 겨운 눈으로 사군우를 바라보다가 천천히 무릎을 꿇었다. 그때였다.

"고약한 인간, 이제 보니 이 녀석이 아니라 따로 제자를 키우고 있었으면서 나를 가지고 놀다니……."

사군우와 화무영의 고개가 일제히 돌아갔다. 그들의 눈에 씩씩거리며 걸어오는 굉천자의 모습이 비쳤다.

"오랜만이오."

사군우가 굉천자를 알아보고 피식 웃으며 짧게 고개를 숙여 보였다.

"도대체 무슨 수작인가? 날 농락한 이유가 뭐냔 말일세?"

굉천자가 사군우를 노려보며 윽박질렀다.

그는 짐짓 화난 사람처럼 두 눈을 부라렸다. 화무영을 놓친 것에 대한 멋쩍음을 무마시키기 위함이기도 했지만 나중에 사군우가 자신이 사비에게 화류패기를 취했다는 것을 알았을 때를 대비한 술책이었다.

"왜 인간이 넘봐서는 안 되는 그런 힘을 다른 인간에게 전했지?"

굉천자가 수염을 부들부들 떨며 물었다.

"하하하! 보셨소?"

사군우가 유쾌하게 웃자 굉천자의 안색이 더욱 찌푸려졌다.

"봤지. 보고말고. 내 눈이 삐지 않았다면 숲 속에 있는 저 녀석은 분명 자네와 비교해도 손색이 없을 만큼의 화류패기를 지니고 있네. 언제 저런 괴물을 키웠는가?"

"호오! 그 정돕니까?"

사군우는 함박웃음을 머금고 되물었다. 물론 굉천자의 말이라면 의심의 여지가 없다. 세상에 존재하는 모든 기운들을 연구하며 단약으로 만들 궁리만 하는 그가 사비가 지니고 있는 화류패기의 양을 모를 리 없었다.

'하지만 아직 마령심기는 눈치채지 못했나 보군. 그렇다면…….'

사군우는 굉천자의 안색을 살피며 천천히 입을 열었다.

"선배도 알다시피 내가 지닌 화류패기는 선배의 단약을 만드는 데 큰 도움이 되지 못할 거요. 그러니 그 녀석의 화류패기를 취하시구려. 그럼 되지 않소?"

"진심인가? 딴말하기 없기네."

굉천자가 이내 표정을 바꾸며 사군우의 말을 재차 확인했다. 화류패기는 마령심기와 더불어 자신의 천명음양단을 만드는 데 반드시 필요한 재료. 아직 화무영의 마령심기를 취하지 못해 걸렸지만 일단 화류패기라도 취해놓으면 마음이 한결 놓일 것 같았다. 게다가 자신은 이미 사비의 화류패기를 취하고 있지 않은가.

"후후후! 내 그럴 줄 알고 이미 자네 제자 놈의 진기를 취하기 위한 조치를 해놓고 왔네."

"하하하! 역시 그랬군요. 좋소이다. 그런데 언제부터 사비의 입에 넣어두셨소이까?"

"그 녀석 이름이 사비야? 가만, 그럼 혹시 자네하고? 아니지. 자네야 여자를 벌레 보듯 하는 인간이니 그럴 리가 없지. 참, 언제부터냐고 물었나? 반 각 정도 지났으니 지금쯤 충분히 흡수했을 것이네."

굉천자는 산만한 모습으로 횡설수설했다. 사군우가 자신의 행동에 대해 아무런 책망을 하지 않자 조금 있으면 아무 방해 없이 자신의 평생 숙원이 이뤄질 것이라는 기대감에 한껏 들떠 있었기 때문이다.

"그럼 서둘러야 할 거요."

"안 그래도 그럴 생각이야. 자네 제자를 죽여 봉변을 당할 생각은 없으니까. 내가 아무리 다 된 밥에 코 빠뜨리겠나?"

굉천자가 피식 웃으며 슬며시 몸을 돌렸다.

"사비는 제자가 아니외다. 제자는 이 녀석이오."

사군우는 미소 띤 얼굴로 화무영의 어깨를 툭 쳤다.

"누구? 이놈? 뭐, 그건 내 상관할 바가 아니지. 아무튼 조금만 기다리게. 내 자네 몸을 정상으로 회복시켜 놓을 테니."

어이없다는 표정으로 화무영을 힐끔거리며 묻던 굉천자는 이내 환한 미소를 머금고 숲 쪽으로 느릿느릿 걸음을 옮겼다.

"아니, 신세는 오히려 내가 갚아야지요."

"그게 무슨 말인가?"

굉천자가 고개를 휙 돌렸다.

"내가 서둘러야겠다고 한 뜻은 그 녀석이 화류패기 외에 다른 힘을 지니고 있기 때문이라오. 하지만 지금쯤이면 이미 모든 일이 끝났을 테니 쓸데없는 말을 한 셈이 됐군."

"다, 다른 힘이라니? 지금 무슨 말을 하고 있는 건가?"

사군우의 미소에서 불길함을 느낀 굉천자는 화무영을 향해 천천히 고개를 돌렸다.

"설마 그게 마령심기였나? 어찌 그런 일이? 자네 미쳤군!"

파앗!

굉천자의 신형이 순식간에 지면을 박차고 날아올랐다.

"저분은 누구십니까?"

굉천자의 뒷모습을 바라보던 화무영이 사군우에게 고개를 돌리고 물었다.

"그동안 네가 마령심기를 다스리는 데 큰 도움을 줬던 곤륜선문의 마지막 계승자 굉천자라는 분이다."

"곤륜선문이라니? 곤륜파와 관련이 있는 곳입니까?"

"물론. 관련이 있는 정도가 아니라 곤륜 자체라고 봐야 옳지. 지금은 곤륜검문에 밀려 간신히 명맥만 유지하고 있지만 곤륜의 진정한 힘은 곤륜선문이 간직하고 있으니까."

사군우가 크게 고개를 끄덕이자 화무영이 고개를 갸웃거리며 생각에 잠겼다.

지금의 곤륜은 구파의 마지막 자존심이었다. 다른 구대문파가 모두 백천맹에 속한 상태인데도 불구하고 스스로의 힘만으로 독자적인 노선을 구축하며 지닌 위상을 더욱 드높이고 있는 문파.

곤륜파는 육패, 백천맹을 주축으로 한 정파무림과 화양마부, 빙월마궁, 그리고 마사회로 대표되는 마도무림 사이에서 독자적인 세력을 그대로 간직한 몇 안 되는 세력 중 하나였다. 하지만 당대의 곤륜파는 지닌 명성에 비해 알려진 것이 거의 없었다. 이전에는 중원무림과 다양한 교류를 맺으며 지냈으나 작금에 이르러서는 거의 청해 땅을 벗어나지 않았기 때문이다. 따라서 화무영이 곤륜선문에 대해 모르는 것도 어찌 보면 당연한 일이었다.

화무영이 여전히 의아한 얼굴을 하고 있자 사군우가 피식 웃으며 입을 열었다.

"곤륜은 조식기공과 무공을 중시하는 검문과 연단과 양생을 중시하는 선문으로 갈려 있다. 지금은 굉천자 선배를 제외한 전 문원이 검문에 소속되어 있지만 곤륜을 창시한 운룡자(雲龍子)는 선문 출신이었다. 나도 저 선배의 말을 듣고 알게 된 비사이니 네가 모르는 것도 당연하지."

"그럼 곤륜에서도 꽤 높은 배분을 지니고 계시겠군요?"

화무영이 고개를 끄덕이며 묻자 사군우가 살며시 고개를 가로저었다.

"꼭 그렇지만도 않다. 저 선배는… 곤륜 장문보다 훨씬 높은 배분을 지니고 있음과 동시에 가장 낮은 배분을 지닌 분이니까."

"그게 무슨 말씀이신지?"

"후후후! 그런 사연이 있다. 아무튼 저 선배에게 결국 죄를 짓고 말았구나."

사군우는 쓸쓸한 표정으로 굉천자가 사라진 곳을 향해 고개를 돌렸다. 곁에서 그의 모습을 지켜보던 화무영은 감히 더는 묻지 못하고 잠자코 사군우의 시선을 따라 고개를 돌렸다.

사군우는 속으로 짧은 한숨을 토했다.

'휴우! 아들에게 날개를 달아주기 위해 의리를 저버린 것인가, 아니면 내 부질없는 목숨을 포기하고 얻은 대가인가?'

굉천자는 눈썹이 휘날리게 달렸다. 그가 곁을 스치고 지나간 나무들이 마치 세찬 바람을 맞은 듯 온몸을 떨었다.

'안 돼! 내 평생의 숙원을 이렇게 허무하게 끝낼 수는 없어!'

굉천자는 속으로 사비가 고통을 못 이기고 죽어버렸기를 간절히 기원했다. 도사로서는 감히 할 수 없는 생각이었지만 한 가지 일에 평생을 바쳐 온 인간으로서는 진심으로 그렇게 되기를 빌었다.

하지만 좀 전 사군우의 웃는 모습으로 보아 사비라는 청년은 결코 호락호락하게 죽을 인간이 아닐 것이다.

'허! 검성과 그 친구의 관계를 짐작했어야 했는데. 자신의 목숨까지 포기할 정도로 중요한 관계였단 말인가? 무량수불! 무량수불!'

굉천자는 사군우를 위로한답시고 천명음양단에 관한 얘기를 털어놨던 일을 가슴 깊이 후회했다.

모든 기운을 중화시키는 천명음양단의 특이한 효능이라면 사군우를 살릴 수도 있었다. 굉천자는 이 천명음양단으로 사군우를 살릴 생각이었다.

그런데 그런 의도를 잘 알고 있는 사군우가 자신에게 사기를 친 것이다. 굳이 따지자면 제 꾀에 자신이 속아넘어간 것이지만 굉천자는 그렇게 생각하지 않았다.

굉천자는 속으로 도리질 치며 전력을 다해 앞으로 쏘아져 나갔다.

그런 일은 결코 일어나서는 안 된다.

천명음양단은 사군우를 살리기 위해서 반드시 필요한 물건. 또한 자신이 만든 천명음양단을 통해 등선을 하는 인간을 보는 굉천자의 숙원이 물거품이 되어버리는 것이다.

잠시 후 사비와 조우했던 널찍한 공터가 굉천자의 눈에 들어왔다.

'어, 없다!'

굉천자는 사비의 모습이 보이지 않자 다급히 주위를 두리번거렸다.

그의 눈에 땅에 대 자로 뻗어 있는 사비가 보였다.

'주, 죽었군. 다행이야.'

굉천자는 사비가 고통을 이기지 못하고 죽었다는 생각에 깊은 안도의 한숨을 내쉬었다.

턱!

지면에 날아 내린 굉천자는 사비를 향해 빠르게 걸음을 놀렸다.

"헉!"

순간 굉천자는 경악성을 흘리며 몸을 흠칫 떨었다. 누워 있던 사비가 고개만 빼꼼히 쳐들고 자신을 바라보고 있었기 때문이다.

"왔어?"

사비가 거슴츠레한 눈으로 굉천자를 바라보며 말했다.

"천명음양단은? 천명음양단은 어디 있느냐?"

굉천자는 사비를 향해 득달같이 달려와 그의 멱살을 잡고 흔들었다.

이윽고 사비가 만사가 귀찮다는 눈빛으로 굉천자를 쳐다보며 힘겹게 입을 열었다.

"꺼억!"

|第五章|
굉천지몽(宏天之夢)

백천맹 맹주전(盟主殿).

공황식은 만면에 웃음을 머금고 자신에게 일제히 시선을 고정한 이들을 쭉 둘러봤다. 그들은 백천맹의 수족이 되어 정도무림을 관장하는 십회주들이었다. 하지만 그 수는 여덟. 강소공가가 담당하는 강소회와 산동회를 맡고 있는 황보세가가 빠졌기 때문이다.

공황식의 표정과 달리 이들 회주들의 표정은 침중하기 그지없었다.

"문제는 빙월마궁입니다. 그들이 몇 해 전 대륙상회에게 강탈한 물건이 화약이었음이 밝혀진 이상 결코 이대로 묵과할 일이 아니지요."

오십대로 보이는 비구니가 주변을 둘러보며 잔잔한 음성으로 말했다.

아미 장문 무정 사태(無情師太).

그녀는 아미의 장문임과 동시에 청성, 점창이 속해 있는 사천회주의 자격으로 이 자리에 앉아 있다.

겉보기에는 가녀리고 유약해 보이는 그녀였지만 사천 땅에 자리한 세 문파에서 삼 년에 한 번씩 돌아가며 하기로 한 사천회주 자리를 지난 십 년 동안 아무 분란 없이 꿰차고 있을 정도로 수완 좋은 여걸이었다.

"지당하신 말씀입니다."

공황식이 고개를 끄덕이며 동조했다.

"하지만 빙월마궁이 그 화약을 중원무림에 사용한 적은 없습니다. 그런 상황에서 빙월마궁을 핍박했다가는 자칫 정도와 마도 전체의 분쟁으로 이어질 공산이 큽니다. 더욱이 대륙상회에서 강탈당한 화약은 황실에서 거래 금지 품목으로 정한 것입니다. 따라서 대륙상회는 입을 다물 수밖에 없고, 빙월마궁에서 자신들의 짓이 아니라고 발뺌을 하면 도리가 없습니다."

무정 사태의 맞은편에 앉아 있던 인자한 인상의 육십대 노인이 입을 열었다. 그는 남궁세가주이자 안휘회주로 있는 남궁덕천(南宮德泉)으로 생긴 것처럼 온화한 품성과 관대한 처사로 무인들의 존경을 받는 인물이었다.

"옳으신 말씀입니다."

공황식이 고개를 끄덕이며 남궁덕천 가주의 말에 동조하자 무정 사태가 얼굴을 굳히며 입을 열었다.

"맹주가 어느 한쪽에 치우침없이 본 맹을 잘 이끌어왔음은 천하가 다 아는 사실입니다. 하나 지금 같은 상황에서 '이 말도 맞다, 저 말도 맞다'라고 하시면 여기 모인 회주들의 판단에 혼선을 빚을 뿐입니다."

"흠! 무정 사태의 말씀이 백번 지당하십니다."

"지금 저를 놀리시는 겁니까?"

탕!

무정 사태가 눈살을 찌푸리며 탁자 모서리를 손바닥으로 내려쳤다. 이에 그녀의 행동을 본 다른 회주들의 얼굴이 대번에 굳어졌다. 무정 사태의 성정이 대쪽 같다는 것도 알고 맹주가 관대한 품성을 지녔다는 것도 알지만 과연 맹주가 그녀의 거친 행위를 이대로 넘어갈지는 의문이었다.

그러나 다행히 공황식은 화난 기색이 아니었다. 그저 입가에 머문 미소를 지우지 않은 채 무정 사태의 얼굴을 바라볼 뿐이었다. 공황식은 그녀의 심정을 십분 이해하고 있었다.

아미파가 있는 사천은 빙월마궁이 있는 청해와 맞닿아 있다. 때문에 빙월마궁이 화약을 사용해 기습을 감행해 온다면 사천일 것이다. 그렇게 되면 가장 먼저 피해를 보는 쪽은 아미, 청성, 점창의 세 문파. 무정 사태는 아미 외에 다른 두 문파까지 대변해 입을 열고 있는 것이다.

이윽고 장내의 침중한 분위기를 깨며 공황식이 차분한 어조로 입을 열었다.

"무정 장문께서도 아시다시피 백천맹이 지난 이십 년간 정도무림의 지붕 역할을 해왔습니다. 이렇게 뭇 세인들의 인정을 받으며 경원의 대상으로 지낼 수 있었던 것은 명분없는 싸움을 하지 않았기 때문이지요."

"빙월마궁을 치는 것이 명분이 없다면 도대체 어떤 싸움이 명분이 있는 싸움이란 말입니까?"

무정 사태는 여전히 굳은 안색을 풀지 않고 물었다.

"물론 굳이 명분을 붙일 수도 있습니다. 대륙상회의 거래 품목을 강탈한 것이니 녹림도와 같은 도적의 무리로 몰면 되겠지요. 하지만 그렇게 해서 빙월마궁을 친다고 우리에게 무슨 이득이 있습니까?"

"홍! 백천맹이 언제부터 이득을 따졌지요? 중원의 안위와 평화를 위해 아무런 대가를 바라지 않고 백천맹에 모인 협사들이 혹여 맹주님의 말씀을 곡해할까 염려되는군요. 그 말씀은 못 들은 걸로 하겠습니다."

무정 사태는 콧방귀를 뀌며 돌아앉았다.

"허허! 맹주님의 말씀이 그런 뜻이 아니라는 건 무정 장문께서도 잘 아시지 않습니까? 노여움을 푸시지요."

그녀의 맞은편에 앉아 있던 남궁덕천이 점잖게 수염을 쓸어내리며 다시 말을 이었다.

"제 생각에는 맹주께서 아무 이득 없는 싸움을 피하자고 하시는 게 아니라 빙월마궁과의 싸움으로 인해 아무 소득도 없이 피해만 입게 될까 염려를 하시는 것 같습니다. 그렇지 않습니까?"

남궁덕천이 자신을 향해 고개를 돌리고 묻자 공황식이 엷은 미소 띤 얼굴로 고개를 끄덕였다.

"바로 보셨습니다. 제가 걱정하는 것은 빙월마궁이 아니라 그 뒤에 도사리고 있는 화양마부와 마사회입니다."

"그것은 기우에 불과합니다. 그들이 견원지간이나 다름없는 사이라는 건 천하가 다 압니다."

무정 사태가 자신의 말을 가로채자 공황식이 싱긋이 웃으며 입을 다물었다.

"무정 장문, 일단 맹주님의 말씀을 좀 더 들어보도록 합시다."

남궁덕천이 무정 사태를 만류했다. 이에 공황식이 남궁덕천을 향해 살짝 고개를 숙여 보인 후 다시 좌중을 돌아보며 입술을 뗐다.

"아무리 견원지간이라고 해도 그들은 엄연히 마도라는 줄로 이어져 있습니다. 빙월마궁이 본 맹에 의해 궤멸하는 순간 자신들이 그 이후의 목표가 됨을 모를 리 없지요. 따라서 빙월마궁에 손을 대면 오히려 마도를 결속시켜 주는 역효과를 발휘할지도 모릅니다. 더욱이 화양마부와 빙월마궁이 근래 들어 부쩍 잦은 교류를 하고 있다는 정보도 입수됐습니다."

"으음! 교류라니? 믿을 만한 정보입니까?"

공황식의 말에 무정 사태가 침음성을 삼키며 물었다.

"지난 삼 년간 야문에서 온 힘을 다해 얻은 정보 중에 하나입니다. 더욱이 그 교류라는 것이 그렇게 단순하지도 않습니다. 빙월마궁과 화양마부에서 보유한 고수들이 모여 합동 수련을 하는 데 그 목적이 있으니까요."

"……."

무정 사태는 더 이상 입을 열지 않았다. 야문의 정보라면 확인해 볼 필요도 없었다. 당금 무림에서 가장 정확하고 빠른 정보력을 가진 곳이었으니까.

'화양마부와 빙월마궁이 교류를 한다는 것은 무시할 일이 못 된다. 단순히 빙월마궁에만 국한된 문제가 아닐 수도 있어.'

무정 사태는 사태가 자신의 생각보다 더 위급할 수도 있음을 직감했다. 그녀의 염려는 빙월마궁이 그들이 보유한 화약을 사천 땅으로 세력을 확장하는 데 쓸까 하는 것이었다. 하지만 공황식은 은연중에 무정 사태 염려보다 더한 사태가 벌어질 수도 있음을 암시하고 있었다.

"여러분도 아시다시피 삼 년 전부터 심상치 않은 일이 벌어지고 있습니다. 백천맹의 눈치를 살피며 숨죽이던 마도인들은 이젠 아예 드러내 놓고 활동을 하기 시작하고 있지요. 그 시발점은 남궁사수의 죽음 부터였습니다."

공황식은 입을 열며 남궁덕천을 힐끔 쳐다봤다.

남궁사수라는 말에 온화하기만 하던 남궁덕천의 안색이 일순 어두워졌다. 이에 공황식은 미안한 표정을 지으며 재차 입을 열었다.

"타락수라라는 자는 아직 잡지도 못했습니다. 이는 그를 비호하는 세력이 있지 않고는 불가능한 일입니다. 이 때문에 처음에는 강남 지역을 의심했었습니다. 그곳에서 신흥 세력의 발호가 감지되었지요. 하지만 신농방의 조사 결과 그것은 장강수로채가 육상으로까지 세력 확장을 시도하며 벌어진 일이었을 뿐 별다른 특이점은 찾지 못했습니다. 따라서 타락수라를 비호하는 세력은 화양마부, 빙월마궁, 마사회 중 한 곳일 공산이 큽니다. 어쩌면 그들 모두가 연관이 있을지도……. 어찌됐든 이들이 힘을 합치는 일은 차제에 막아야 합니다. 그렇지 않으면 백천맹은 힘든 싸움을 하게 될지도 모릅니다."

"아미타불! 그럼 맹주께서는 마도가 통합될 수도 있다고 보는 것이오?"

이제껏 잠자코 다른 이들의 말을 경청하던 노승이 나직한 불호와 함께 입을 열었다.

그는 소림의 금강전주(金剛殿主)로 있는 도상 대사였다.

도상 대사는 현 소림 방장인 도일 대사를 대신해 하남회주 직을 맡고 있었다. 그가 전주로 있는 금강전이 소림의 대외 업무를 관장하는 곳이었기 때문이다.

"안타깝게도 지금까지의 정황들로 미루어 그럴 가능성이 큽니다. 그래서 십회를 발동시킨 것입니다."

공황식이 도상 대사의 얼굴을 바라보며 천천히 고개를 끄덕였다.

"……."

좌중은 아무도 입을 열지 않았다. 그저 수심에 찬 기색으로 서로의 얼굴을 바라볼 뿐이었다.

공황식은 침묵이 흐르는 장내를 쓱 훑어보며 천천히 입을 열었다.

"그럼 본론으로 들어가겠습니다. 앞서 말씀드렸듯이 마도 통합이라는 최악의 상황이 벌어졌을 때는 현재 본 맹이 지닌 힘만으로는 역부족입니다. 이제 세력과 힘을 집중해야 할 시기가 아닌가 싶습니다. 그동안은 백천맹에 가입하지 않아도 아무런 제지를 가하지 않았습니다만 지금은 그렇게 여유로운 대처가 가능한 상황이 아닙니다. 여러 회주님들께서는 이 점을 양지하시어 아직 본 맹과 손잡지 않은 정도 세력들에게 가입을 권유해 주시고 나아가 정도와 마도 사이에서 눈치를 살피고 있는 중도 세력들에게는 압력을 가해주십시오. 다소 무리가 따르더라도 추후에 발생되는 반발이나 불평은 제가 막겠습니다."

공황식의 말에 십회주들이 희미하게 고개를 끄덕였다. 이전이었다면 다소 이의를 제기하는 이도 나왔을 테지만 지금은 공황식의 말대로 그럴 만한 상황이 아니었기 때문이다.

꼭 그의 말이 아니라도 마도의 움직임이 심상치 않다는 것은 그들 역시 이미 알고 있었다. 오늘 공황식을 통해 이를 구체적으로 확인한 것뿐이었다.

"죄송하지만 먼저 일어나 보겠습니다."

공황식이 천천히 자리에서 몸을 일으켰다.

'큰일이군! 큰일이야!'

공황식이 살며시 회의실 문을 닫고 나가자 이를 바라보던 십회주들이 속으로 장탄식을 토했다.

그들은 마도의 발호는 두렵지 않았다. 물론 어쩔 수 없이 다소 피를 흘려야 할 테지만 백천맹과 그 뒤에서 버티고 있는 육패가 여전히 건재한 이상 중원이 마도 손에 넘어갈 가능성은 전무했다.

그들의 걱정은 마도를 멸하고 난 뒤 더욱 강해질 게 자명한 육패 때문이었다.

벌컥!

"아니, 노야께서 이곳은 어인 일로 왕림하셨습니까?"

방문을 열고 들어선 공황식은 자신의 의자에 앉아 있는 노인을 발견하곤 반색을 하며 다가섰다.

"왜? 나 같은 인간은 맹주의 처소에 올 자격이 없나?"

공황식의 환대에도 의자에 앉은 노인은 삐딱했다.

하지만 공황식은 그런 노인의 태도에도 불쾌한 기색이 아니었다. 그가 누구인지를 알기 때문이다.

천하의 중심이랄 수 있는 백천맹 맹주의 처소에 침입하고도 아무렇지도 않게 앉아 있는 대담한 노인. 깡마른 체구에 까무잡잡한 피부를 지닌 그 노인에게는 그럴 만한 자격이 충분했다.

야왕 은강후. 중원 밤의 지배자, 육패의 일인, 십이제천 중 오왕의 일좌를 차지한 무인. 이 단어들이 그를 장식하는 수많은 미사여구다.

하지만 그의 진정한 얼굴을 아는 이는 극히 드물다. 심지어 그의 맨얼굴을 마주하고 있는 공황식조차도 야왕 은강후의 정확한 실체는 모른다. 공황식은 은강후를 알아본 것이 아니라 오직 그만이 지닌 독특한 기도를 알아본 것이었다.

"그래, 이 늙은이를 부려먹으니 좋은가?"

"아닙니다. 제가 어찌 기분이 좋을 리 있겠습니까? 능력이 일천하여 노야를 귀찮게 해드리고 있습니다. 얼마나 송구스러운지 모릅니다."

"크크! 부친을 닮아 말은 참 그럴듯하게 잘하는군."

"칭찬으로 알겠습니다."

은강후의 비아냥에도 공황식은 피식 웃기만 할 뿐 화를 내지 않았다. 본래 화를 잘 내지 않는 성격도 성격이었지만 은강후가 자신에게 이런 식으로 나오는 경우는 대단한 정보를 입수했을 때다.

게다가 아무 말도 없이 자신이 직접 왔다면 그 어느 때보다 엄청난 정보를 가지고 왔음이 틀림없었다.

은강후는 잠자코 공황식의 얼굴을 바라봤다. 그를 조급하게 만들어 보고 싶었다. 하지만 공황식은 무심한 표정으로 자신의 눈을 마주 볼 뿐 다른 반응을 보이지 않았다.

'이 녀석은 아비보다 더한 능구렁이야. 도대체 속을 알 수가 없으니.'

천하에 이름깨나 알려진 인물이라면 모두 은강후의 머리 속에 들어 있다. 그들의 무공, 약력, 습관, 약점까지 모두.

하지만 공황식만큼 특이한 사람도 드물었다. 지닌 습관도 없고 허튼소리나 행동을 하는 경우도 없다. 그러다 보니 약점은 더욱 찾기 힘들었다. 심지어 그의 아비 공우생의 약점이 신도세가에 대한 두려움이라는 것까지 파악하고 있는데도 공황식에 대해서는 알고 있는 것이 거의 없었다.

'네 녀석만 파악됐다면 내가 육패에만 머무르지 않았을 것이다.'

은강후는 어쩌면 공황식이 자신보다 더 종잡을 수 없는 인물일지도 모른다는 생각을 했다.

이윽고 속으로 쓴 입맛을 다시던 그가 나직이 입을 열었다.

"화양마부와 빙월마궁이 손을 잡았다는 소식이나 마사회에서 새로운 회주를 뽑을 준비를 하고 있다는 소식은 이미 들어 알고 있을 것이니 마도 얘기는 할 필요가 없을 것 같고……."

은강후는 잠시 뜸을 들이며 공황식을 다시 한 번 힐끔 쳐다봤다.

이번에는 공황식의 얼굴에도 미미한 변화가 스쳤다. 역시 자신이 가지고 온 소식이 마도와 관련된 것이라 짐작했던 모양이다. 이에 은강후는 기분 좋은 웃음을 흘리며 다시 입을 열었다.

"내가 네게 알려주려고 가져온 정보는… 그에 관한 것이네."

은강후는 입을 열며 검지를 들어 천장 쪽을 가리켰다.

"으음! 그가 아직 살아 있습니까?"

공황식이 굳은 얼굴로 물었다. 은강후나 자신이 하늘에 빗댈 정도로 대단한 인간은 이 세상에 오직 한 명뿐이다.

흑화검성 사군우.

은강후는 그의 소식을 가지고 온 것이 분명했다.

"그럴 가능성이 크네."

은강후가 희미하게 고개를 끄덕였다.

"어디서 입수한 정보입니까? 아니, 그는 지금 어디 있습니까?"

공황식이 그답지 않게 흥분한 목소리로 물었다.

하지만 은강후는 공황식의 이런 반응은 이미 예상하고 있었다. 자신도 사군우의 정보를 보고받았을 때 저런 반응을 보였으니까. 아니, 자신은 오히려 공황식보다 더 흥분했었다.

이윽고 은강후가 나직한 목소리로 입술을 달싹이기 시작했다.

"흑화검성의 정보를 입수한 곳은 선혜원이네. 우리가 찾던 타락수라가 선혜원 출신의 화무영이라는 인물이라는 것도 그곳에서 확인할 수 있었지. 하지만 화정 원주는 화무영이 타락수라라는 사실을 모르고 있는 것 같네. 알고 있었다면 그렇게 공공연하게 화무영을 만나지 않았을 걸세. 좀 더 조사해 봐야겠지만 일단 배후에 선혜원이 있을 가능성은 희박하네. 그리고… 타락수라의 뒤를 쫓는 데는 실패했네. 보고에 의하면 삼 년 전보다 무공이 일취월장한 것 같다고 하더군."

"으음!"

공황식은 침음성을 흘렸다. 그가 듣고 싶은 소식은 이런 게 아니었다. 물론 타락수라와 관련된 것도 중요하긴 했지만 사군우의 행적과 관련된 소식에 비하면 아무것도 아니다.

공황식은 백천맹주 이전에 무인의 한 사람으로서 사군우를 넘어야 할 산으로 여기고 있었다. 그가 돌연 잠적했을 때 얼마나 상심했던가. 앞으로 살아갈 날들이 허무하게 여겨질 정도로 모든 일에 의욕을 상실했었다.

물론 곧바로 마음을 추스르기는 했지만 그렇다고 사군우를 완전히 마음속에서 지울 수 있었던 것은 아니었다.

은강후는 점점 더 흥분하는 공황식을 보며 속으로 쾌재를 불렀다.

'하하하! 네 약점은 검성이었구나. 그래, 검성이었어.'

은강후는 오늘 자신이 직접 온 것이 백번 잘한 일이라고 생각했다. 그렇지 않았다면 사군우에게 집착하는 공황식의 모습을 보지 못했을 것이다.

'그에게 패한 충격에서 헤어나지 못하고 있었군. 천하의 공황식이 말이야. 후후후!'

은강후는 속으로 비소를 머금고 천천히 입술을 뗐다. 공황식의 반응을 살피는 것은 이 정도로도 충분했다.

"무슨 일이 있었는지는 모르지만 타락수라와 사군우 사이에 깊은 관련이 있는 모양이야. 타락수라가 선혜원을 나와 사군우가 있는 곳으로 달려간 것을 보면 말이야."

"타락수라를 놓쳤다면서 검성에게 간 것은 어찌 아셨습니까?"

자신이 지나치게 흥분했음을 깨달은 공황식은 애써 마음을 가라앉히며 물었다.

"내가 데리고 있는 아이 중에 묘한 녀석이 하나 있지. 정말 아끼는 녀석이야. 그 녀석이 글쎄 타락수라를 삼 년 동안 추격하고 다녔지 뭔가? 난 그것도 모르고 그 아이를 포기하고 있었는데 얼마 전 다시 연락을 취해왔네. 후후후!"

은강후의 말에 공황식의 얼굴이 의혹으로 물들었다. 은강후가 자신의 수하를 이렇게까지 칭찬하는 것은 들어본 적이 없었다. 더욱이 그 수하가 자신을 떠난 줄 알면서도 추살 명령을 내리기는커녕 서슴없이 포기했다고 하는 것은 더 더욱 이해가 가지 않았다.

"추격술이나 은신술도 훌륭하지만 살수로도 전혀 손색이 없는 아이라네. 그런데 그 아이가 타락수라를 죽일 자신이 없었다고 하더군. 그래서 기회를 노리며 삼 년을 따라다녔다고……."

은강후는 자꾸 말을 빙빙 돌렸다. 하지만 공황식은 더 이상 그를 재촉하지 않았다. 은강후는 쓸데없는 말을 하는 위인이 아니다. 지금 이렇게 장황하게 읊어대는 것도 다 사연이 있음이 분명했다.

'야왕이 이 정도로까지 칭찬을 아끼지 않는 것을 보면 대단한 살수임에는 틀림없겠군.'

공황식은 속으로 고개를 끄덕이며 입을 열어 물었다.

"그럼 노야의 수하가 아직도 타락수라를 쫓고 있다는 말씀입니까?"

"아니, 타락수라는 진작 놓쳤지. 그 녀석이 쫓고 있는 사람은 따로 있네."

"네?"

"굉천자!"

"굉천자라면… 곤륜선문의? 그분이 아직 살아계십니까?"

은강후가 짧게 외치자 공황식이 고개를 갸웃거리며 물었다.

"살아 있지. 영약만 잔뜩 처먹은 미친 늙은이라 그런지 명줄이 길긴 긴가 보네. 그가 움직였다는 것이 뭘 의미하는지는 더 말 안 해도 알겠지?"

은강후의 물음에 공황식이 말없이 고개를 끄덕였다.

굉천자는 지닌 재주에 비해 중원에 그렇게 많이 알려진 인물이 아니었다. 또한 워낙 괴벽스러운 성격 탓에 가까이 두는 친구도 없었다.

오직 흑화검성 사군우와만 교분을 맺고 있을 뿐.

영약을 구하기 위해 천하를 주유하던 굉천자는 더 이상 필요한 영약이 세상에 없다며 곤륜산으로 들어가 나오지 않은 지 오래. 그런 그가 중원으로 나왔다면 사군우 말고는 다른 이유가 없었다.

'역시 그가 주화입마에 빠졌다는 소문이 사실이었단 말인가? 하지만 그가 왜?'

공황식은 굉천자가 나선 건 사군우가 입었을 상세를 치료하기 위해서일 거라 짐작했다.

"그는 지금 어디 있습니까?"

"굉천자가 산동으로 향했다는 보고까지 받았네."

"으음!"

공황식은 침음성을 삼키며 잠시 입을 다물었다.

"어쩔 셈인가?"

은강후가 궁금하다는 듯 눈을 빛내며 물었다.

"알려야지요."

"알리다니? 누구에게?"

공황식은 고개를 갸웃거리는 은강후를 보며 천천히 입술을 뗐다.

"그를 목표로 삼고 살아왔던 이들 전부에게 알릴 생각입니다. 나중에 저 혼자만 그를 만난 사실이 알려지면 그들은 분명 저를 원망할 겁니다. 그들을 적으로 두고 싶은 생각은 추호도 없습니다. 후후후!"

"그렇다면 혹시… 자네도 가볼 생각인가?"

은강후는 휘둥그레진 눈으로 공황식을 바라보며 재차 입을 열었다.

"자네 부친이 좋아할 일은 아닌 것 같군. 그를 이용한다면 마도 측의 강자 몇은 보낼 수 있을 텐데 말이야."

"적어도 그에게만큼은 암계 같은 걸 쓰고 싶지 않습니다. 그건 이 시대 진정한 무인에 대한 최소한의 예의지요. 그러니 당분간 아버님께는 비밀로 하고 싶습니다. 그 보답은 반드시 하겠습니다."

"흠!"

은강후는 의외의 눈빛으로 공황식을 응시했다.

지금의 공황식은 이제껏 자신이 알던 공황식이 아니었다.

'역시 이 녀석도 무인이었나?'

공황식은 은강후의 이채 어린 눈을 뒤로하고 슬며시 몸을 돌렸다.

"어쩌면 이십 년 만에 한자리에 모두 모일 수도 있겠군요."

공황식은 창가에 걸린 반달을 바라보며 입가에 잔잔한 미소를 머금었다.

* * *

숭산(嵩山) 소림사(少林寺).

한 승려가 대웅전 앞에서 서성이고 있었다. 계율원의 원주로 있는 도추 대사였다.

하지만 그는 지닌 신분과 위치에 걸맞지 않게 꽤 당황한 표정이 역력했다.

"무슨 일인고?"

소림 방장 도일 대사가 새하얀 수염을 휘날리며 대웅전을 향해 걸어왔다. 이에 도추 대사가 굳은 안색으로 답했다.

"도진이 소림을 나섰습니다. 나한전의 제자들이 뒤를 쫓긴 했으나 아무래도 그들로서는 감당키 어려울 것으로 보입니다."

"허허! 그만한 일로 나를 불렀단 말이냐?"

"……."

도일 대사가 어이없는 표정으로 자신을 바라보자 도추 대사가 얼굴을 붉혔다.

그는 도일 대사가 당연히 꽤 놀란 반응을 보일 것이라 예상했다. 자신의 막내 사제는 도 자 항렬을 지닌 소림 최고 배분의 무승들 중 가장 뛰어난 무공을 지닌 인물. 바꿔 말하면 당금 소림에서 가장 강한 승려, 소림제일승이라는 말이다.

더욱이 그는 이십 년 전 비무대회를 끝으로 장경각과 달마동을 오가며 거의 폐관을 하다시피 할 정도로 무공 수련에 몰두했다. 그런 그가 방장의 재가도 없이 소림사를 벗어난 것이 긴한 일이 아니라면 무엇이 긴한 일이란 말인가.

도추 대사의 의문을 눈치챘는지 도일 대사가 싱긋이 웃으며 천천히 입을 열었다.

"도진은 전대 방장께 단 두 가지 계율만을 받았지 않느냐?"

"하지만 그건 어디까지나 이십 년 전의 일이 아닙니까. 지금은 엄연히 사형께서 방장이십니다."

"허허! 아직도 내 말뜻을 이해하지 못했구나. 이미 소림의 모든 계율에서 벗어난 도진이 왜 아직까지 이곳에 남아 있었겠느냐?"

"그야 흑화검성에게 소림의 무공으로 패한 죄를 인정하고 스스로 벌을 받고 있었던 것이 아니옵니까?"

"그렇지. 그런데 도진이 소림을 떠났다. 그건 무엇을 의미하느냐?"

"그건 소림의 무공으로 흑화검성을 이기기 위해… 아니, 그럼 사제가 흑화검성에게 도전하기 위해 갔다는 말씀이십니까?"

입을 열던 도추 대사가 당혹성을 터뜨렸다.

"아마 그럴 게다. 흑화검성이 무림을 은퇴했다는 소문이 있었는데 아마 그것이 사실이 아니었던 모양이구나. 선재로고."

도일 대사는 피식 웃음을 머금고 천천히 몸을 돌렸다.

소림은 그동안 수많은 기재들을 배출해 왔다.

평생에 걸쳐 하나도 깨닫기 힘들다는 칠십이종절예 중 열 이상을 익힌 제자의 무명(武名)은 삼십 년을 갔고, 스물 이상을 익힌 제자는 일갑자 동안 그 무명을 떨쳤다.

물론 소림을 거쳐 간 모든 승려, 그들의 보이지 않는 노력이 오늘날의 소림을 만든 것이었지만 개개인의 뛰어난 고수가 없었다면 무림의 태산북두라는 말은 듣지 못했을 것이다.

무림의 태산북두라고 하는 명예는 소림이 배출한 절세 기재 하나하나의 무명이 모여 이룩한 것이기에.

칠십이종절예 중 절반을 익힌 도진 대사는 소림의 자랑이자 천하에 적수가 없는 소림의 위대한 상징이었다.

소림의 전대 고승들은 도진 대사로 인해 소림이 향후 일 세기 이상은 영예로움을 간직할 것이라고 믿어 의심치 않았다. 적어도 천하제일비무대회가 있던 이십 년 전까지는.

당시 사강에 올랐던 도진 대사는 이름 모를 낭인 무사에게 패했다.

더욱이 그 낭인 무사와 결승에서 맞붙은 공황식이 손이라도 섞어본 반면 도진 대사는 낭인 무사의 기도에 짓눌려 채 반 초식도 펼쳐 보지 못하고 패배를 자인하고 말았다. 소림의 자랑이 다시없을 치욕으로 바뀐 순간이었다.

그리고 소림으로 돌아온 도진 대사는 자신의 혀를 자른 후 전대 방장에게 벌을 청했고, 전대 방장은 어쩔 수 없이 그에게 소림의 산문을 넘지 말라는 것과 흑화검성을 이길 자신이 생겼을 때는 언제든지 산문을 벗어나 소림의 명예를 다시 찾아오라는 두 가지 계율을 내렸다.

그 후 소림은 조금씩 숨어들었다.

소림에는 도진 대사 외에도 수많은 고수들이 즐비했으나 만천하가 바라보고 있는 가운데 꺾인 명예는 좀처럼 회복되지 않았다.

그 후 소림에 입적하는 제자들의 수도 조금씩 줄기 시작했고, 이젠 백천맹의 눈치를 살펴야 할 정도로 위축된 상태가 됐다.

"찾아와야 하는 것이 소림의 명예가 아니라 마음속에 숨어 있는 자신감임을 알아야 할 텐데. 아미타불!"

도일 대사는 나직이 불호성을 외며 천천히 걸음을 옮겼다.

*   *   *

휘익!

소매가 펄럭인다.

옆으로 휘두르는 것이 아니라 일적선으로 뻗는 것인데도 소매는 주먹의 빠름을 감당하지 못하고 세차게 펄럭였다.

퍽!

짧은 격타음과 함께 권력을 맞은 바위가 산산조각나 터져 나갔다.

"이 등신아! 그렇게 하는 게 아니라고 몇 번이나 말을 해야 알아듣겠냐? 뇌전일섬(雷電一閃)은 힘으로 밀지 말고 빠르기로 승부하는 초식이라고 했잖아! 어휴! 속 터져!"

뇌전권 구양극호는 주먹으로 가슴을 탕탕 치며 얼굴을 일그러뜨렸다. 쏘아보는 그의 눈동자 속에 어쩔 줄 몰라 하는 장도의 얼굴이 비쳤다.

"죄송해요, 사부님. 저도 잘하고 싶은데 그게 잘 안 되네요."

장도가 머리를 긁적이며 자신의 눈치를 살피자 구양극호는 그의 얼굴을 잠시 뚫어져라 응시하다가 이내 몸을 확 돌렸다.

"에잇! 멍청한 놈! 삼천 번만 더 내질러 봐라! 그래도 안 되면 오늘은 굶는다! 알겠냐?"

"예!"

장도가 큰 소리로 답하고 곧바로 뇌전일섬의 초식을 펼치기 시작하자 몸을 돌리고 있던 구양극호의 입가에 살짝 미소가 걸렸다.

'벌써 뇌전일섬의 묘리를 파악하다니. 사군우 그 친구가 복덩이를

선물했어. 게다가 우직하기만 한 줄 알았더니 말귀까지 트인 놈이야. 정말 깨물어주고 싶군. 흐흐흐!'

구양극호는 장도가 주먹을 내지르며 나는 파공음을 들으며 속으로 기뻐 어쩔 줄을 몰라 했다.

처음 기대 반 걱정 반으로 데려왔던 장도가 자신이 생각하던 이상적인 제자인 것이다.

우직함과 솔직 담백함, 그러면서도 결코 미련하지 않은 장도.

거기에 무공에 대한 불타는 열정과 빙월마궁의 부궁주 담우택에게 구해올 당시 봤던 의협심까지. 어느 것 하나 마음에 들지 않는 것이 없었다.

'이런 놈이 딱 셋만 되면 벽력문을 천하제일문파로 만드는 것도 꿈은 아닐 텐데… 아쉽군.'

구양극호는 이내 고개를 저었다. 그동안 자신의 괜한 욕심에 얼마나 많은 문하생들이 고초를 겪었는지를 알고 있었기 때문이다.

구양극호는 문하생들을 가르치는 일에서는 손을 떼고 있었다. 문하생들을 실질적으로 가르치는 이들은 벽력문의 좌우호법이었다. 자신의 수련 방식을 버티는 제자가 하나도 없었기 때문이다. 그래서 지금은 그저 자신의 무공 수련에만 대부분의 시간을 할애했다.

하지만 지금은 다르다.

그는 일어나서 잠들기 직전까지 장도를 수련시키는 데 전력을 다했다.

사군우가 자신의 무공을 장도에게 전해주기를 바란다는 말을 듣고 반신반의하는 마음으로 사제의 연을 맺었는데 장도는 겉보기와 달리 가르치는 족족 잘도 받아먹어 신이 났다. 이건 마치 마땅한 의발전인이 없음에 한탄하고 있던 자신을 생각해 사군우가 맞춤으로 찾아낸 제자 같았다.

하지만 구양극호는 장도에게 그런 속내를 비춘 적이 없었다. 단 한 마디의 칭찬도 하지 않았고 아무리 잘해도 성질만 부렸다. 구양극호는 그게 진정한 스승의 태도라고 생각하고 있었다.

수련 방법 역시 사군우보다 더하면 더했지 못하지는 않을 정도로 무지막지했다.

맑은 날에는 모든 시간을 벽력칠권을 가르치는 데 할애했다. 하루에 수천 번 초식을 반복, 숙달시키는 것은 물론이고 흥이 돋으면 자고 있는 장도를 억지로 깨워 날밤을 꼬박 새며 가르쳤다.

그리고 비가 오는 날은 뇌화대공을 수련했다.

뇌화대공의 수련은 한마디로 미친 짓이었다. 하루종일 쇠침을 들고 벼락 치는 하늘 밑에 서 있어야 했기 때문이다.

그 말도 안 되는 수련을 할 때면 구양극호는 장도와 멀찍이 떨어진 곳에 서서 이렇게 외쳤다.

"자고로 사내는 한 방이다! 너나 나는 공력을 쌓는답시고 멀뚱히 앉아 있는 건 체질적으로 맞지 않는 인간이지! 이렇게 번개 몇 번 맞는 게 공력 쌓는 데는 최고다! 건강에도 좋고!"

그러나 장도는 건강에 좋을 거라는 구양극호의 말을 믿을 수 없었다. 사부의 명이었기에 했을 뿐이지 죽지 않으면 다행이라고 생각했다. 하지만 구양극호의 말대로 번개를 몇 번 맞은 후로는 그의 말을 믿지 않을 수 없었다.

번개에 맞는 순간 뇌화대공의 구결을 운용하면 몸속으로 엄청난 진기가 용솟음쳤다. 그것은 벽력문이 위치한 아합랍달합택산(雅合拉達合澤山)의 번개가 다른 곳에 비해 극히 미약한 전류를 지니고 있기에 가능한 일이었다. 즉, 그곳의 특이한 기후가 아니면 시도해서는 안 될 터무니없는 수련이었다.

장도 이전의 제자 후보들에게도 이런 수련의 기회는 주어졌었다.

차이가 있다면 장도는 그저 사부 구양극호의 말만 듣고 수련을 했고, 다른 이들은 구양극호의 말을 믿지 않았기에 천하에 다시없을 기연을 놓쳤다.

삼 년이 지난 지금 장도는 더 이상 쇠침을 들지 않아도 될 만큼의 지경에 이르게 됐고, 벽력칠권을 수련하는 데 전념했다.

구양극호의 말에 의하면 현재 장도가 지니고 있는 번개의 힘은 평생을 다 바쳐도 모두 공력으로 변환시킬 수 없을 정도라고 했다.

뇌화대공은 공력을 쌓는 심법이 아니라 번개를 공력으로 변환시켜 주는 방법. 이제부터는 뇌화대공을 통해 지닌 번개를 공력으로 바꿔야 했다.

이 때문에 구양극호는 다른 무공을 가르칠 생각이 전혀 없었다.

또한 뇌화대공과 벽력칠권은 평생을 수련해도 모자랄 만큼 위대한 무공이라는 것이 그의 지론이었다.

다행히 장도의 생각도 구양극호와 다르지 않았다. 짜증날 정도로 복잡한 구결을 가르치지 않고 그저 몸으로만 때워도 된다는 사실에 얼마나 다행으로 여겼는지 모른다.

정말 죽이 척척 맞는 사제지간이었다.

"헉! 헉! 사부님!"

"으, 응?"

장도가 거친 숨을 내뱉으며 부르자 구양극호가 고개를 돌렸다.

"다 했는데요!"

"벌써?"

놀란 얼굴로 묻던 구양극호는 이내 표정을 고치며 다시 입을 열었다.

"음! 그럼 이천 번만 더 해라!"

"예!"

장도는 구양극호에게 머리를 숙여 보인 후 다시 몸을 돌렸다.

'저 녀석 머리에 번개 한 방만 더 먹이면 훨씬 빠른 성취를 보일 텐데 아쉽군. 쩝!'

구양극호는 장도의 뒷모습을 물끄러미 바라보며 입맛을 다셨다.

자신이 번개를 맞아 죽을 고비를 넘긴 후 대오각성했음을 떠올리며 왜 장도에게는 그런 기연을 내리지 않는지 하늘이 야속했다. 물론 작은 번개는 몇 번 맞은 적이 있었지만 자신처럼 큰 번개를 맞은 적은 없었기 때문이다. 하지만 지성이면 감천이라고 언젠가는 장도에게도 그런 천운이 따를 것이라 굳게 믿었다.

'암! 그래야지! 그래야 사군우의 전인을 이길 수 있어!'

구양극호는 고개를 끄덕이며 입술을 질끈 깨물었다. 자신은 이기지 못했지만 제자만은 결코 사군우에게 뒤지고 싶지 않았다.

장도는 충분히 그럴 만한 자질을 지니고 있었다.

구양극호와 장도가 수련에 한창인 곳, 이곳은 벽력문 문주만이 출입이 가능한 아합랍달합택산 정상의 특별 연무장이다.

수련을 마친 장도에게 하얀 천을 아무렇게나 휙 집어 던진 구양극호가 입을 열었다.

"잠시 자리를 비워야 할 것 같다. 너는 그동안 지금까지 배운 벽력칠권의 초식들을 복습하고 있어라."

"어디 가시는데요?"

장도가 얼굴에 흐르는 땀을 닦으며 물었다.

"검성 그 친구를 한번 만나볼 생각이다."

"헉! 사 어르신을요? 정말로요?"

"그럼 내가 이 나이에 너하고 농이나 할까?"

"원래 잘하시잖아요."

따악!

장도의 눈에 별이 번쩍였다.

"고얀 놈! 오냐오냐했더니 이젠 아예 대놓고 기어오르는구나!"

구양극호가 두 눈을 부릅뜨자 장도가 이내 풀 죽은 얼굴이 되어 힘겹게 입술을 열었다.

"죄송해요. 저어, 근데 사부님."

"왜?"

"갑자기 사 어르신은 왜 만나시려는 거예요?"

"으음, 그건 말이다……."

구양극호는 잠시 주저하다가 이내 다시 입을 열었다.

"공황식이라는 친구에게 서찰이 왔다."

"서찰이요?"

"그래. 어떻게 알아냈는지 검성이 청도에 머물고 있다는 사실을 전해왔다. 별로 친하지도 않은 내게까지 그런 서찰을 보낸 것으로 보아 필시 다른 친구들에게도 같은 서찰을 보냈음이 틀림없다. 그렇게 되면 아무리 검성이라고 해도 곤란한 일을 겪게 될 것이다. 이를 알면서 어찌 친구로서 가만히 있을까? 어험!"

구양극호는 헛기침을 하며 사방으로 뻗친 수염을 쓰다듬었다. 장도의 놀란 눈을 자신에 대한 존경 어린 시선으로 착각했기 때문이다.

"그럼… 사부님 말고 다른 사람들도 사 어르신을 찾아간다는 말씀인가요?"

"아마 서찰을 받았다면 안 오고는 못 배길 것이다. 나와 달리 다른 사극은 검성을 친구라기보다는 반드시 넘어야 할 목표로만 보고 있으니까. 게다가 만일 삼봉에게까지 서찰을 보냈다면 그녀들 역시 가만히 있지 못하겠지. 흐흐흐!"

"삼봉이요?"

구양극호가 야릇한 표정으로 미소 짓자 장도가 고개를 갸웃거리며 물었다.

"그래. 공황식은 아마도 자신을 제외한 사극과 삼봉 모두에게 서찰을 보냈을 것이다."

"왜요?"

"그들은 이십 년 전 천하비무대회 팔강에 올랐던 사람들이다. 다른 말이 더 필요하나?"

구양극호는 장도의 계속되는 질문 공세에 슬슬 짜증이 밀려오는지 안색이 조금씩 일그러져 갔다. 하지만 장도는 이에 아랑곳하지 않고 다시 입을 열었다.

"사극과 삼봉이면 일곱이잖아요. 그럼 나머지 한 명은 누구예요?"

장도가 두 손을 들고 손가락을 접어가며 묻자 구양극호의 안색이 대번에 굳어졌다.

"이런 멍청한 녀석! 사군우는 어따 팔아먹었냐?"

따아악!

"크헉!"

구양극호에게 머리통을 쥐어박힌 장도가 고통에 찬 비명성을 흘리며 머리를 싸맸다.

"에잇! 이럴 때 보면 덜떨어진 인간 같단 말이지! 너, 어디 가서 그따위 어설픈 짓거리하면서 내 제자라고 하면 죽을 줄 알아! 알았냐?"

"예에."

장도는 비몽사몽 정신이 없는 가운데도 구양극호의 음성을 듣자 발작적으로 고개를 끄덕였다. 하지만 구양극호는 속으로 크게 당황하고 있었다.

'가만, 이 녀석 말대로 정말 한 명이 비는걸? 사군우, 공 맹주, 도진대사, 무영마검, 요미선자, 천독후, 소향군주……. 누가 없는 거지?'

구양극호는 장도가 하던 손가락으로 숫자를 세는 행동을 반복하며 고개를 갸웃거렸다. 그는 자신이 그 여덟에 속해 있다는 것을 잠시 잊고 있었다.

"저어… 사부님."

"가만 있어봐! 정신 사나워!"

"저도 데려가 주시면 안 돼요?"

"뭐?"

구양극호가 고개를 홱 돌렸다. 간절한 눈길로 자신을 쳐다보는 장도의 얼굴이 보였다. 지닌 덩치에 걸맞지 않은 맑고 투명한 눈동자.

장도의 눈동자 속으로 초롱초롱 별이 빛났다.

그는 청도에 따라가고 싶다는 의사를 최대한 간절히 표현하기 위해 사력을 다하고 있었다.

"뭐냐, 그 눈빛은?"

구양극호가 난처한 표정으로 묻자 장도는 속으로 쾌재를 부르며 양손을 가슴 앞으로 모으고 입술을 달싹였다.

"사부님께서 친구를 생각하듯이 저도 제 친구를 지키고 싶습니다. 그 녀석 성질이 더러워서 그런 고수들 틈에 있다가는 살아남지 못할 거예요."

"네깟 놈이 친구를 지켜?"

구양극호가 어이없다는 투로 물었다.

"물론 아직 사부님께서 가르쳐 주신 무공, 한참 미숙합니다. 하지만 그렇다고 친구의 위기를 외면할 수는 없지 않습니까? 또 아무리 대단한 고수들이 온다고 해도 사부님이 계시니 같이 갈 수 있게 허락해 주십시오. 네?"

구양극호는 장도의 청을 들으며 잠시 생각에 잠겼다.

'사극과 삼봉의 무공을 본다는 건 흔한 기회가 아니지. 이 녀석의 수련에 큰 도움이 될 거야.'

이윽고 마음의 결정을 내린 구양극호가 흔쾌히 고개를 끄덕이며 입을 열었다.

"좋다. 그 대신 청도까지 가면서도 수련을 빼먹으면 안 된다. 그리고 다녀와서는 지금까지보다 더욱 강도 높은 수련을 시키겠다. 그래도 좋으냐?"

"그럼요! 감사합니다! 정말 감사합니다!"

장도가 크게 고개를 끄덕이며 머리가 땅에 닿도록 허리를 굽혔다.

"또……."

구양극호가 자신을 보며 말끝을 흐리자 장도가 의아한 눈초리로 고개를 들어 올렸다.

퍼억!

"앞으로 그따위 역겨운 표정을 보였다가는 국물도 없을 줄 알아라!"

장도의 머리가 지면으로 박혀 들어갔다.

*   *   *

흐어엉……!

관제묘 주변이 귀기로 가득 차 있다. 숲에서 들려오는 귀곡성 때문이었다. 하지만 사군우나 화무영은 이를 개의치 않는지 솜으로 귀를 틀어막고 잠을 청하고 있었다.

"그만 그쳐!"

"아이고! 이 덜떨어진 자식 때문에 일을 모두 망치고 말았구나! 그게 어떤 물건인 줄 알고 날름 먹어, 이 고얀 자식아!"

"이씨! 그냥 넘어가는 것만도 다행으로 알라고! 누가 그런 치사한 암수를 쓰래? 그리고 내가 먹고 싶어서 먹었어? 지가 알아서 목으로 넘어가는 걸 날더러 어쩌라고?"

사비는 눈살을 찌푸리며 땅바닥을 치며 대성통곡하고 있는 굉천자를 바라봤다.

이전까지는 나름대로 품위(?)를 유지하던 굉천자는 사비가 천명음양단을 먹었음을 확인하고는 실성한 사람으로 돌변했다.

"뱉어! 뱉어! 이 자식아!"

굉천자가 벌떡 일어나 사비의 입으로 양손을 가져갔다.

"아! 진짜 이 영감이 미쳤나?"

사비는 자신의 입을 찢기 위해 발버둥 치는 굉천자를 밀치며 버럭 고함을 질렀다. 이에 힘없이 뒤로 밀려난 굉천자는 다시 땅바닥에 털퍼덕 주저앉으며 천천히 입을 열었다.

"이놈아! 그게 어떤 물건인 줄 알고나 먹은 것이냐? 그건 네가 아저씨라고 부르는 그 인간을 살릴 수 있는 유일한 약이었단 말이다, 이 멍청한 녀석아!"

굉천자는 고래고래 소리를 질렀다. 하지만 이미 엎질러진 물.

사비를 탓하기에는 너무 늦은 후였다. 그보다는 한시라도 빨리 화류패기를 취하기 위해 꼼수를 썼던 자신의 욕심을 탓해야 했고, 사군우의 어이없는 판단을 탓해야 했다. 아무것도 모르고 천명음양단을 삼켜 고통에 몸부림치는 사비에게 무슨 책임을 묻는단 말인가.

하지만 사비는 그렇지가 않은 모양이었다. 굉천자의 입을 통해 들려온 말에 그의 전신이 흠칫 떨렸다.

"지금 뭐라고 했지? 아저씨를 살릴 약이라고 한 거야? 맞아?"

사비는 자신의 귀를 의심했다. 모든 정황을 알 길은 없었으나 결코 그냥 넘길 얘기가 아니었다.

"영감, 다시 말해봐. 내가 먹은 게 뭐라고?"

사비는 굉천자의 앞에 털썩 무릎을 꿇고 앉아 놀란 표정으로 물었다.

"휴우! 사군우 그 친구는 화류패공이라는 망할 놈의 무공을 익히고 있다! 너도 익힌 것이니 그게 왜 망할 놈의 무공인지는 알 테지?"

"……."

사비는 고개를 끄덕이는 것으로 대답을 대신했다.

"그의 몸속에 있는 화류패기는 인간이 버틸 수 없는 극양의 기운이다. 그를 살리려면 화류패기를 중화시키는 방법뿐이 없지. 네가 먹은 천명음양단이 바로 그 화류패기를 중화시킬 수 있는 유일한 해약이었다."

쿵!

사비는 심장이 멎을 듯한 충격에 두 눈을 질끈 감았다.

"말도 안 돼! 그런 귀한 걸 왜 내 입에 넣었어?"

사비는 고개를 도리질 치며 다시 눈을 떴다. 그의 입술이 파르르 떨렸다.

"그건 네가 지닌 화류패기를 흡수하기 위한 임시방편이었다. 사군우에게 얻을 수도 있었지만 그렇게 되면 몸이 약해질 대로 약해졌을 그로서는 감당하기 힘든 고통을 겪게 될 테니 네 것을 취하려고 했던 것이지."

"다시… 다시 만들면 되잖아?"

사비가 기어들어 가는 목소리로 물었다. 하지만 굉천자는 힘없이 고개를 저었다.

"천명음양단 한 알을 만드는 데 수십 년을 바쳤다. 그가 앞으로 몇십 년을 더 살 수 있는 인간이라면 천명음양단이 왜 필요했겠느냐?"

"……."

사비는 일순 할 말을 잃었다. 자신이 사군우를 죽음으로 내몬 것 같아 가슴이 싸해왔다.

잠시 후 사비가 그 자리에 벌떡 누우며 옷을 풀어 젖혔다.

"갈라!"

"무슨 소리냐?"

"배 가르라고! 갈라서 천명단인지 뭔지 하는 거 꺼내란 말이야!"

사비는 하늘을 보며 버럭 고함을 질렀다. 이를 본 괭천자가 아연실색한 얼굴로 고개를 저었다.

"이미 늦었다. 네 피를 다 뽑아 마신다 해도 사군우 그 친구는 살 수 없다."

"……."

사비는 두 눈을 감고 입술을 깨물었다.

'내가 아저씨를 죽이고 있어! 내가 죽이고 있는 거야!'

그의 입술 사이로 피가 새어 나오고 있었다.

"꺼져!"

사비는 자고 있는 사군우의 허리를 발로 툭 걷어찼다. 이에 사군우가 졸린 눈을 비비며 천천히 몸을 일으켰다.

"녀석아, 그게 무슨 말버릇이냐?"

사군우가 눈을 찌푸리며 묻자 사비가 눈을 희번덕거리며 입을 열었다.

"이제 당신 같은 인간에게는 무공도 안 배울 거고 같이 살지도 않을 거야! 그러니 당장 꺼지라고!"

"갑자기 또 무슨 심통이 나서 이러는 것이냐?"

"몰라서 물어? 도대체 왜 죽으려고 환장한 사람처럼 구는 거야? 왜?"

"내 말하지 않았느냐? 난 이제 삶에 아무런 미련이 없다고. 또 천명음양단을 먹는다고 해서 반드시 산다는 보장도 없다. 그럴 바에는 차라리 네가 먹는 것이 낫지."

사군우가 피식 웃으며 말을 이었다.

"네 화류패기는 아직 완전히 성숙하지 못했으니 나와는 달리 천명음 양단의 효과가 뚜렷하게 나타날 것이다. 혹여 풍류비공을 깨닫지 못한다 하더라도 네 몸에 큰 해를 초래하지 않게 된 것이지. 후후후!"

"그래서 저 영감을 속이고 나까지 속였어? 내가 당신처럼 화류패기 때문에 뒈지기라도 할까 봐서?"

사비는 손가락으로 자신의 등 뒤에 서서 성난 눈을 하고 있는 굉천자를 가리켰다.

"난 그저 네게 아무런 해가 가지 않는 화류패기를 전해주고 싶을 뿐이다."

"아저씨는 나랑 삼 년을 살고도 아직도 나를 모르고 있어! 내가 사마귀처럼 아저씨 생명을 갉아먹으면서 좋다고 박수칠 줄 알았던 거야? 그리고 뭐라고? 삶에 미련이 없어? 그렇다고 살 수 있는 마지막 기회를 발로 차버려?"

"충분히 잘살았다고 하지 않았느냐? 이제 그만 해라. 그만 해도 네 마음은 충분히 알았다."

"알긴 뭘 알아? 그냥 꺼지라잖아, 이 미친 인간아!"

사군우가 피식 웃으며 다시 몸을 눕히자 사비가 눈살을 찌푸리며 사군우의 등을 발로 걷어찼다.

퍼억!

"크윽!"

하지만 나가떨어진 것은 사비였다. 자신의 뒤에 서 있던 굉천자의 옆까지 날아가 나동그라진 사비는 일그러진 얼굴로 신음을 흘렸다.

"어떻게 해야 저 입을 깨끗하게 만들 수 있을까? 쯧쯧쯧!"

자리에서 일어나 한동안 사비를 물끄러미 바라보던 사군우는 설레

설레 고개를 저으며 굉천자를 향해 시선을 옮겼다.

"선배, 얘기 좀 합시다."

"그, 그러세."

굉천자는 엉겁결에 고개를 끄덕였다. 사군우를 겪어본 그로서는 표정만 봐도 사군우가 어떻다는 것을 알 수 있었다. 웬만한 일에는 눈썹하나 깜짝하지 않는 사군우의 온몸에서 뿜어져 나오는 싸늘한 한기로보아 지금 그는 무척 화가 나 있음이 분명했다.

"사비를 좀 봐주거라."

"예."

이제껏 눈치만 살피던 화무영이 사군우의 명을 받고 사비를 향해 쌩하니 달려갔다.

굉천자를 데리고 관제묘를 벗어난 사군우가 천천히 몸을 돌렸다.

"미안하오."

"그, 그렇게까지 할 필요는 없네."

굉천자는 당황으로 두 손을 저었다. 사군우가 자신을 향해 정중히고개를 숙였기 때문이다. 이제껏 어느 누구에게도, 심지어는 대명 황제 앞에서도 고개를 숙이지 않던 그가 자신을 향해 고개를 숙였다.

굉천자는 그의 이런 돌연한 행동에 너무 놀라 이전의 일들은 하얗게잊어버렸다.

사군우는 당황한 굉천자의 얼굴을 바라보며 천천히 입을 열었다.

"천명음양단으로 회복이 가능했다면 미리 말했을 거요. 하지만 지난삼 년간 화류패기를 계속해서 사용했소. 따라서 난 천명음양단이 있다고 해도 살 수 없는 몸이오."

"허허! 내 화류패기를 사용하면 할수록 천명음양단으로 치료를 할 수 있는 가능성이 줄어든다고 몇 번을 말했나? 그런데도 화류패기를 썼단 말인가?"

굉천자는 고개를 저었다. 사군우는 이미 천명음양단으로도 치유가 불가능한 상태에 놓여 있다. 하지만 다른 한편으로는 화류패기를 사용하지 않기 위해 무림에서 은퇴까지 한 마당에 회복이 불가능할 정도로 화류패기를 사용했다는 것이 도무지 이해가 가지 않았다.

"봐서 알겠지만 사비는 화류패공을 익혔소이다. 화류패기는 처음부터 잘 잡아주지 않으면 감당치 못할 힘. 그래서 어쩔 수 없었소."

"그럼 그 녀석에게 무공을 가르치기 위해 자네의 목숨을 포기했다는 말인가? 허허! 참!"

굉천자는 실소를 흘렸다. 사군우의 행동이 더욱 이해가 가지 않았다. 아무리 다른 사람을 먼저 배려하는 사군우라고 해도 이번에 행한 그의 행동만큼은 납득이 가지 않았다.

이윽고 사군우가 힘겹게 입술을 떼었다.

"천명음양단을 복용한다 하여 반드시 회복한다는 보장도 없소. 만일 낫지 않는다면 나는 그 녀석에게 아무것도 남기지 못할 게요. 난… 그 녀석에게 내가 가진 가장 소중한 것을 주고 싶소. 그게 내 마지막 바람이오."

"으음, 혹시 그 녀석이……."

"선배에게는 그동안 여러모로 신세만 끼쳤소. 이번 일로 인해 내게 서운한 마음이 많겠지만 앞으로 그 녀석이 어떻게 커가는지를 보면 그래도 위안이 될 거요. 그러니 이젠 그만 돌아가 주시오."

사군우가 자신의 말을 가로채며 축객령을 내리자 잠시 곤혹스러운 얼굴로 있던 굉천자는 천천히 사군우를 향해 고개를 쳐들었다.

"그럼 한 가지만 대답해 주게."

"말하시오."

"그 녀석이라면 내 꿈을 이뤄줄 수 있는가? 그래서 내게 한마디 상의도 없이 천명음양단을 먹게 내버려 둔 것인가?"

"……"

사군우는 잠시 말이 없었다. 굉천자의 물음이 무엇을 뜻하는지를 아는 까닭이다. 하지만 자신 또한 장담할 수 없는 일을 어찌 대답할 수 있을까.

잠시 주저하던 사군우가 천천히 고개를 끄덕이며 입을 열었다.

"가능성은 있는 녀석이오."

"으음!"

굉천자는 침음성을 삼켰다. 사군우의 말은 긍정으로 보기에는 애매한 구석이 있었다. 하지만 그렇다고 부정도 아니다.

잠시 생각에 잠겼던 굉천자가 천천히 입을 열었다.

"이제껏 천하에 많은 고수가 나타났다 사라졌지. 오행지경, 사상지경의 고수는 지금도 즐비하지만 그 위의 삼재경의 고수는 손으로 꼽을 지경이네. 더욱이 음양합일에 이른 고수는 자네 말고는 아무도 없을 테지."

굉천자는 잠시 입을 다물고 사군우를 쳐다봤다. 사군우는 그저 무심한 얼굴로 자신을 바라볼 뿐 긍정도 부정도 하지 않았다.

"세인들은 음양합일의 경지가 말 그대로 양과 음의 기운을 하나가 됨을 뜻한다고 생각하지만 그것은 큰 착각이네. 음양합일이란 음이나 양 한쪽의 극에 이른다는 뜻이니까. 자네가… 화류패공을 통해 양의 극에 이른 것처럼 말일세."

"하지만 그 대가는 생각보다 크지요."

사군우가 씁쓸한 표정으로 대꾸했다.

"맞는 말이야. 음양합일의 경지는 인간의 힘으로는 도저히 이룰 수 없는 불가능의 세계지. 하물며 음과 양을 진정한 하나로 만드는 경지를 그 누가 이룰 수 있겠나?"

굉천자가 고개를 끄덕이며 다시 말을 이었다.

"하지만 난 그걸 보고 싶네. 아직 어떤 경지인지조차 알려지지 않은 그 미지의 세상에 들어선 자를 보고 싶단 말일세. 그래서 자네에게 그토록 집착하는지도 모르지. 다시 한 번 묻겠네. 그 녀석이 내 꿈을 이룰 가능성이 있다는 말은 사군우라는 이름을 걸고 뱉은 말인가?"

굉천자가 두 눈을 반짝이며 사군우의 입술을 뚫어져라 응시했다. 이에 사군우가 피식 웃으며 천천히 입을 열었다.

"흑화검성 사군우라는 이름이 아니라 한 아들의 아버지로서 뱉은 말이오."

"……."

굉천자의 눈이 당혹으로 꿈틀거렸다. 어느 정도 예상했으면서도 계속 아닐 거라 생각했던 말이 사군우의 입에서 튀어나오자 어떤 반응을 보여야 할지 못내 당황스러웠다.

"하지만 난 사비에게 앞으로도 아저씨일 뿐이오."

"으음, 알겠네."

굉천자가 고개를 끄덕였다.

자식에게 아비라 불리고 싶지 않은 아비는 없다. 더욱이 자신의 생명을 버리면서까지 키우고자 하는 아들인 다음에야 더 이상 무슨 말이 필요할까.

사연이 있을 것이다. 말 못할 사연이.

"그럼 살펴 가시오."

"잠깐!"

사군우가 짧게 고개를 숙여 보인 후 몸을 돌리자 굉천자가 그의 앞을 가로막으며 소리쳤다.

"그 아이를 거두고 싶네!"

"무슨 말씀이오?"

"평생 제자를 두지 않는다고 맹세했었네. 곤륜선문의 비기들은 요즘 살아가는 이들에게는 쓸데없는 재주에 불과하니까. 그런 재주 때문에 남들의 비웃음 속에 살아가게 하고 싶지 않았네. 하지만 사비 그 녀석은 이미 자네의 무공을 지녔으니 그런 걱정은 할 필요가 없지."

"그 녀석을 틀에 얽매여 살게 하고 싶지 않소. 저처럼 자유로이 살게 놔둘 생각이오. 그러니 그 말은 못 들은 걸로 하지요."

사군우가 고개를 가로저으며 천천히 걸음을 옮겼다.

"자네는 자네가 진정 자유로웠다고 생각하나?"

굉천자의 외침에 사군우가 걸음을 멈췄다. 이를 본 굉천자가 다급히 말을 이어갔다.

"홀로 천하를 주유하며 살았다고 그게 과연 자유로운 삶이었냐는 말일세. 자네는 강호에 나오면서부터 항상 어깨에 천하제일이라는 짐을 메고 살지 않았나? 그리고 난 자네, 아니, 사비를 위해 내 평생을 다 바쳐 만든 천명음양단을 바쳤네. 미안하다는 한마디 말로 그게 풀릴 일이라고 보는가?"

"하지만 곤륜선문에 몸을 담는다고 자유로워지는 것도 아니지요."

"물론 그 말도 맞네. 하지만 난 어떻게든 그 녀석과 어떤 관계로라도 묶이고 싶네. 도를 추구하는 사람으로서 버려야 할 욕심이긴 하지만 내 대에서 곤륜선문의 후대가 끊기게 만들고 싶지도 않고. 내 이렇게 부탁하지."

털썩!

굉천자가 무릎을 꿇었다.

"……."

사군우는 말없이 굉천자의 고개 숙인 모습을 바라봤다.

집착.

일평생을 자신의 꿈을 추구하며 살아온 굉천자의 모습은 집착일 뿐이었다. 지금까지 살아온 연륜과 지위를 모두 내팽개치고 자신에게 고개를 숙이는 그의 모습은 욕심일 뿐이었다. 하지만 그것은 아름다운 집착이고 숭고한 욕심이었다.

이윽고 사군우가 짧은 한숨을 토하며 입을 열었다.

"내가 허락한다고 해서 그 아이가 따를지는 모르겠소."

"그건 걱정 말게. 그건 내가 알아서 하지."

굉천자가 두 눈을 동그랗게 뜨고 자리에서 벌떡 일어났다.

'앞으로 녀석이 외로울 걱정은 하지 않아도 되겠군.'

사군우는 언제 그랬냐는 듯 금세 환하게 웃는 굉천자의 모습을 보며 속으로 고소를 머금었다.

"어디 갔어?"

"굉천자라는 분과 잠시 말씀을 나누러 가셨습니다."

화무영의 부축을 받은 사비는 눈을 찡그리며 몸을 일으켰다. 사군우에게 맞은 가슴이 욱신거렸다.

"제길! 듣기 싫은 말 몇 마디 했다고 사람을 이 지경으로 만들어! 윽!"

자리에서 일어난 사비가 가슴을 부여잡고 인상을 찌푸렸다.

"듣기 싫은 정도가 아니고 결코 해서는 안 될 심한 말을 하신 겁니다. 미친 인간이라니, 그분께서 어디서 그런 말을 들어보셨겠습니까?"

"뭐야? 이 자식이!"

화무영의 말에 사비가 버럭 고함을 지르며 주먹을 날렸다.

"누가 오고 있습니다."

화무영이 사비의 주먹을 가볍게 피하며 눈을 빛냈다.

"어디?"

사비의 고개가 화무영의 시선을 따라 돌아갔다. 하지만 아무런 기운도 감지되지 않았다.

'흠! 역시 이 인간이 나보다 좀 낫긴 나은가 보군. 따라잡으려면 쉽지 않겠어.'

사비가 속으로 화무영의 무공 수위를 저울질하고 있을 때 멀리서 한 사내의 신형이 아른거렸다.

"데리고 와봐!"

휙!

화무영은 사비의 말이 끝나기도 전에 몸을 날렸다. 순식간에 수십 장을 단축하며 앞으로 쏘아져 간 그가 관제묘를 향해 달려오던 그 사내를 옆구리에 끼고 다시 되돌아왔다.

"아삼, 네가 여긴 웬일이야?"

사비는 화무영의 옆구리에 매달린 사내를 보고 고개를 갸웃거렸다.

아삼이라 불린 사내는 취화루의 점소이로 사비와는 오래전부터 안

면이 있는 사이였다.

사비는 아삼이 백리준의 눈을 피해 이곳으로 왔다는 사실이 의아했지만 일단은 그가 이곳에 온 이유부터 들어보기로 했다.

"여긴 어떻게 왔냐고 묻잖아!"

화무영의 신위에 놀라 정신이 없던 그는 사비가 뺨을 두어 번 토닥이자 이내 정신을 차리고 황급히 입을 열었다.

"큰일났습니다요! 왕 대인께서 지금 삼악파 놈들에게 곤욕을……!"

"왕 할배가 뭐 어쨌다고?"

사비의 얼굴이 대번에 굳어졌다.

"왕 할배 어디 있어?"

"지금 취화루에서 그 불한당 놈들에게 맞고 계십니다!"

"이런 개자식들이!"

아삼이 말을 마침과 동시에 사비가 앞으로 득달같이 달려나가기 시작했다. 하지만 그것도 잠시, 사비는 자신의 앞을 가로막는 화무영에 의해 몸을 멈춰야 했다.

"비켜!"

"어르신께서는 주공이 결코 관제묘를 떠나시는 일이 없어야 한다고 말씀하셨습니다."

화무영이 고개를 가로저었다.

"너도 들었잖아! 왕 할배가……!"

"그건 제가 알아서 처리하겠습니다."

"으음."

사비는 잠시 망설였다. 왕춘악이 걱정되기는 했지만 화무영이라면 오히려 자신보다 훨씬 나을 것 같다는 생각이 들었다.

"그럼 부탁할게."

이윽고 사비가 고개를 끄덕이자 화무영은 사당 앞에 멀뚱히 서 있는 아삼을 어깨에 둘러메고 앞으로 달려가기 시작했다.

"휴우! 이젠 왕 할배까지 속을 썩이는군."

눈살을 찌푸리며 천천히 몸을 돌리던 사비의 눈에 자신을 유심히 살피고 있는 굉천자의 얼굴이 들었다. 사군우의 모습은 어디에도 보이지 않았다. 이에 사비는 내심 불안한 생각이 들었다.

'가란다고 정말 간 건가?'

사비가 사군우를 찾아 두리번거리는 사이 굉천자가 곁으로 다가왔다.

"어험!"

크게 헛기침을 하며 사비 앞에 턱 앉은 굉천자는 전신 공력을 극대로 끌어올리며 사비를 향해 가공할 기운을 흘려보내기 시작했다.

'우선 기선 제압부터!'

하지만 사비는 아무런 동요 없이 그저 황당한 눈으로 굉천자를 바라볼 뿐이었다.

"아홉 번이다. 자고로 사제지간의 연은 구배지례로 시작하는 법이란다. 허허허!"

"미쳤어? 내가 절을 왜 해?"

굉천자가 점잖게 웃으며 말하자 사비가 어이없는 눈으로 되물었다. 이에 굉천자는 크게 놀랐다.

'흠! 아무리 화류패공을 익혔다고 해도 내 백 년 공력을 받으면서 아무렇지도 않게 입을 열다니. 역시 쉽지 않겠어.'

굉천자는 방법을 바꾸기로 했다. 이런 방법으로 사비를 제자로 삼을 것이라는 생각을 했던 것은 아니다. 그저 사비의 실력이 어느 정도인지 다시 한 번 확인해 보고 싶었을 뿐.

이윽고 굉천자가 천천히 입술을 뗐다.

"이전에 말했듯이 너는 어찌 됐든 내 일평생 심혈을 기울인 단약을 꿀꺽했다."

"그래서?"

"그래서는 뭐가 그래서냐? 자고로 그런 은혜를 입었으면 보답을 해야 사람의 도리가 아니겠느냐?"

"은혜? 무슨 은혜?"

"아니, 네 입으로 천명음양단을 먹었다고 하지 않았느냐? 이제 와서 발뺌할 생각이냐?"

굉천자가 버럭 고함을 지를 때였다.

"웬만하면 들어줘라. 노인네가 그렇게까지 매달리는데 불쌍하지도 않냐?"

사군우였다.

"쳇! 아저씨는 신경 꺼요!"

사비는 다가오는 사군우를 보며 얼굴에 반색을 하다가 이내 표정을 고치고 고개를 홱 돌렸다.

'으으! 두 부자가 나를 가지고 노는구나. 나중에 제자리에만 갖다 놔라.'

굉천자는 속이 부글부글 끓어올랐다. 거든답시고 한 사군우의 말에 자존심이 상한 것이다.

그사이 사군우가 곁으로 다가왔고, 사비는 그에게 무뚝뚝한 어조로 입을 열었다.

"뭐 하러 왔어요?"

"이제 좀 기분이 풀렸냐?"

"풀리고 말고 할 게 뭐 있어요? 아저씨 목숨 갖고 아저씨 마음대로 하겠다는데."

사비가 씁쓸한 얼굴로 대답하자 사군우는 피식 웃으며 굉천자에게 고개를 돌렸다.

"과정이야 어찌 됐든 이분은 네게 큰 은혜를 베푸신 분이다. 또한 네가 사부로 모시면 다른 사람은 접해보지 못할 많은 것을 가르쳐 주실 게다."

"저는 아저씨 무공을 익히기도 벅차다고요. 또 그걸 다 배우고 나면 풍류비공도 익혀야 하잖아요."

"아니, 굉천자 선배가 만든 천명음양단을 복용했으니 이제 풍류비공은 익힐 필요가 없다."

사군우는 살며시 고개를 저었다.

"……."

사비는 고개를 젓는 사군우를 보며 불현듯 스친 생각에 빠르게 머리를 굴렸다.

'가만, 이 노인네는 아저씨를 고칠 방법을 알고 있었잖아. 어쩌면 다른 방법을 알고 있을지도 모르고.'

사비가 생각에 잠긴 사이 굉천자는 속으로 간절히 기원하고 있었다.

'녀석아, 제발 알았다고 해라. 내 제자가 된 것을 결코 후회하게 만들지 않을 테니까. 어서!'

굉천자는 사비를 뚫어져라 응시했다.

사비가 천천히 입술을 달싹였다.

"그럼 혹시 아저씨를 고칠 다른 방법이 있어요? 뭐, 확실하지 않아도 돼요. 그냥 조금이라도 가능성이 있으면……. 그런 거 있어요?"

사비의 물음을 들은 사군우는 일순 코끝이 시큰했다. 다른 것은 생각하지 않고 자신을 회복시킬 걱정만 하는 사비의 모습에 가슴이 훈훈해졌다.

하지만 굉천자는 잠시 주저하다가 힘겹게 고개를 저었다.

"없다."

사비의 눈이 일순 실망으로 물들었다.

"하지만… 아주 없다고 할 수도 없지."

"무슨 뜻이죠?"

굉천자가 말끝을 흐리자 사비가 눈을 빛내며 물었다.

"쓸데없는 소리!"

사군우가 버럭 소리를 지르자 굉천자가 찔끔하며 이내 입을 다물었다.

"사비야, 그런 이유라면 굉천자 선배를 사부로 삼을 필요 없다. 저분도 네가 그런 의도로 제자가 되는 것은 원치 않으실 게다. 선배와의 얘기는 없었던 것으로 하겠소. 이제 그만 돌아가시오!"

사군우는 몸을 휙 돌려 사당 안으로 걸음을 옮겼다. 이에 당혹스런 눈으로 사군우를 바라보던 굉천자가 긴 한숨과 함께 자리에서 일어났다.

"휴우! 내 너와 인연을 맺고자 하는 욕심이 과해 쓸데없는 소리를 했구나. 내가 한 말은 듣지 못한 것으로 해라. 나중에 인연이 닿으면 다시 보자꾸나."

"잠시만요!"

사비가 황급히 굉천자의 소맷자락을 잡아끌며 외쳤지만 굉천자는 소매를 털며 급히 걸음을 놀렸다.

굉천자의 생각에도 사군우가 저리 화를 내는 것은 너무나도 당연한 일이었다. 자신이 치료 방법으로 말하려던 것은 어느 누구도 저질러서는 안 되는 천인공노할 일이었기 때문이다.

'방법이 있었어. 그런데 둘 다 왜 저러는 거지?'

사비는 느릿느릿 멀어져 가는 굉천자의 등을 물끄러미 바라보다가 사당 쪽으로 고개를 돌렸다.

사당 안으로 들어선 사군우의 가는 숨소리가 귓가에 들려왔다.

'일단 물어봐야겠어.'

사비는 입술을 질끈 깨물며 굉천자의 뒤를 쫓아 조용히 걸음을 옮겼다.

'사비야, 세상에는 목숨보다 소중한 것도 있단다. 내가 만일 살기 위해 굉천자 선배의 방법을 따랐다면 그 소중한 것을 잃어버렸을 것이다.'

사당 안에 누워 있던 사군우는 사비의 발소리를 들으며 살며시 눈을 감았다.

사비가 굉천자에게 자신의 치료 방법을 듣는다고 해도 문제될 것은 없었다. 자신이 거부하면 그뿐이니까.

그는 그저 사비와 굉천자가 자신의 치유를 이유로 해서라도 인연을 맺기를 바랐다.

굉천자가 지닌 다른 능력들은 차치하고라도 그가 천명음양단을 복용한 사비를 곁에서 봐주는 것만으로도 그를 스승으로 삼아 얻는 효과는 세상 아무것에도 비할 바가 못 됐다.

사군우는 차마 이 같은 부탁을 할 수 없어 잠자코 있었는데 오히려 굉천자가 자신에게 그런 부탁을 해줬다는 것에 크게 감사하고 있었다.

굉천자를 따라온 사비는 거친 숨을 몰아쉬며 그의 앞에 멈춰 섰다.

"헥헥! 늙은이 걸음이 뭐 그렇게 빨라요?"

"허허! 아직 경공을 익히지 않은 것이냐?"

굉천자의 눈에 이채가 서렸다. 만일 사비를 제자로 삼는다면 자신이 가르쳐 줄 수 있는 것을 하나 발견한 기쁨이었다.

"말해줘요! 그게 뭐죠?"

"말해도 소용없는 것이다. 너도 그 친구도, 그리고 나도 도저히 행할 수 없는 방법이니까."

"사부로 모실게요! 가르쳐 줘요! 아니, 아저씨를 살려줘요! 꼭 살려야 해요! 이렇게 부탁드릴게요!"

굉천자가 단호하게 고개를 젓자 사비가 그의 앞에 털썩 무릎을 꿇으며 말했다.

"내가 아는 방법은 너도 알고 있고 그도 알고 있는 것이다. 굳이 내가 없어도 되는 방법이지."

"은혜를 입으면 보답하는 게 사람의 도리라고 했죠? 말씀해 주세요! 그럼 평생 제자로 살며 은혜에 보답할게요! 제발 가르쳐 줘요!"

사비는 간절한 음성으로 머리를 조아렸다. 이를 물끄러미 바라보던 굉천자는 이내 짧은 탄식을 토하며 힘겹게 입을 열었다.

"내 아무리 너와 인연을 맺고 싶다고 하나 이런 말도 안 되는 방법을 어찌 조건으로 내걸 수 있겠느냐? 은혜랄 것도 없으니 나중에 시간이 되면 곤륜에나 한 번 들르거라. 네 몸속이 천명음양단을 복용함으로 어떤 변화가 일어났는지 봐주겠다. 그리고 당분간은 화류패기나 마령심기 모두 끌어올리려고 해도 그럴 수가 없을 것이다. 천명음양단의 기운이 양대기운을 모두 제어하며 중화 작용을 시작했을 테니까."

"예! 꼭 갈게요! 그러니 어서!"

사비는 크게 고개를 끄덕이며 굉천자를 재촉했다. 앞으로 자신의 몸에서 벌어질 증상에 대한 얘기였지만 다른 말은 전혀 들어오지 않았다. 이에 잠시 주저하던 굉천자가 나직한 음성으로 입을 열기 시작했다.

"화류패기는 극양의 기운. 그가 생기를 잃어가는 이유는 이 화류패기가 내단화되면서 인간이라면 누구나 지니고 있어야 하는 음기까지 모두 양기로 변화시키기 때문이다. 이를 치유할 수 있는 방법은 그의 몸속에 만들어진 화단(火丹)을 천명음양단으로 중화시키는 방법이나 순음지체 여인의 기운을 취해 부족한 음기를 채우는 방법 중 둘 중 하나를 택해야 한다."

"여, 여인을 취해야 한다고요?"

사비가 놀란 눈으로 묻자 굉천자가 씁쓸한 표정으로 고개를 끄덕였다.

"그렇다. 더욱이 사군우 그 친구의 몸에 필요한 음기의 양은 상상을 불허하지. 백 명이 될지 천 명이 될지 어느 누구도 알 수 없다."

"그럼 여자와 동침을 하면 되는 거 아니에요?"

사비가 조심스레 묻자 굉천자가 고개를 저었다.

"그것이 그리 간단치가 않아. 음기를 취하기 위해서는 만류흡이라는 화류패공 중의 방법을 사용해야 하거든. 그렇게 되면 여인은 동침 정도가 아니라 모든 정혈을 빨리고 죽겠지. 좀 전에 그가 화를 낸 것도 이 같은 이유를 이미 알고 있기 때문이다."

"으음!"

사비는 아무 말도 못했다. 어떤 생각도 나지 않았다. 굉천자가 말한 방법이 이런 것일 줄 몰랐기 때문이다.

"아까도 말했지만 제자가 되겠다는 말은 못 들은 걸로 하겠다. 다만 언제고 시간이 허락할 때 곤륜산에 한번 들러줬으면 좋겠구나."

사비가 눈을 착 내리깔고 잠자코 있자 굉천자가 슬며시 몸을 돌리며 마지막으로 말을 뱉었다.

"아니요! 그래도 약속은 반드시 지킵니다! 사내라면 진언필행(眞言必行)해야지요! 그럼 나중에 봐요!"

사비가 눈을 빛내며 고개를 저었다.

'처음에는 몰랐는데 눈빛이 제 아비를 쏙 빼닮았군.'

사비가 자신을 향해 머리를 조아린 후 다시 생각에 잠기자 굉천자는 떨어지지 않는 발걸음을 떼며 속으로 중얼거렸다. 그는 어느새 사비가 자신에게 존대를 하기 시작했다는 것을 미처 깨닫지 못하고 있었다.

|第六章|
흑화검성(黑花劍聖)

*타*락수라는 예상보다 일찍 돌아왔다. 하지만 사비는 어떻게 됐냐고 묻지 않았다. 그의 능력을 신뢰하고 있었기 때문이다.

"일단은 겁만 조금 줘서 돌려보냈습니다. 하지만 생각보다 독한 축에 속하는 놈들이더군요. 당분간은 가끔 들러봐야 할 것 같습니다."

사비는 타락수라의 말을 듣지 못했는지 멍한 시선을 한 채 청도 쪽으로 뚫린 길만 바라봤다.

"무영아, 그 녀석은 놔두고 잠시 이리로 와봐라."

"예!"

사군우의 부름에 화무영이 잽싸게 달려갔다.

"그 친구가 느껴지지 않는다. 혹시 어찌 된 일인지 알고 있느냐?"

"잘 모르겠습니다. 저도 취화루의 점소이가 이곳에 발을 디디는 것을 보고 그분이 계시지 않는다는 걸 알았을 뿐입니다."

"으음."

사군우는 침음성을 삼키며 두 눈을 지그시 감았고, 화무영은 그를 물끄러미 바라보며 생각에 잠겼다.

사군우가 가리킨 이는 백리준이다. 화무영은 백리준이 자신을 추격했을 때부터 대단한 자라고 인정했었다. 그래서 청도로 되돌아왔을 때 그가 이곳 관제묘를 물샐틈없이 지키고 있음을 보고 크게 놀랐다. 하지만 나중에 백리준이 사군우의 명을 받고 움직인다는 것을 알고는 큰 신경을 쓰지 않았다. 그저 자신으로 인해 사군우와 사비에게 위해가 가해지지 않는다는 사실에 안도했을 뿐이다.

그런데 오늘 그가 관제묘에 없다는 사실을 알게 된 것이다. 자신은 점소이의 방문으로 눈치챈 것이었지만 사군우는 백리준의 기운이 느껴지지 않는 것을 알아차린 모양이었다. 그렇다면 백리준이 사라진 것은 오늘 일어난 일이 분명했다.

이윽고 사군우가 천천히 눈을 뜨고 입을 열었다.

"아무래도 굉천자 선배가 달고 온 꼬리를 포착한 모양이구나."

"꼬리라니? 그게 무슨 말씀이신……?"

입을 열던 화무영의 두 눈이 찢어질 듯 커졌다.

한 여인의 얼굴이 떠올랐다. 자세한 이목구비는 본 적이 없지만 눈에 띄는 붉은 경장을 곱게 차려입고 자신을 추적하던 여인.

'그녀가 어찌 이곳까지?'

화무영은 불신이 가득한 눈빛으로 사군우에게 다시 고개를 돌렸다.

"대력신장만으로는 힘에 부칠 테니 네가 수고 좀 해줘야겠구나."

"예?"

화무영이 되물었다.

사군우의 말을 듣지 못한 것이 아니었다. 백리준만으로 부족하다는 말의 뜻을 이해하지 못해 되물은 것이다.

백리준은 절정고수다. 그것도 강호에서도 손에 꼽히는 실력을 지닌.

물론 정체불명의 여인에게 추격을 당한 굉천자 역시 절정이라 부를 수 있었지만 백리준에게는 다소 모자람이 있었다. 또한 자신이 그 여인을 겪은 바로는 신법과 은잠술이 뛰어날 뿐 대단한 무공 실력을 지녔다고는 판단하지 않은 것도 그 의문을 더해주었다.

"지금 손을 거들라 하셨습니까?"

"쉽지 않겠지만 물을 말이 있으니 살려서 데리고 오너라. 네가 마기를 감추고 다가선다면 그녀로서도 어쩔 수 없을 것이다. 가라. 대력신장이 쫓고 있으니 아직 숲을 벗어나지는 못했을 게다."

사군우가 자신의 어깨를 툭 치며 웃자 화무영은 몸을 돌리며 속으로 크게 감탄했다.

'어르신께서는 추적자가 여인이라는 것까지 알고 계시다.'

휘익!

화무영이 몸을 날리자 그의 장삼이 바람에 펄럭였다. 하지만 처음에 들린 바람 소리 이후부터는 아무 소리도 들리지 않았다. 그가 진기를 끌어올려 자신의 몸에서 나는 모든 소리와 기운을 감췄기 때문이다.

"잠시 밖에 좀 나갔다가 올게요."

"다녀와라!"

사군우는 고개를 끄덕였다.

굉천자가 떠나고 며칠간 말이 없던 사비가 오 일 만에 다가와 처음으로 뱉은 말이었지만 더는 묻지 않았다.

사비는 사군우를 향해 고개를 숙여 보인 후 곧바로 몸을 돌렸다.

'그래도 시도는 해봐야지. 저대로 죽게 내버려 둘 수는 없잖아?'

사비는 속으로 중얼거렸다. 지난 오 일간 고민에 고민을 거듭한 그는 어느 정도 마음의 결정을 내렸다.

사군우가 살기 위해 그런 짓을 할 위인이 못 된다는 것을 아니 자신이라도 어떻게든 방도를 강구해 볼 참이었다.

'그래요. 아저씨는 그렇게 고고하게 사세요. 더러운 짓은… 내가 다 할게요.'

사비는 입술을 질끈 깨물며 빠르게 걸음을 놀렸다.

그는 사군우의 얼굴에 담긴 처연한 기운을 미처 보지 못하고 있었다.

그렇게 반나절이 지나고 사비가 어깨를 축 늘어뜨리고 돌아왔다. 이를 본 사군우의 얼굴에 미소가 번졌다.

사군우는 사비가 무슨 일을 하려고 하는지를 어렴풋이 짐작하고 있었던 것이다. 하지만 사군우는 사비를 믿었다.

자신을 닮았다면, 자신의 피가 흐른다면 사비는 자신의 이득을 위해 남의 생명을 빼앗을 사람이 아니리라 믿었다. 다행히 사비는 자신의 믿음대로 아무 짓도 벌이지 못하고 되돌아왔다.

하지만 사비는 다음날도 그 다음날도 밖으로 나갔다. 이 때문에 사군우의 얼굴도 수심과 기쁨이 주기적으로 교차됐다.

그렇게 또 오 일이 흐르고.

"아저씨, 우리… 비무나 해요!"

사군우의 눈앞으로 다가온 사비가 무뚝뚝한 어조로 말했다. 그는 자괴감에 사로잡혀 있었다. 스스로를 독기 빼면 시체라고 여기던 자신이 여인 하나 어쩌지 못하고 망설이고 있다는 사실이 한심하게 느껴졌다.

사비의 계획은 만류흡을 통해 여인의 음기를 취하고 그 음기를 사군우에게 주려는 것이었지만 음기를 취하기는커녕 여인을 물색하는 일조차 끝맺지를 못했다.

청도 인근에 사는 순음지체를 지닌 처녀들은 하나같이 사연이 있었다. 노모를 모시는 여인, 혼인을 막 앞두고 있는 여인, 병색이 완연해 오늘내일하는 여인.

사비는 결국 아무것도 시행하지 못하고 다시 사군우 앞에 선 것이다. 이에 사군우는 입가에 그 어느 때보다 환한 미소를 머금고 입을 열었다.

"그래, 하자. 그런데 궁금하지 않니?"

"뭐가요?"

"무영이가 어디 있는지 물어보지 않아서 말이다."

"어? 그러고 보니 백색이 자식이 없었구나. 어디 갔어요?"

사비는 그제야 화무영이 보이지 않음을 깨닫고 주위를 둘러봤다.

사군우는 흐뭇했다. 어떻게든 자신을 살려보겠다는 생각에 함께 사는 화무영까지 잊고 있을 정도로 정신이 없는 사비에게 고마움이 일었다.

'사비야, 날 염려하는 마음만으로도 난 백 년은 더 산 것 같구나. 이제 그만 해도 된다.'

사군우는 속으로 중얼거리며 사비를 향해 한 손을 내밀었다.

"왜요? 어쩌라고요?"

사비가 고개를 갸웃거리며 물었다.

"손 한 번 잡아보자."

"뭐예요, 징그럽게!"

사비가 눈살을 찌푸리며 고개를 저었다. 하지만 그는 마지못한 얼굴로 사군우를 향해 쭈뼛쭈뼛 한 손을 내밀었다.

"네 손, 참 따뜻하구나."

"이 아저씨가 미쳤나? 놔요!"

사군우의 손을 홱 뿌리친 사비는 온몸을 부르르 떨며 한 걸음 뒤로 물러섰다. 하지만 그렇게 불쾌한 얼굴은 아니었다.

"안 해요? 이제 시작하죠! 몸이 근질근질해서 죽겠어요!"

사비는 사군우를 향해 외치며 두 손을 깍지 끼며 우드득 하는 소리를 냈다.

"하하하! 나도 마찬가지다! 최선을 다해야 할 게다! 나도 최선을 다할 생각이니까!"

슈욱!

사군우가 호쾌하게 웃으며 두 주먹을 날렸다.

"이크! 또 기습! 역시 그 비겁함은 고쳐지질 않는 모양이죠? 하지만 이젠 그리 호락호락하지는 않을걸요!"

다급히 고개를 숙이며 사군우의 주먹을 피한 사비가 두 눈을 부라리며 지면을 박찼다.

슈슈슉!

그의 발이 허공에서 춤을 춘다. 자신의 가슴속에 들어 있는 고민과 답답함을 떨쳐 버리고 싶은 듯 사력을 다해 발을 뻗어간다.

그렇게 사군우와 사비의 치열한 접전이 시작됐다. 마치 서로를 죽이지 못해 안달이 난 사람들처럼 상대를 향해 연달아 살초를 전개하는 사군우와 사비.

하지만 그들의 얼굴에는 그 어느 때보다 밝고 환한 미소가 담겨 있었다.

'나는 혈매화(血梅花)다. 이름은? 이름은 없다. 그저 혈매화일 뿐이다. 나는 지금 나무가 되어가고 있다. 나무처럼 숨을 쉬고 있다. 그렇게 대지에 깊이 뿌리 박힌 나무가 되어야 한다. 왜? 나는 나무니까.'

혈매화는 속으로 중얼거렸다. 아니, 중얼거린다고 하기보다는 자신의 무의식 속에 계속해서 자신의 의식을 집어넣는 작업을 하는 중이다. 쫓기고 있었기 때문이다. 더욱이 상대는 그녀로서는 도저히 감당하기 벅찬 고수들.

처음에 하나였던 상대는 어느새 둘로 늘어 있었다.

언제부터였는지는 모른다. 자신의 육감이 그렇게 부르짖고 있을 뿐이었다. 더욱이 그 새롭게 추가된 적이 자신이 지금까지 쫓던 타락수라라는 불길한 예감은 그녀를 더욱 조급하게 만들었다.

결국 그녀는 그녀가 지닌 최후의 방법을 선택했다.

절체절명의 위기의 순간에 쓰려고 남겨뒀던 비장의 한 수는 사령마혼술(死靈魔魂術). 체온과 숨결, 심지어는 영혼까지 잠재운다는 이 비술은 의식은 깨어 있을 수 있다는 장점을 가지고 있는 고대 밀교의 사술이다.

혈매화는 지금 한 그루 나무 밑을 파고들어 가 그 나무에 자신의 몸과 영혼을 송두리째 집어넣는 작업을 하고 있었다.

사령마혼술을 펼치면 몇 달간은 전혀 무공을 사용할 수 없게 되지만 그런 것은 나중에 생각할 일이었다. 지금은 우선 타락수라와 백리준을 피하는 것이 급선무였다.

다행히 사령마혼술의 효과는 빠르게 나타나기 시작했다. 반 각 전 바로 옆을 스치고 지나간 백리준이 자신이 있다는 사실을 전혀 눈치채지 못할 정도로.

이제 타락수라만 지나가면 끝이다. 그렇게 되면 그들은 당분간 이곳을 지나지 않을 것이고, 자신은 그사이 사령마혼술을 끝까지 펼쳐 나무와 하나가 된 채 몇 달 동안 나오지 않을 생각이었다.

그녀는 그렇게 몇 달간을 지내도 생존할 수 있는 법을 안다. 더군다나 이곳은 지천으로 먹을 것이 널려 있었다.

'기다려. 이번 일은 꼭 갚아줄게.'

혈매화는 속으로 이를 갈면서도 사령마혼술을 시전하는 것만은 멈추지 않았다.

야문 문주 은강후의 전폭적인 신뢰를 받는 야문 최고의 살수이자 중원 살수계의 역사를 새로 쓰고 있는 여인.

그녀의 피부는 점점 나무껍질처럼 말라가고 있었다.

혈매화를 쫓은 지 보름.

'대단하군! 놀라운 인내력이야! 그리고 이 여인은… 살수였어!'

화무영은 적아(敵我)를 떠나 자신의 이목을 속이고 숨어 있는 여인에게 크게 감탄했다. 하지만 그녀가 관제묘 주변 숲을 벗어났을 리는 없다.

지금도 쉬지 않고 주변을 수색 중인 백리준이 있고 또 숲 중앙에서는 자신이 그녀의 움직임을 감지하기 위해 모든 신경을 집중하고 있으니 그녀가 조금이라도 움직였다면 결코 모를 리 없었다.

얼마 전부터 숲 전체로 확산되기 시작한 살기로 보아 이제부터는 누가 먼저 움직이느냐 하는 싸움이었다.

시간이 지나면 화무영과 백리준도 포기할 것이라 생각했던 혈매화는 자신이 잡히거나 이곳을 벗어나지 않으면 끝을 맺을 수 없다는 것을 깨닫고 이들을 죽이기로 결심했다. 위험한 도박이었지만 살 수 있는 방법은 그것뿐이었다. 이를 느낀 화무영과 백리준은 움직임을 멈췄다.

그리고 보름이 지난 오늘 화무영이 먼저 움직이기 시작했다.

"마령(魔靈)의 힘은 만물을 주관하니…….."

화무영의 몸이 둥실 떠올랐다. 그의 전신으로 검은 기류가 감돌고 있다. 혈매화를 찾기 위해 최후의 수단을 쓰고 있는 것이다.

눈에 보이지 않는 적의 살기. 화무영은 혈매화, 백리준과의 인내심 싸움에서는 자신이 패했음을 자인했다.

하지만 마령심공을 끌어올렸으니 혈매화를 찾는 것은 시간문제일 뿐이다. 자신과 백리준을 동요시키기 위해 그녀가 계속해서 살기를 흘리는 한 마령심기는 그 살기를 쉽게 찾을 수 있을 테니까.

화무영의 몸을 감싸던 검은 기류가 조금씩 주변으로 퍼져 가기 시작했다. 순간 마령심공의 구결을 외던 화무영의 뇌리 속으로 누군가의 기척이 감지됐다. 하지만 화무영은 마령심공을 멈추지 않았다. 패도적이고 장중한 느낌으로 보아 필시 백리준의 기운이 분명했다.

이윽고 화무영의 몸에서 뻗어나간 검은 기류가 살짝 흔들리더니 어느 한곳을 향해 쏜살같이 쏟아져 가기 시작했다.

'찾았어!'

파앗!

화무영이 두 눈을 번쩍 뜨고 신형을 날렸다. 이와 동시에 화무영과 백여 장 밖에 떨어져 있던 백리준도 움직이기 시작했다.

터턱!

동시에 지면에 안착한 화무영과 백리준은 약속이나 한 것처럼 한 나무로 시선을 고정했다.

백리준은 화무영을 힐끗 쳐다본 후 뒤로 물러섰다. 화무영이 찾은 것이니 마무리 역시 그에게 양보하려는 뜻이었다.

백리준의 의도를 알아챈 화무영은 그를 향해 짧게 고개를 숙여 보인 뒤 천천히 앞으로 걸음을 내디뎠다.

기분이 이상했다. 삼 년 전만 해도 쫓고 쫓기던 자신과 백리준이 어떤 이유로든 간에 힘을 합쳤기 때문이다. 하지만 지금은 그런 기분을 만끽할 여유가 없었다.

'저 여인은 살수. 언제 어디서 공격할지 모른다.'

화무영은 진기를 끌어올리며 한 발 한 발 앞으로 나아갔다. 하지만 아무런 기척도 움직임도 느껴지지 않아 조금은 당혹스러웠다. 분명 자신의 마령심기가 가리킨 곳이 저 나무였는데도 도무지 여인이 있을 것이라는 의심이 들지 않을 것이다.

'일단 장력으로 저 나무를 박살 낸 뒤에 살펴볼까?'

화무영은 우선 환우마하장법으로 나무를 박살 내는 것이 어떨까 하는 생각을 했지만 이내 마음을 달리 먹었다. 기대에 찬 표정으로 자신을 바라보는 백리준의 시선이 느껴졌기 때문이다.

백리준을 힐끗 쳐다본 화무영의 신형이 잘게 흔들렸다.

휙!

퉁겨지듯 앞으로 쏘아져 간 화무영은 마령심기를 자신의 전신으로 퍼뜨리며 나무를 향해 한 손을 휘둘렀다.

우지끈!

그의 손에 가격당한 나무가 날카로운 칼에 베인 듯 옆으로 비스듬히 잘려져 나갔다. 요란한 소리와 함께 주변으로 나뭇잎들이 날렸지만 더 이상 아무런 상황도 벌어지지 않았다.

화무영은 급히 뒤로 물러서며 백리준을 바라봤다. 백리준도 연유를 모르는지 의아한 눈초리를 하고 있었다.

"음!"

백리준의 짧은 침음성에 화무영이 잘려진 나무를 향해 고개를 돌렸다. 자신의 손에 잘린 나무가 빨간 피를 머금고 있었다.

"역시 있었군."

화무영은 그 피 묻은 나무가 자신을 쫓던 여인의 의복임을 알아차리고 입가에 미소를 머금었다.

"그럼 난 이만 가보겠네. 수고하게."

백리준은 화무영의 말도 듣지 않고 몸을 날렸다. 화무영 역시 그에게 다른 인사는 건네지 않고 천천히 혈매화를 향해 걸음을 옮겼다.

그의 눈에 잠이 든 것처럼 살포시 두 눈을 감은 혈매화의 얼굴이 들어왔다.

화무영의 얼굴이 일순 찌푸려졌다.

혈매화가 여인의 것으로 보기에는, 아니, 사람의 것이라 생각하기에는 너무나도 거칠고 투박한 피부를 지니고 있었기 때문이다.

'죽었나?'

화무영은 고개를 갸웃거리며 한 손을 뻗었다.

퍽!

허공을 격하고 날아간 그의 지력에 의해 혈매화의 어깨에 구멍이 뚫렸다. 빨간 피가 스멀스멀 흘러나왔다.

하지만 혈매화는 아무런 고통도 느끼지 못하는지 여전히 무표정한 얼굴로 두 눈을 감은 채였다.

파파파팍!

화무영은 누워 있는 혈매화의 전신 혈도를 찍어갔다.

중부, 경문, 양계, 견정, 천주……

그녀를 옴짝달싹 못하도록 전신 요혈을 점한 화무영은 혹시나 하는 마음에 다시 한 번 손을 휘둘렀다.

퍼억!

화무영의 손가락에서 튀어나온 검은 기류가 혈매화의 복부 중앙에 있는 제문혈을 강타했다.

화무영은 그제야 마음이 놓이는지 혈매화의 신형을 향해 허리를 숙이고 그녀의 상태를 유심히 살폈다.

"으음, 죽었군. 그런데 어떻게 살기를 흘려보낼 수 있었던 거지?"

혈매화의 죽음을 확인한 화무영은 침음성을 삼키며 고개를 갸웃거렸다.

순간 그의 눈이 빛을 발했다. 선혜원에 있을 때 화정에게 들었던 얘기가 떠올랐다.

"음! 혹시 이것이 원주께서 말씀하셨던 사령마혼술인가?"

잠시 그녀를 물끄러미 바라보던 화무영은 짧은 한숨을 토하며 그녀를 어깨에 둘러멨다.

"휴우! 어르신의 명이 있어 데려가긴 하지만 아무래도 꺼림칙하군."

혈매화를 어깨에 메고 관제묘에 당도한 화무영은 크게 당황했다. 자신이 자리를 비운 보름 사이에 관제묘 주변이 몰라보게 바뀌었기 때문이다. 목만 남은 채 비스듬히 기울어 있던 관제상은 형체를 알아볼 수 없는 돌 부스러기로 화해 있었고, 그나마 벽이라도 남아 있던 사당은 온데간데없이 보이지 않았다.

"어르신!"

화무영은 사당이 있던 자리에 누워 있는 사군우와 곁에서 그의 전신을 꾹꾹 주무르고 있는 사비를 발견하고 짧게 외쳤다.

"어찌 된 일입니까?"

혈매화를 아무렇게나 팽개치고 득달같이 달려온 화무영이 급히 물었다. 그는 지금 크게 놀란 상태였다. 사군우의 전신에서 뭉실뭉실 피어오르는 하얀 기류가 주변을 뿌연 안개처럼 뒤덮고 있었기 때문이다.

"그동안 몸이 많이 안 좋아지셨어."

사비가 시무룩한 표정으로 대답했다.

화무영이 자리를 비우고 보름간 사비와 사군우는 침식을 잊은 채 비무에 몰두했다. 이전보다 더욱 격렬하고 거친 싸움의 연속이었다.

몸속에 있는 화류패기와 마령심기가 제어된 상태의 사비로서는 도저히 불가능한 일이었으나 그는 분명 사군우와 지난 보름간 쉬지 않고 격전을 벌였다. 그의 몸에 다른 힘이 존재했기 때문이다.

굉천자의 속공단.

사비와 몇 번 손을 섞어본 사군우는 이를 대번에 눈치챘고, 그때부터 전력을 다해 사비의 전신을 두드리기 시작했다.

비무를 빙자한 추궁과혈이었다. 이에 사비는 맞으면 맞을수록 전신이 시원하고 개운해지는 느낌과 함께 점차 자신의 몸에 낯선 힘이 쌓이고 있음을 깨달았다.

'이게 아저씨가 말한 공력이라는 건가 보구나.'

사비는 자신의 하단전에 충만한 진기를 느끼며 계속해서 사군우와 비무 수련을 이어갔다.

그렇게 수일이 지나고 초토화된 관제묘 주변을 둘러보며 잠시 당황하던 사비와 사군우는 동시에 손을 멈추고 피식 웃었다.

사지에는 피멍이 들고 전신은 만신창이였지만 정말 여한이 없을 정도로 시원한 싸움을 해서인지 서로에게 더욱 진한 정을 느꼈다.

그리고 잠시 후,

쿵!

사군우는 웃는 얼굴을 한 채 그대로 지면으로 쓰러졌다.

사비에게 지난 일련의 정황들을 들은 화무영은 눈살을 찌푸리며 사군우의 맥을 잡았다.

"으음!"

사군우를 진맥해 본 화무영은 침음성을 삼켰다. 사군우의 전신이 불덩이처럼 뜨거웠기 때문이다.

"아저씨… 괜찮을까?"

사비가 걱정스런 눈으로 묻자 화무영이 사군우의 손을 잡은 채로 힘없이 고개를 저었다.

"면목없습니다. 이 지경이 될 때까지 어르신을 살피지 않은 제 불찰입니다."

"……."

사비는 어두운 안색으로 입을 다물었다. 의술에 남다른 자부심이 있는 화무영이 저런 말을 할 정도로 사군우의 증세가 악화됐다는 사실과 화무영의 말이 마치 자신을 탓하는 것 같아 못내 가슴이 답답해 왔다.

"휴우! 내가 미쳤지. 저런 몸을 하고 있는 인간하고 그렇게 박 터지게 싸워댔으니……."

사비는 짧은 한숨을 토하며 몸을 돌렸다.

"어디 가십니까?"

화무영이 사군우의 불덩이처럼 달아오른 몸에 자신의 마령심기를 불어넣으며 물었다.

"바람 쐬러!"

짧게 대답한 사비는 터벅터벅 걸음을 옮겼다.

사비의 축 처진 어깨를 바라보며 한숨을 짓던 화무영은 다시 사군우에게 고개를 돌리고 조금씩 그에게 보내는 마령심기의 강도를 높여갔다.

이러한 방법이 단순히 응급 처치뿐이 되지 않는다는 것을 알았지만 사군우는 지금 정신을 놓을 정도로 고통을 겪고 있을 터. 나중에 어떻게 되더라도 일단 깨어나게 하는 것이 급선무였다.

반 각이 다 되도록 사군우의 몸에서 손을 떼지 않고 있는 화무영의 이마에 굵은 땀방울이 송골송골 맺혀 있다. 사군우의 강력한 화기는 화무영으로서도 감당하기 벅찬 것이었다.

"드디어 화단(火丹)에 불이 붙었어."

화무영은 설레설레 고개를 저으며 혼잣말로 중얼거렸다. 사군우 본인이 가까스로 억눌러 놓았을 화단이 점점 팽창하며 전신으로 퍼져 가고 있었다.

"안 되겠어! 이대로는 정말 위험하다!"

화무영은 자리에서 벌떡 일어났다. 사군우는 자칫 눈도 떠보지 못하고 죽을 정도로 심각한 상황이었다. 그런 몸을 이끌고 비무를 했던 사군우가 인간으로 보이지 않았다.

화무영은 급한 대로 청도에 있는 약재상으로 가서 화기를 다스릴 만한 약재들을 구해올 생각이었다.

"어르신, 조금만 버티십시오. 금방 다녀오겠습니다."

사군우를 조심스레 눕히고 몸을 돌리던 화무영은 일순 눈살을 찌푸렸다. 관제묘 앞마당에 널브러져 있는 혈매화를 발견한 까닭이었다.

"으음."

잠시 망설이며 침음성을 삼킨 화무영은 이내 혈매화에게 다가가 그녀를 번쩍 안아 들고 곧바로 경공을 전개하기 시작했다. 그녀는 금제가 가해졌다고 해도 사군우와 같이 두기에는 매우 위험한 인물이었다.

화무영까지 빠져나가자 관제묘는 일순 적막에 휩싸였다. 그저 몸에서 하얀 연기를 피워 올리고 있는 사군우의 거친 숨소리만이 들릴 뿐이었다.

관제묘를 벗어난 사비는 입술을 질끈 깨물며 달리기 시작했다.

"하겠어! 아저씨한테 맞아 죽어도 무조건 할 거야!"

사비는 더 이상은 가만히 있을 수 없었다. 사군우가 어떤 반응을 보일지 걱정하는 것은 일단 그를 살리고 난 뒤의 일이었다.

'망설이면 아저씨는 죽어! 절대 그렇게 놔두지는 않겠어!'

사비는 마음을 다잡았다. 오늘도 약한 마음을 먹으면 아저씨를 살릴 기회는 없다고 몇 번이고 중얼거렸다.

처음 걸리는 여인을 무조건 재물로 삼을 생각이었다.

순음지체를 찾을 시간도 확인할 능력도 없었다. 그건 여인의 음기를 만류흡으로 흡수한 후에 사군우에게 주입해 보면 알 일이었다.

"천하에 다시없을 악마라는 손가락질을 받는 한이 있어도 한다!"

나직이 중얼거리던 사비의 눈이 찰나지간 빛을 뿜었다. 관도로 접어 듦과 동시에 자신 쪽을 향해 다가오는 여인을 발견한 것이다.

　나귀를 타고 한가로운 모습으로 다가오는 여인. 가슴에 봉황이 수놓 아진 하얀 백의를 입은 그녀의 어깨에는 백색 수실이 찰랑거리는 장검 을 메고 있었다.

　면사로 얼굴을 가리고 있어 지닌 나이를 짐작하기는 어려웠으나 나 귀의 고삐를 쥐고 있는 희고 가녀린 손과 나귀의 등에 탄 상태인데도 불구하고 흐트러짐없는 단아한 자세를 유지하는 걸로 봐서는 필시 어 느 무가의 귀한 여식임이 분명했다. 이를 본 사비는 내심 다행이라고 생각했다.

　'무림인이구나. 그래도 일반 아낙보다는 죽어도 덜 원통할 테지.'

　사비는 스스로에게 되지도 않는 위안의 말을 지껄이며 다가오는 여 인을 향해 빠르게 걸음을 놀렸다. 이에 느긋해 보이던 여인의 얼굴이 일순 굳어졌다.

　사비의 몸에서 뿜어져 나오는 섬뜩한 기운이 살기임을 알아본 까닭 이었다. 하지만 여인은 이내 본연의 표정을 회복하고 자신을 향해 다 가오는 사비의 모습을 물끄러미 지켜봤다.

　"제게 무슨 볼일이라도 있나요?"

　"……."

　사비는 여인의 물음에 답하지 않았다. 말을 섞어봤자 마음만 약해질 게 뻔했다.

　여인이 천천히 나귀에서 내려왔다. 그동안 강호를 주유하며 무수히 많은 일을 겪은 그녀는 앞에 선 젊은이가 아무 데서나 봐왔던 흔한 산 적이 아님을 직감했다.

"내자불선(來者不善)이라는 옛말이 틀리지 않는 것 같군요."

여인은 씁쓸한 표정으로 어깨에 멘 장검을 뽑아 들었다. 발검을 함에 있어서도 한 치의 흐트러짐도 허락치 않는 그녀를 보며 사비의 눈에 이채가 서렸다.

하지만 이를 본 여인은 더욱 크게 놀랐다. 이제 갓 약관을 벗어났을 청년이 자신의 수준을 알아볼 정도의 안목을 지녔다는 것이 못내 믿기지 않았기 때문이다.

"오늘은 제게 있어 아주 중요한 분을 만나뵙는 날이에요. 피를 묻히고 싶지 않은데… 그냥 조용히 넘어갈 수는 없을까요? 금전적인 도움이 필요하시다면 조금 도와드릴 수도 있습니다만……."

"닥쳐!"

사비가 두 눈에 쌍심지를 켜고 소리쳤다. 이에 여인은 일순 할 말을 잃었다. 좋게 넘어가려는 자신의 의도를 헌신짝 버리듯 저버리는 사비가 안타까웠다.

"휴우! 그럼 할 수 없지요. 부디 손속이 잔인타 원망치 마시기를."

"……"

여인이 자신을 향해 한 걸음 다가왔지만 사비는 입을 꾹 다문 채 말을 하지 않았다. 그는 지금 갈등하고 있었다.

겉보기와 달리 음성과 말하는 품에서 그녀가 어느 정도 나이가 있음을 짐작했기 때문이다. 그리고 무림인답지 않게 죽이기에는 너무 고운 심성을 지니고 있는 것 같았다.

이윽고 잠시 주저하던 사비가 천천히 입술을 뗐다.

"처녀냐?"

"뭐라고요?"

여인이 어이없다는 투로 되물었다. 이제껏 한번도 당해보지 않은 모욕. 그녀는 이런 모욕을 받을 만한 신분이 아니었다.

소향군주(燒香君主) 주위현. 그녀는 삼봉 중 일인이자 대명 황실 황제의 고모가 되는 존귀한 여인이었다.

하지만 주위현은 신중한 성격이었고, 이런 일에 노기를 드러낼 만큼 수양이 덜 된 여인도 아니었다. 물론 다소 불쾌한 기분이 드는 것은 사실이었지만 그렇다고 말 한마디에 상한 감정을 표출할 생각도 없었다.

"이만 가야겠어요. 자칫 살계를 범할까 걱정되는군요."

잠시 사비의 눈을 응시하던 주위현이 살며시 몸을 돌렸다.

"그래, 가! 처녀가 아니라면 가도 좋아!"

사비가 눈치없이 다시 입을 놀리자 나귀를 향해 막 걸음을 옮기려던 주위현의 어깨가 흠칫 떨렸다.

만일 그대로 나귀에 오른다면 아직 혼인도 올리지 않은 자신은 졸지에 처녀가 아닌 여자가 되는 것이고, 처녀라는 것을 인정한다면 등 뒤에 서 있는 사비와 일전을 불사해야 했다. 이에 이러지도 저러지도 못할 상황에 처한 주위현은 고운 아미를 찌푸리며 일순 망설였다.

사비와의 싸움이 두려운 것이 아니었다. 생전 처음 보는 사내의 말에 장단을 맞추어야 하는 상황이 어이가 없을 뿐. 하지만 사비 입장에서는 사군우를 살려야 하는 급박한 와중에 큰 선심을 쓴 것이었다. 그래서 주위현이 당황으로 대답을 하지 못하는 이유까지 생각할 겨를이 없었다.

"역시 처녀가 아니었군! 그럼 가봐!"

사비는 주위현의 등 뒤에 대고 소리를 지른 뒤 곧바로 그녀의 곁을 스치고 달리기 시작했다.

쌔액!

사비는 주위현을 스침과 동시에 등 뒤에서 들려오는 파공음에 돌아볼 겨를도 없이 급히 허리를 숙였다. 허공에 나풀거리는 자신의 머리카락 몇 올이 보였다.

"이년이!"

간발의 차로 검을 흘려보낸 사비가 눈을 부라리며 몸을 획 돌렸다.

주위현이 착 가라앉은 눈빛으로 쏘아보고 있었다.

"이년이라는 말은 그렇게 여인에게 함부로 뱉어서는 안 될 말이랍니다."

그녀는 담담한 눈빛으로 말했다. 하지만 그 눈빛에는 사비와 그의 주변 대기까지 묶어놓을 정도로 가공한 기운이 뿜어져 나오고 있었다. 그러나 사비는 안타깝게도 그런 것에 위축될 위인이 아니었다.

"그럼 네가 년이지 새끼냐? 아무튼 안 그래도 급했는데 잘됐군. 네가 자초한 거니까 원망하지 마!"

사비는 목을 좌우로 꺾으며 그녀를 향해 한 걸음을 내디뎠다.

"정말 입이 많이 거칠군요! 그럼 어디 그만한 실력도 갖추고 있는지 한번 보지요!"

주위현은 이마를 찌푸리며 사비를 향해 검끝을 겨누었다.

순간, 사비가 양손을 부챗살처럼 좌우로 펼치며 환영절운의 초식을 전개하기 시작했다. 주위현이 범상치 않은 무공을 지녔음을 눈치채고 선공을 날리기로 마음먹은 것이다.

'화류패나 마령심기는 사용할 수 없으니까 핑천자라는 도사에게 얻은 공력이라는 것을 써보자.'

끼리릭!

기이한 음향과 함께 사비의 신형이 주위현의 시야에서 이탈했다. 환우마하장법을 시전했기 때문이다. 공력을 담기에는 사가권법보다는 그나마 환우마하장법이 나을 것 같았다.

'이것은 환우마하장법!'

주위현의 얼굴이 경악으로 일그러졌다. 사비가 펼치는 무공을 알아본 그녀는 더 이상 손속에 사정을 두지 않았다.

슈슈슈슉!

그녀는 급히 금정옥녀심공을 끌어올리며 전후좌우 사방을 향해 일직선으로 검을 찔렀다.

캉!

요란한 금속성과 함께 주위현이 뒤로 한 걸음 물러났다.

'어찌 이런 공력을!'

주위현은 불신의 기색이 역력한 눈빛으로 손에 들린 검과 사비의 얼굴을 번갈아 바라봤다.

'분명 아무것도 들고 있지 않아! 설마 검을 맨손으로?'

주위현은 사비가 화류패공을 연마하며 웬만한 도검으로는 흠집도 나지 않을 단단한 손을 갖게 됐다는 것은 알지 못했다. 화류패기를 운용할 수 없었기에 망정이지 만일 사비가 화류패기를 담아 공격했다면 자신이 아끼는 장검이 두 동강이 났으리라는 것은 더더구나 상상할 수조차 없는 일이었다.

'엣! 그 영감탱이한테 속았군!'

사비는 자신의 앞에 나 있는 십여 개의 발자국을 보며 속으로 크게 놀랐다. 단 한 번의 겨룸이었지만 주위현과 자신의 고하가 분명이 갈린 것이다.

사비는 주위현이 당금 무림에서 차지하는 위치가 어느 정도인지는 알지 못했기에 속으로 핑천자만 죽어라 원망했다.

'제길! 이러다가는 아저씨보다 먼저 골로 가겠는걸! 아무래도 잘못 건드린 것 같다!'

주위현이 자신을 놀란 눈으로 바라보는 사이 사비는 빠르게 염두를 굴렸다. 주위현은 자신이 당해낼 수 있는 인간이 아니었다. 처음이야 자신이 지닌 손의 특이함 때문에 어찌어찌 넘어갈 수 있었지만 몇 번 더 겨루다 보면 본 실력이 들통나리라는 것은 불을 보듯 뻔했다.

'일단… 튀자!'

사비는 마음의 결정을 내리고 천천히 자세를 고쳐 잡았다. 사군우를 구하기는커녕 먼저 이 세상에 하직을 고해야 하는 사태는 추호도 만들 생각이 없었다.

한편, 사비의 의중을 짐작하지 못한 주위현은 그가 어깨를 비스듬히 틀자 전신 진기를 검으로 모으기 시작했다.

"음양마교의 후예를 여기서 보게 될 줄은 몰랐군요. 그럼 제대로 다시 겨뤄보지요."

주위현이 입을 여는 사이 그녀의 검극에 파란 기운이 동그랗게 뭉쳐지기 시작했다. 이 갑자 공력 이상의 고수여야 시전이 가능하다는 검환(劍丸)이었다. 더욱이 그녀는 검환을 만들면서 입을 열고 있다. 본인이 지닌 공력의 초절함을 그대로 드러내 보이고 있는 것이다. 하지만 검환을 본 적이 없는 사비는 그리 놀란 표정이 아니었고, 이를 사비의 무공 수위가 대단해서 그런 것이라 생각한 주위현은 더욱 긴장했다.

'분명 저자도 이 갑자 이상의 내공을 지니고 있었어.'

주위현은 좀 전에 주고받은 일 합을 떠올리며 사비의 공력을 가늠해

봤다. 다소 거칠고 투박했지만 자신의 검을 퉁겨냈을 때의 그의 힘은 일 갑자는 충분히 되고도 남을 반탄력이었다는 생각에 조심하지 않을 수 없었다.

그사이 도망가기 위한 만반의 태세를 갖춘 사비가 천천히 입을 열었다.

"후후후! 그 정도 실력으로 나와 겨루겠다고? 우선 뒤에 있는 내 부하부터 상대하라고! 그럼 난 잠시 후에 다시 오지!"

쌩!

사비는 한 손을 흔들어 보인 후 곧바로 냅다 달리기 시작했다. 경공을 펼친 것은 아니었지만 사력을 다해 달린 덕분에 순식간에 주위현의 곁에서 멀어질 수 있었다. 이에 주위현은 일순 당황했다. 사비가 이런 식으로 나올 줄은 미처 예상치 못했던 까닭이다.

"마기!"

자신의 눈앞에서 멀어져 가는 사비를 아연한 얼굴로 바라보던 주위현은 그를 향해 검환을 날리려다 말고 급히 고개를 돌렸다.

주위현의 눈이 경악으로 물들었다. 사비의 말대로 등 뒤로 엄청난 마기가 짓쳐들고 있었다.

멀리서 뿌연 먼지를 일으키며 빠르게 다가오는 창백한 인상의 사내.

"정녕 음양마교가 출현한 것인가?"

주위현은 화무영에게서 흘러나오는 마령심기의 막대함에 절레절레 고개를 저으며 검자루를 다시 고쳐 잡았다.

"간악한 인간!"

화무영의 어깨에 걸쳐져 있는 혈매화를 발견한 주위현은 눈썹을 찌푸리며 빠르게 머리를 회전시켰다.

'이자들, 여인들을 납치해 금단의 마공을 익히려는 것이 틀림없다! 결코 그렇게 놔두지는 않겠어!'

주위현은 속으로 고개를 끄덕이며 달려오는 화무영을 향해 시선을 고정했다.

그녀는 저렇게 가공할 마기를 지닌 자를 수하로 둔 것이 사실이라면 사비가 마지막으로 뱉은 말도 사실일지 모른다고 생각했다.

그렇다면 앞서 도주한 사비는 더욱 대단한 마기를 지니고 있을 터. 하지만 그에게는 마공을 익힌 어떠한 흔적도 없었다. 단지 잠시 잠깐 겪었던 그의 초식이 환우마하장법과 유사하다는 생각을 했을 뿐. 어쩌면 그는 마기를 완전히 감출 수 있는 마황의 경지에 도달한 마인일지도.

"그분을 뵈러 왔다가 음양마교의 뿌리를 잡았군!"

주위현의 눈이 빛을 발했다.

"흠! 고수!"

마령심기를 양다리로 보내며 빠르게 전진하던 화무영은 전면에 서 있는 주위현을 발견하곤 침음성을 삼켰다.

사군우를 제외하면 이제껏 그가 겪어본 이들 중에 최고라 할 만한 기운을 지닌 여인이었다.

'제발 그냥 지나치기를……'

화무영은 속으로 간절히 빌며 두 발에 더욱 힘을 주었다.

쌕……!

하지만 그것은 어디까지나 화무영의 바람에 지나지 않았다. 주위현이 자신이 지척에 이른 순간 곧바로 검을 찔러 들어왔기 때문이다.

그녀의 검끝에 실린 검환을 알아본 화무영의 얼굴이 급격히 일그러졌다.

팟!

이에 화무영은 더 생각할 겨를도 없이 곧바로 지면을 박차고 공중으로 솟구쳐 올랐다.

미세한 차로 주위현의 검을 피한 화무영은 그녀의 머리 위를 타 넘으며 달리는 속도를 더해 순식간에 십여 장을 쏘아져 갔다.

"아!"

주위현은 짧은 탄성과 함께 몸을 돌려 어느새 까만 점으로 화한 화무영의 뒷모습에 시선을 던졌다.

삼봉이라는 이름에 걸맞지 않게 오늘 하루 동안 두 번이나 같은 실수를 반복했다는 사실에 못내 자존심이 상했다. 음양마교의 후예들이 이런 식으로 자신을 피해 도망칠 줄 몰랐던 판단 착오였다.

휘익!

주위현은 얇은 입술을 살포시 깨물며 곧바로 일신의 경공 재주를 모두 발휘해 화무영을 뒤쫓기 시작했다.

청도 현에 들어선 사비는 씁쓸한 얼굴로 주변을 둘러봤다. 자신의 심사처럼 주변 정경도 적막하기 이를 데 없었다.

"웬일로 이렇게 사람이 없지? 휴우! 개똥도 약에 쓰려면 없다더니 내가 그 짝이구나."

사비는 한숨을 푹 내쉬며 연신 주변을 두리번거렸다. 해가 중천에 떴는데도 쌀쌀한 날씨 때문인지 거리에는 사람들이 드물었다.

'있다!'

사비가 두 눈을 빛냈다. 으슥한 골목 어귀에 쪼그리고 앉아 좌판에

깔려 있는 노리개를 고르는 여인을 발견했기 때문이다.

'처녀가 맞긴 맞는 것 같은데……'

사비는 여인의 펑퍼짐한 엉덩이를 스윽 훑어보다가 그녀의 옆을 스치고 지나쳤다. 그리고는 그녀가 눈치채지 못하게 그 다음 골목으로 잽싸게 몸을 숨겼다.

잠시 후 쪼그리고 앉아 있던 여인이 자리에서 일어나 그가 있는 골목을 지나쳤다. 이에 사비도 무심한 표정으로 그녀의 뒤를 따라 걸음을 놀리기 시작했다. 그녀의 뒷모습을 바라보는 그의 두 눈이 빠르게 움직이고 있었다.

덜커덩! 덜커덩!

"그냥 잘 있는지만 보고 갈 거야. 잘 있는지만……"

현현은 덜컹거리는 마차 안에 앉아 창밖으로 시선을 던지며 중얼거렸다.

그녀가 탄 마차는 청도로 접어들고 있었다.

제남에서 꽤 먼 거리를 왔지만 그녀는 전혀 지친 기색이 아니었다. 그저 한시라도 빨리 관제묘로 가보고 싶은 조급한 마음만 얼굴에 담고 있을 뿐이었다.

삼악파의 본진이 있는 추성(鄒城)은 제남까지 오백 리 길. 황보혁이 언제 올지 모르는 상황이니 그가 오기 전에 다시 되돌아가 있으려면 시간이 촉박했다.

"만나면… 무슨 말부터 해야 할까?"

현현은 사비의 얼굴을 떠올리며 입가에 미소를 머금었다. 그의 성격으로 보아 필시 좋은 말을 할 리 만무했지만 그런 것은 개의치 않을 생각이었다. 그저 잘 있는지만 확인하면 황보혁의 뇌화시에 당한 상처가 아물었는지만 확인하면 그것으로 만족하고 되돌아갈 생각이다.

"그나저나 아버님은 잘 견디고 계신지 모르겠구나. 어머!"

이런 저런 생각으로 고개를 갸웃거리던 현현이 짧은 탄성을 내질렀다. 자신이 탄 마차가 한 사내를 스치고 지나갔기 때문이다.

사비였다.

현현의 가슴이 싸해왔다. 창문 사이로 잠깐 스친 사비의 옆모습을 보자 말로 표현 못할 기이한 감동의 물결이 밀려왔다. 꿈인지 생시인지 잠시 혼란스러웠지만 자신의 코끝에 머물고 있는 것은 분명 그만의 내음이었다.

"다행이에요. 건강해 보이네요. 후훗!"

현현은 살며시 마차 밖으로 고개를 내밀었다. 특유의 건들거리는 걸음걸이로 멀어져 가는 사비의 뒷모습이 눈에 들어왔다. 이에 현현은 마차를 세우고 곧바로 사비의 뒤를 쫓기 시작했다. 방향이 관제묘 쪽인 것으로 보아 집으로 되돌아가는 길인 모양이었다.

"어디, 얼마나 늘었는지 볼까?"

조용히 사비의 뒤를 따라가 보기로 마음먹은 현현의 얼굴로 한 가닥 미소가 스치고 지나갔다.

"추잡한 자식!"

하지만 채 일각이 못 되어 현현의 얼굴은 굳어졌다. 사비가 앞서 걷던 여인의 입을 틀어막고 그녀를 숲으로 끌고 들어갔기 때문이다.

현현은 굳이 누구의 설명을 듣지 않아도 어떤 일이 벌어지고 있는 것인지 직감했다.

"나쁜 놈! 더러운 놈! 못된 놈!"

현현은 참을 수 없는 분노와 배신감에 치를 떨며 몸을 홱 돌리고 청도를 향해 달리기 시작했다. 하지만 그녀는 이내 걸음을 멈췄다.

"아니! 이대로는 안 가! 못 가! 죽여 버릴 거야!"

팟!

현현은 사비가 낯선 여인을 끌고 들어간 숲을 향해 경공을 전개하기 시작했다.

숲 속으로 들어와 연신 주위를 훑으며 이동하던 그녀는 이십여 장 멀리 떨어진 곳에 있는 남녀를 발견하고 빠드득 이를 갈았다. 등을 보이고 앉아 있는 사비와 그의 맞은편에 정신을 잃고 쓰러져 있는 여인을 발견한 것이다.

현현은 좌측에 서 있는 나무를 발로 찍고 허공으로 도약했다. 이후 날렵한 몸놀림으로 눈앞에 놓인 나무의 허리를 밟는 동작을 몇 번 반복한 그녀는 어느새 사비의 등 뒤로 날아 내렸다.

'내가 이런 인간을 믿고 있었다니!'

사비의 뒤통수를 향해 냅다 주먹을 날리려던 현현은 순간 어깨를 움찔 떨었다. 사비의 뒷모습이 자신의 예상과 달리 여인을 겁탈하려는 모습으로 보이지 않았기 때문이다.

양손으로 얼굴을 감싸쥐고 머리를 푹 숙인 그의 모습은 누가 봐도 고뇌에 차 있는 모습이었다.

'뭔가 있어!'

현현은 슬며시 어깨에 힘을 빼고 조심스레 그의 곁으로 다가섰다.

이와 동시에 등 뒤의 기척을 느낀 사비의 고개가 돌아갔다.

"네가… 여긴 웬일이냐?"

"……."

현현은 사비의 물음에 대답하지 못했다. 그의 눈가에 가득 고인 슬픔을 발견했기 때문이다.

하지만 그는 울지 않았다. 그저 처연한 표정으로, 망연자실한 표정으로 자신을 바라보고 있을 뿐이었다.

"무슨 일이죠?"

현현이 나직한 음성으로 물었다.

"……."

하지만 사비는 그녀의 말에 대답할 생각이 없는지 다시 고개를 돌려 자신의 앞에 정신을 잃고 쓰러져 있는 여인에게 시선을 옮겼다.

이윽고 사비가 자리에서 일어나며 힘겹게 입술을 뗐다.

"휴우! 난 병신이야! 아무것도 할 수 없는 한심한 바보 멍청이!"

사비는 잠시 앞에 누운 여인을 아쉬운 듯 바라보다가 이내 터벅터벅 걸음을 옮겼다. 이에 짧게 당황한 현현은 쓰러져 있는 여인과 사비를 번갈아 쳐다보다가 설레설레 고개를 저으며 여인에게 다가갔다.

그사이 사비는 조금씩 걸음을 빨리해 관제묘를 향해 움직이기 시작했다.

"아저씨, 나란 놈이 원래 이래요. 독한 척, 강한 척은 혼자 다 하면서 결국에는 아무것도 할 수 없는 무능력한 인간이라고요. 후후!"

사비의 쓸쓸한 웃음소리가 여인을 들쳐 업는 임현현의 귓가에 메아리쳤다.

세 사내가 관제묘를 향해 이동 중이다.

십이제천 중 중원사극에 올라 있는 당금 무림의 최절정 고수들.

양옆으로 길게 난 콧수염과 날 선 검처럼 날카로운 인상을 지닌 사내는 마사회의 회주 무영마검(無影魔劍) 공손천량이고, 그에 비하면 상대적으로 온화해 보이는 얼굴을 지녔지만 매서운 눈매만큼은 공손천량 못잖은 사내가 인자검(仁慈劍) 공황식이다.

하지만 나란히 걷고 있는 그들의 모습은 무척 어색해 보였다. 그들은 각기 마도와 정도를 대표하는 수장. 이렇게 나란히 걸을 만한 사이가 아니었기 때문이다.

이들과 사 장 정도 떨어진 뒤에서 묵묵히 따라오고 있는 승려. 그는 색이 누렇게 바랜 승복을 입고 있었는데 치렁치렁한 긴 머리를 지니고 있어 승려라 부르기에는 조금 애매한 구석이 있었다.

하지만 그는 누가 뭐래도 승려다. 그것도 전 중원의 승려를 대표한다고 해도 아무런 이의를 제기할 수 없는 승려.

그는 소림제일승 도진 대사였다.

앞서 걸음을 옮기던 공손천량이 공황식을 향해 힐끗 고개를 돌렸다.

"내가 고맙다고 해야 하오?"

"무슨 소리요?"

"그가 있는 곳을 알려줘서 고맙다고 해야 하냐는 뜻이오."

"하하하! 우리 사이에 그런 인사가 무슨 필요가 있겠소이까?"

공손천량의 물음에 공황식이 피식 미소를 흘렸다.

"흥! 우리가 어떤 사인데?"

"하하하!"

공손천량의 도발에 공황식은 여전한 웃음으로 대답을 대신했다.

'이자의 호전적인 기질은 이십 년이 지난 지금도 여전하군.'

공황식은 자신을 쏘아보는 공손천량의 날카로운 눈빛을 받으며 생각에 잠겼다. 자신의 뒤에서 부지런히 따라오고 있는 도진 대사는 하늘이 두 쪽 나도 이곳으로 왔을 사람. 하지만 무영마검 공손천량은 다르다. 그는 조만간 마사회의 회주 자리를 놓고 열리게 될 대회전을 준비해야 하는 처지였기 때문이다.

'만일 검성과의 싸움으로 부상이라도 입는다면 마사회주의 자리를 지키지 못할 수도 있을 텐데… 역시 공손천량도 수장의 자리보다는 검성의 그림자를 지우는 것이 더 급했나 보군.'

공황식은 공손천량을 물끄러미 바라보며 피식 웃었다.

"왜 웃소?"

공손천량이 삐딱한 시선으로 물었다.

"그냥 좀 우스운 생각이 들어서……."

"뭐가 우습소?"

"공손 회주나 나는 이전에도 그랬고 앞으로도 같은 하늘 아래 살기 힘든 관계가 아니오? 그런 당신에게 묘한 동질감이 느껴지니 이게 어찌 된 영문인지 모르겠소."

"그야 당연히 검성 때문이지. 공 맹주나 나나 검성을 넘어서는 것에 목을 맨 사람들 아니오? 크크크!"

공황식은 실로 오랜만에 공손천량의 웃음을 봤다. 자신이 공손천량을 비무대회 사강에서 반 초식의 차로 이긴 지 무려 이십 년 만에 보는 웃음이었다.

"듣고 보니 그렇군. 그런데 저기 검성에 목을 맨 인간이 하나 더 오고 있는 것 같소만."

고개를 끄덕이던 공황식은 전면에 우뚝 서 있는 백리준을 발견하고 빙긋이 미소 지었다.

'후후후! 양청이 흑화일심대의 인원 대부분을 데리고 왔을 때도 보이지 않아 궁금했는데… 이제 보니 이곳에서 검성을 지키고 있었던 게로군.'

이윽고 공황식의 귓가로 공손천량의 싸늘한 음성이 들려왔다.

"흥! 저런 인간과는 비교당하고 싶지 않소! 난 적어도 스스로의 한계를 넘지 못하고 검성의 그늘로 들어가 안주하는 못난 인간과는 다르니까!"

공손천량은 백리준에게 들으라는 듯 큰 소리로 외쳤다. 하지만 백리준은 아무런 표정 변화 없이 그들을 무심한 얼굴로 응시했다.

'호오! 컸군!'

공황식은 백리준의 무심한 눈빛을 마주하며 그가 이전보다 훨씬 성장했음을 느꼈다. 그 이유가 백리준이 사군우, 사비, 그리고 화무영의 삼각 비무를 곁에서 지켜보며 얻은 깨달음이라는 사실은 몰랐지만.

휙!

이제껏 뒤에 처져 있던 도진 대사가 경쾌한 발놀림으로 공황식과 공손천량의 어깨를 타 넘고 앞으로 나아갔다. 그는 다른 이들과 달리 백리준과 호의적인 관계였다. 물론 그것은 이십 년 전의 일이었지만.

"대사님은 나이를 거꾸로 드시는 분 같소. 어찌 이십 년 전이나 지금이나 달라진 게 하나도 없습니까?"

"……"

백리준의 얼굴에도 일순 반가움이 스쳤다. 하지만 그는 이내 무심한 표정으로 공손천량과 공황식을 향해 시선을 옮겼다.

그사이 도진 대사는 백리준의 인사에 잔잔히 미소와 합장으로 화답한 뒤 옆으로 슬쩍 비켜섰다. 공손천량이 다가오고 있었기 때문이다.

"이거 섭섭하군! 소림제일승은 보이고 내 얼굴은 보이지 않나 보오? 아니면 아직도 내게 패했던 일을 아직 가슴에 담아두고 있기 때문인가? 크크크!"

"공손 회주가 백천맹주에게 그런 앙금이 남아 있다고 해서 나 또한 그럴 거라는 생각은 버리시오."

공손천량이 비소를 흘리자 백리준이 담담한 어조로 대꾸했다.

"이거 내가 한 방 먹은 건가? 후후후!"

공손천량은 입꼬리를 말아 올리며 다시 말을 이었다.

"하지만 난 누구처럼 남의 뒤치다꺼리나 해주며 살지는 않지!"

"뚫린 입이라고 해서 다 말이 나오는 것은 아니군!"

공손천량의 말에 백리준이 눈썹을 꿈틀했다. 둘 사이에 냉랭한 분위기가 흘렀지만 공황식이나 도진 대사 어느 누구도 그들 사이로 끼어들지 않았다.

견원지간(犬猿之間).

이십 년 전에도 그랬지만 다시 만난 지금도 백리준과 공손천량의 사이는 앙숙이었다. 그동안 서로 마주칠 기회가 있었다면 아마 둘 중 하나는 이미 이 세상 사람이 아니었을 것이다.

물론 이미 천하제일비무대회를 통해 무공으로는 공손천량이 앞선다는 사실은 입증됐지만 공력 면에서는 백리준이 한 수 위일 거라는 게 대다수 세인들의 추측.

공황식과 도진 대사는 오늘 그 세인들의 추측이 어떻게든 결론을 맺을 것이라는 생각을 하며 천천히 뒤로 물러섰다.

그들에게는 이들의 승부를 말릴 하등의 이유가 없었다. 이들이 은원 관계가 얽힌 싸움이 아니라 비무를 벌이려는 것이었기 때문이다. 서로 죽고 죽이려는 몸부림이라는 점에는 별 차이가 없었지만.

"오늘만큼은 봐줄 의향도 있으니 웬만하면 그냥 물러나지 그러시오. 대력신장과 노닥거릴 시간이 없어서 말이오. 크크크!"

"나도 당신들이 그분을 방해하지 않는다면 물러날 생각이오! 그분 역시 당신들과 어울릴 여유가 없으시니까!"

공손천량의 말에 백리준이 세차게 고개를 저으며 말을 받았다.

"흠! 정말 해보자는 건가?"

공손천량이 옆으로 길게 자란 콧수염을 어루만지며 물었다.

우우웅……!

백리준은 공력을 끌어올리는 것으로 대답을 대신했다. 그의 옷이 가죽 공처럼 부풀어 오르기 시작하자 이를 본 공손천량은 오른손을 살짝 들어 올리며 피식 웃었다.

그가 검지와 중지를 모아 검집을 위에서 아래로 스윽 훑어 내리자 스르륵 소리와 함께 검집이 벗겨지며 핏빛 검신이 그 모습을 드러냈다.

'으음! 추혈검법(追血劍法)에 환령생멸공(幻靈生滅功)을 가미하다니, 무영마검이 날개를 달았군.'

멀찍이 떨어져 공손천량과 백리준을 지켜보던 공황식이 침음성을 삼켰다. 공손천량의 검이 핏빛인 이유가 그의 공력에 의한 것임을 알아본 까닭이다.

'무영마검이 마도십대마공에 속하는 환령생멸공까지 익혔어. 백리준이 그의 절기인 천왕장법을 극성까지 익혔다고 해도 이 싸움은 질 수밖에 없다. 이것이 근래 들어 마도의 힘이 커진 이유 중 하나인가?'

공황식은 속으로 설레설레 고개를 저었다. 공손천량이 본인과 도진대사가 있는데도 환령생멸공을 드러내 보였다는 것은 그만큼 자신이 있다는 의미. 이는 마도의 힘이 얼마나 커졌는지를 보여주는 반증이기도 했다.

환령생멸공이라는 절세마공을 익혔으니 그가 이전에 익혔던 마공은 그의 밑 수하에게 전해졌을 터. 이를 역으로 생각하면 마사회의 무공이 아래에서부터 위로 한 계단씩 성장했다는 뜻이다.

또한 마사회 일원이 무공을 성장시켰다면 화양마부나 빙월마궁이라고 그러지 말라는 법이 없다.

공황식은 마령심공이 나오면서부터 실전됐던 마도의 비기들이 하나둘 출현하는 것이 아닌지 내심 걱정이 되었다.

'후후후! 역시 공황식은 환령생멸공을 알아보는군!'

공황식의 자못 심각한 얼굴을 힐끗 쳐다본 공손천량이 피식 웃었다.

공손천량이 다시 백리준에게 고개를 돌리고 입을 열었다.

"만물에는 상극이 있기 마련. 내 추혈검법이 자네의 천왕장법에 천적이듯이 말이야. 후후후!"

공손천량은 혈광이 번득이는 검을 들어 올려 백리준을 향해 겨누었다.

팟!

공손천량의 신형이 잘게 떨렸다.

이와 동시에 백리준은 전신을 엄습해 오는 예기를 막기 위해 지닌 공력을 모두 끌어올렸다.

부웅!

백리준이 솥뚜껑처럼 큰 손을 앞으로 쭉 뻗자 그의 장심에서 엄청난 바람이 쏟아져 나왔다.

카라라락……!

이에 공손천량의 몸이 허공에서 급회전하며 연속으로 검을 휘둘렀다. 마치 온몸에 톱니를 달고 있는 듯 보였지만 워낙 빨라 그렇게 보였을 뿐 그의 검은 한 자루였다.

"음!"

백리준은 장력으로 공손천량의 검을 비껴가게 하며 나직한 침음성을 뱉었다. 하지만 공손천량의 날카로운 파상 공세로 인해 백리준은 조금씩 뒤로 물러날 수밖에 없었다.

"왜 또 지껄여 보시지? 이래도 내가 네놈과 같은 수준이라고 생각하나?"

쉬익!

공손천량은 비릿한 미소를 머금고 백리준을 향해 검을 날렸다.

직후, 허공으로 도약한 공손천량이 허공에 그림을 그리듯 움직이자 공손천량의 손을 떠난 검이 줄에라도 묶여 있는 것처럼 그의 손끝을 따라 흔들렸다.

이기어검(以氣馭劍)!

파파팍!

"크윽!"

백리준은 신음성을 흘리며 허공에 떠 있는 공손천량을 향해 힘겹게 고개를 들었다.

이십 년 전보다 더욱 비참한 패배였다. 적어도 동수를 이루리라 자신했던 백리준은 동수는커녕 반격조차 제대로 못하고 패한 자신의 무공에 망연자실했다.

"졌소! 깨끗이!"

백리준은 두 눈을 질끈 감았다.

곁에서 이를 지켜보던 공황식과 소림제일승은 여전히 말이 없었다. 다만 이전의 무심하던 표정과 달리 그들의 눈은 놀라움과 당혹이 담겨 있었다.

'대력신장의 무공 수위가 떨어지는 게 아니야. 무영마검 저자의 환령생멸공 때문이지.'

공황식은 안타까운 표정으로 고개를 가로저었다.

백리준과 공손천량의 싸움은 어이없을 정도로 짧게 끝났다. 하지만 그건 그들의 무공에 현격한 차이가 났기 때문은 아니었다. 환령생멸공이라는 무공에 감춰진 비밀 때문이었을 뿐.

'흠! 저 인간이 환령생멸공의 특징까지 알아냈다는 건가?'

지면에 착지한 공손천량은 공황식의 표정을 보며 속으로 짧게 당황했다. 자신의 생각보다 공황식의 안목이 뛰어나다는 생각에 일순 괜히 무공을 드러낸 것이 아닌가 하는 후회가 밀려왔다.

하지만 그것도 잠시 공손천량은 백리준을 향해 고개를 획 돌리고 입을 열었다.

"내 검에 죽겠느냐, 아니면… 자결하겠느냐?"

"죽이시오!"

백리준은 여전히 두 눈을 감은 채 단호한 목소리로 대답했다.

"뭐, 원한다면 수고 좀 해주지! 크크크!"

휙!

흔쾌히 고개를 끄덕인 공손천량이 백리준을 향해 한 손을 휘둘렀다. 이와 동시에 공손천량의 손에서 튀어나온 기운이 백리준을 향해 빠르게 쏘아져 갔다. 하지만 백리준은 막을 생각을 하지 않고 오히려 가슴을 더욱 쭉 폈다.

펙!

짧은 격타음과 함께 백리준이 나가떨어졌다. 하지만 어찌 된 일인지 공손천량의 얼굴은 벌레 씹은 사람마냥 굳어 있었다.

"어떤 놈이냐?"

공손천량이 백리준의 좌측 숲을 향해 버럭 고함을 질렀다.

"역시 무림인들은 도대체가 이해를 할 수가 없어! 한 번 졌다고 그렇게 목숨을 내팽개칠 거면 뭣 하러 무공을 배워, 그냥 얌전히 방구석에 처박혀서 벽에 똥칠할 때까지 살다가 뒈질 일이지?"

한 청년이 고개를 갸웃거리며 모습을 드러냈다.

"으음! 웬 놈이냐?"

공손천량은 숲 속에서 어슬렁어슬렁 걸어나오는 사비를 보며 물었다. 그의 두 눈에는 불신의 기색이 가득했다. 그것은 사비가 방금 펼친 무공이 자신이 아는 무공일지도 모른다는 막연함 불안감이기도 했다. 하지만 사비는 공손천량의 질문에 답할 생각이 없는지 곁눈질 한번 주지 않고 백리준을 향해 성큼성큼 걸음을 옮겼다.

백리준을 나가떨어지게 만든 장본인인 사비로서는 당연히 그의 생사를 확인하는 것이 먼저였다.

현현과 헤어지고 관제묘로 가던 사비는 백리준과 공손천량의 결투가 끝난 직후 이곳에 당도했고, 공손천량이 백리준에게 살초를 전개하는 찰나 백리준에게 환우마하장법을 전개했다. 공손천량의 공격을 대신 막아줄 자신이 없어 대신 백리준을 공격한 것이다. 그 덕분에 백리준은 공손천량의 공세를 피하기는 했지만 사비에게 복부를 가격당할 수밖에 없었다. 지금도 얻어맞은 복부로 은은한 통증이 밀려왔다.

"쪼금 아플 거야. 내가 힘 조절을 못해서 말이야! 헤헤!"

사비는 백리준의 무사함을 확인한 후 기분 좋은 웃음을 흘렸다.

"으음! 왜 나를 살린 것이냐?"

"글쎄, 그냥 쓸데없이 개죽음당하는 거 보기 싫었다고 해두지."

백리준이 힘겨운 어조로 묻자 사비가 어깨를 으쓱하며 대답했다.

"흠!"

공손천량이 침음성을 흘리며 천천히 백리준과 사비를 향해 걸음을 옮겼다.

그는 끓어오르는 노기를 참기 위해 사력을 다하는 중이었다. 마음 같아서야 자신을 방해한 사비의 목줄을 따고 싶었지만 일대종사로서 자초지종도 듣지 않고 약관의 애송이에게 손을 쓸 수는 없는 노릇이었다. 더욱이 지금 그의 뒤에는 공황식과 도진 대사가 두 눈을 시퍼렇게 뜨고 지켜보고 있었다.

"본좌는 분명 네놈에게 뭐 하는 녀석이냐고 물었다!"

"나?"

공손천량의 말에 사비가 손가락으로 제 가슴을 가리켜며 되물었다.

"알아서 뭐 하게?"

"이익!!"

"어라? 왜 그래? 잘하면 치겠네?"

공손천량이 주먹을 말아 쥐자 사비가 겁먹은 표정으로 주춤주춤 뒤로 물러섰다. 하지만 공손천량을 포함한 장내에 있는 모든 이들은 사비가 겁을 먹은 것이 아님을 알고 있었다. 지금 그의 행동이 공손천량을 놀리려는 의도라는 것도.

"난 나를 방해한 자의 죄는 반드시 죽음으로 묻는다!"

공손천량이 천천히 손을 들어 올렸다.

"젊은 친구가 철이 없어 그런 것이니 그냥 넘어가시구려."

공황식이 급히 입을 열었다. 하지만 그보다 먼저 도진 대사가 공손천량과 사비의 사이로 끼어들어 왔다.

"도진 대사는 흑화검성이 아니라 나와 승부를 겨룰 생각이오?"

"……."

공손천량이 불쾌한 표정을 그대로 드러내며 묻자 도진 대사가 살며시 고개를 가로저었다. 하지만 그렇다고 사비의 앞을 가로막고 있는 몸을 움직일 생각도 없는 모양이었다.

"어? 당신! 왜 아저씨를 찾는 거지?"

사비가 놀란 눈으로 물었다.

"아저씨라니? 흑화검성을 말하는 것이냐?"

공손천량이 두 눈을 빛내며 입을 엶과 동시에 곁에 있던 도진 대사가 어깨를 움찔 떨었다.

"휴우! 이 젊은이에게 묻지 않아도 당신들이라면 찾을 수 있지 않소? 이 친구는 그냥 내버려 두시오!"

사비 옆에 쓰러져 있던 백리준은 눈살을 찌푸리며 긴 한숨을 토했다.

"뭐야? 내가 뭐 실수한 거야?"

백리준의 반응에서 불길함을 느낀 사비는 급히 입을 다물었다. 하지만 공손천량이 그런 사비를 가만히 내버려 둘 리 없었다.

"네가 아저씨라 부르는 자가 흑화검성 사군우가 맞느냐?"

공손천량이 사비의 두 눈을 뚫어져라 응시했다.

"글쎄, 기억이 잘 안 나는데?"

사비가 눈을 동그랗게 뜨고 고개를 갸웃거리자 공손천량이 눈썹을 꿈틀하며 버럭 소리를 질렀다.

"이런 방자한!"

슈욱!

공손천량의 손이 흔들렸다. 하지만 사비의 앞에 서 있던 도진 대사는 그의 손을 제지하지 않았다. 공손천량이 흑화검성의 거취를 알아내기 전에 사비를 죽일 리 없었기 때문이다.

퍼어억!

"크윽!"

쿵!

사비는 쓰러졌다. 전신으로 밀려오는 욱신욱신한 통증과 자신으로서는 도저히 감당할 수 없는 거력.

'젠장! 뭔 놈의 주먹이 이렇게 센 거야? 이건 아저씨보다 더하잖아!'

사비는 자신이 화류패기를 사용할 수 있었다고 해도 이 공격은 막지 못했을 것임을 직감했다. 또한 지금까지 자신에게 전력을 다했다고 생각한 사군우가 그러지 않았다는 것도 깨달았다. 지금 자신을 가격한 공손천량보다 사군우가 못할 리 없었기 때문이다.

"애송이! 너 따위에게 시간을 뺏길 몸이 아니다! 어서 대답해라! 검성은 어디 있지?"

공손천량은 한 손으로 사비의 멱살을 거머쥐고 그의 축 늘어진 몸을 들어 올렸다.

"우어!"

곁에 있던 소림제일승 도진 대사가 급히 손을 저었다. 이에 그의 시선을 따라 고개를 돌린 공손천량의 눈이 경악으로 커졌다.

순식간에 앞으로 이동해 전면을 응시하고 있는 공황식과 무심한 표정으로 그의 시선을 받으며 천천히 주변을 쓸어보는 담담한 눈빛.

　그 눈빛은 공손천량과 그의 손에 잡힌 사비에게 이르자 찰나지간 빛을 발했다. 이에 사비를 잡고 있던 공손천량이 어깨를 흠칫 떨며 짧은 탄성을 토했다.

　"으음! 흑화검성(黑花劍聖)!"

| 외전 |
신도연의 안배

사십 년 전.

산동성 복산현. 예스러운 분위기가 물씬 풍기는 장원.

이곳은 중원 무인들의 성역(聖域). 신도세가의 장원이다.

그 장원의 가장 후미에는 현 신도세가의 가주 신도연이 명상을 하는 정심당(正心堂)이 위치해 있다.

지금 그곳에서는 세 사람이 한창 대화에 열중하고 있었다.

"어떠냐? 닮았느냐?"

호협한 기상에 날카로운 검미를 지닌 중년 사내가 앞에 앉은 약관의 청년에게 물었다. 그는 이곳 산동성뿐만 아니라, 전 중원에서 가장 쟁 쟁한 무명을 날리고 있는 신도연이다.

신도연의 질문을 받은 신도화수의 두 눈이 당혹으로 물들었다.

"송구하옵게도 소자는 아버님의 말씀을 이해하지 못하겠습니다."

신도화수가 살며시 고개를 가로젓자 신도연이 빙긋이 웃으며 입을 열었다.

"나는 그저 이 젊은이가 너와 닮았느냐고 묻는 것이니 그냥 보고 느낀 대로만 대답하면 된다."

"……."

신도화수는 자신의 옆에 앉아 있는 청년을 힐끗 쳐다봤다.

거울을 보는 것 같다.

체구, 얼굴의 생김새, 심지어는 어릴 적 이마에 생긴 작은 흉터까지 자신을 쏙 빼다 박은 얼굴이었다.

"닮은 정도가 아니라 저도 헷갈릴 정돕니다."

"하하하! 그럼 됐다. 자네는 이만 물러가게."

신도화수의 대답을 들은 신도연이 신도화수와 닮은 청년에게 한 손을 내저었다. 이에 지금껏 잠자코 있던 청년은 다소곳이 머리를 숙인 후 정심당을 빠져나갔다.

"이게 어인 영문입니까?"

청년이 빠져나가는 모습을 지켜보던 신도화수가 신도연을 향해 고개를 돌렸다.

"지금부터 너는 내 아들이 아니다!"

"아버님, 그게 무슨……?"

당황으로 입을 열던 신도화수가 말끝을 잇지 못했다.

청천벽력. 필시 사연이 있음이 분명했지만 지금의 상황은 도무지 이해가 가지 않았다.

이윽고 신도화수를 물끄러미 바라보던 신도연이 두 눈을 지그시 감으며 입술을 뗐다.

"아무래도 심상치가 않구나. 지난 오백 년간을 이어온 우리 가문이 내 대에서 끊길 위기에 놓여 있어. 내 이를 방비코자 너를 대신할 이를 물색해 놓은 것이다."

"그렇다면 누군가가 우리 가문을 노리고 있다는 말씀입니까? 감히 어느 누가 신도세가를 넘본단 말입니까?"

신도화수가 두 눈을 흔들며 외쳤다. 지금까지 이해할 수 없었던 일련의 상황이 확연히 이해되긴 했지만 다른 한편으로는 더 큰 의혹이 밀려왔다.

자랑스러운 자신의 가문 신도세가는 적이 없다. 정사를 불문한 모든 이들이 우러르고 추앙하는 위대한 무가로 오백 년의 세월을 지속한 신도세가였다. 더욱이 자신의 가문은 이제껏 적을 만들 어떠한 원한도 산 적이 없었고 설령 원한을 산 이가 있다고 해도 이를 막을 만한 충분한 힘을 지닌 곳이었다.

"일 년만 떠나 있어라. 만일 그때까지 아무 일도 벌어지지 않는다면 그때 다시 돌아오너라."

"그렇게는 못합니다. 아버님께서는 어찌 저에게 한낱 목숨을 연명하기 위해 장부의 기개를 버리라 하십니까?"

신도화수는 세차게 고개를 저었다. 신도연의 언행으로 미루어 앞으로 닥쳐올 위기는 결코 쉬이 넘길 만한 것이 아님이 분명했지만 그렇다고 해서 신도세가가 막지 못할 위기는 아닐 거라는 확신이 있었다.

천하를 모두 적으로 둔다면 모를까.

신도연은 신도화수가 단호하게 고개를 젓자 씁쓸한 표정으로 그의 얼굴을 쳐다봤다.

"물론 네 말대로 장부는 어떠한 외압이나 압력에도 굴하지 않는 기개를 지녀야 한다. 우리 신도세가는 그런 장부의 기개를 지니고 살아왔고 앞으로도 그럴 것이다. 하지만… 그건 살아 있을 때의 얘기고 네 목숨 또한 결코 값싼 것이 아니다. 넌 세가의 피를 이어야 하니까. 만일 신도세가의 핏줄이 아무도 남아 있지 않다면 누가 우리 가문의 뜻을 이어갈 수 있단 말이더냐? 나는 내 대에서 선조들이 이룩한 가업을 단절시키고 싶지 않구나."

"그 정도로 강한 적들입니까? 아버님과 숙부님들로도 감당키 어려울 정도로 말입니까?"

"모른다. 아무것도 모른다. 알고 있는 것은 오로지 난 그들을 모르는데 그들은 우리를 너무나도 잘 알고 있다는 것 외에는. 그래서 더욱 후사를 도모하려는 게다. 아비 역시 기우이기를 바라지만 상황이 급박해져 잠시도 미룰 수가 없구나."

신도연이 살며시 고개를 저으며 다시 말을 이었다.

"네 숙부들은 모두가 중독된 상태다. 어떤 독을 썼는지는 아직 파악하지 못했지만 백독이 불침하는 네 숙부들을 중독시킨 독이니 용독을 행한 자들의 수준은 미루어 짐작해 볼 수 있다. 더욱이 두 달이 지나고 나서야 중독이 됐다는 것을 알아챌 수 있었지. 이는 우리와 친분이 깊은 누군가가 개입되어 있다는 뜻."

"으음!"

신도화수는 침음성을 삼켰다. 자신의 세 숙부는 당금 천하에서 적수를 찾기 힘들다고 알려진 절정고수들이었다. 아무리 뛰어난 용독술을 지녔다고 해도 숙부들을 중독된 것도 모른 채 두 달을 보내게 만들 인간은 이 땅에 존재하지 않았다. 있을 수도 없는 일이 벌어진 것이다.

"그렇다면 한 사람이라도 손을 더 보태야 하지 않습니까?"

신도화수가 나직한 음성으로 묻자 신도연이 고개를 가로저으며 나직이 입을 열었다.

"갈(喝)! 어찌 네 마음만 생각하고 세가는 생각지 않는단 말이냐? 이는 네 숙부들과 상의한 일이니 더 이상 왈가왈부하지 마라!"

"……."

신도연이 단호한 어조로 꾸짖자 신도화수는 일순 입을 다물었다.

이윽고 신도연이 다시 차분한 어조로 다시 입을 열었다.

"오늘밤 자정이 되면 아까 봤던 그 청년을 네 거처로 보낼 것이다. 그러면 추호도 망설이지 말고 후문을 통해 세가를 빠져나가라. 알겠느냐?"

"예."

신도화수는 마지못한 표정으로 고개를 끄덕였다.

"이 아비가 어찌 네 심정을 모르겠느냐? 하지만 너에게는 우리 가문의 과거와 미래가 달려 있다. 항상 이를 명심해야 한다. 그리고 세가를 벗어나면 어느 누구에게도 도움을 청해서도 아니 된다. 아무도 모를 곳으로 가서 다른 이름으로 살아가거라."

"공 숙부에게도 가면 안 됩니까?"

"그 친구를 찾아가는 일도 있어서는 아니 될 것이다!"

신도연이 단호한 어조로 고개를 끄덕였다.

"으음! 알겠습니다."

신도화수는 침음성을 삼키며 고개를 숙였다. 그는 자신의 아비와 둘도 없는 지기인 공우생을 찾아갈 생각이었는데 신도연은 이마저 허락치 않았기 때문이다.

"따라오너라."

자리에서 일어난 신도연이 정심당을 빠져나가자 신도화수가 그 뒤를 따라 걸음을 놀렸다.

신도화수를 자신의 거처로 데려간 신도연은 방문을 닫으며 천천히 입을 열었다.

"이곳은 선대 가주들께서 정령신공을 수련하던 곳이다."

신도연의 말에 신도화수가 의아한 얼굴로 주변을 빙 둘러봤다. 자신이 발을 딛고 선 곳은 다시 봐도 신도연과 모친의 침소였기 때문이다.

"신도세가의 다른 절학들과 달리 정령신공과 광명비검은 가주가 되어서야 익힐 수가 있는 무공. 네게 이를 하루 만에 전해야 한다는 것이 못내 걸리는구나."

신도연이 씁쓸한 어조로 말을 이으며 침상 끝에 달린 고리를 잡아당겼다.

드르륵!

신도화수의 두 눈이 휘둥그레졌다. 침상이 들리며 지하로 들어가는 통로가 나타났기 때문이다.

신도연은 침상 밑에 뚫린 통로로 몸을 들이밀며 다시 입을 열었다.

"지금부터 나는 네 머리 속에 신도세가의 비전절학들을 주입할 것이다. 하지만 워낙 방대한 양이라 네가 이를 감당할 수 있을지 모르겠구나."

"최선을 다하겠습니다!"

신도화수는 신도연의 뒤를 따라 안으로 들어가며 대답했다.

안으로 들어선 신도연은 신도화수를 앉히고 그의 머리에 양손을 얹었다.

"내가 정령대법을 펼치는 동안 너는 결코 입을 여는 일이 없어야 한다. 감당하기 벅차면 그냥 오른손만 살짝 들어라. 그럼 대법을 멈출 테니까."

"예."

"정령대법을 펼치는 데는 일 년이 소비된다. 그런 대법을 몇 시진 만에 펼치려는 것이니 여러 가지 부작용이 생길 것이다. 지닌 한계를 초과한 지식을 머리에 담게 되면 이전의 기억들이 그만큼 지워질 수도 있고 자칫 백치나 반신불수가 될 수도 있지. 그러니 감당하기 벅찬 순간이 오면 반드시 손을 들어야 한다. 알겠느냐?"

신도연은 안심이 안 되는지 간곡한 어조로 재삼 당부했다.

"예!"

신도화수가 힘차게 고개를 끄덕이자 신도연이 천천히 정령신공을 끌어올리자 이와 동시에 신도연의 머리 속 기억들이 신도화수에게로 옮겨가기 시작했다.

'으윽!'

신도화수는 채 반 각도 못 되어 정신이 혼미해졌다.

부친이 지닌 지식의 양이 이 정도로 방대할 줄을 미처 예상치 못했던 그는 두 주먹을 꼭 움켜쥐며 속으로 부르짖었다.

'안 돼! 이대로 멈춰서는 안 된다! 아직 정령신공과 광명비검을 받지 못했어!'

신도화수의 입술이 파르르 떨렸다. 하지만 안타깝게도 신도연은 정령대법을 펼치는 데 모든 힘을 쏟아 붓느라 미처 이를 보지 못하고 있었다.

자정.

신도화수는 창문 너머로 둥실 떠 오른 달을 물끄러미 바라봤다.

정신이 멍했다.

'내가 지금 뭘 하고 있는 거지?'

신도화수는 눈썹을 모으며 가물가물해진 기억을 떠올리기 위해 애
썼다.

'맞다! 누가 오기로 했었지? 그런데 누가 오기로 했더라?'

신도화수는 고개를 갸우뚱했다.

신도연에게 정령대법을 받은 직후부터 지금까지 줄곧 자신의 머리
속에서 벌어지고 있는 현상에 당황해야 했지만 그는 그런 감정마저도
쉽게 표출되어지지가 않았다.

"어서 정신을 차려야 해!"

신도화수는 입술을 질끈 깨물며 고개를 도리질 쳤다.

그때였다.

삐걱!

방문을 열고 한 청년이 안으로 들어왔다.

신도화수는 그제야 모든 것이 확연하게 떠올랐다. 눈앞에 서 있는
이가 앞으로 자신의 대역으로 살게 될 청년이라는 것부터 자신이 신도
연에게 어떤 당부를 받았는지까지 모두 떠올랐다.

"그럼 부탁하겠소."

신도화수는 청년에게 가볍게 고개를 숙여 보인 후 곧바로 방문을 밀
고 밖으로 나갔다.

쉬이이익……!

문밖을 나선 신도화수의 귓가로 미세한 소음이 들려왔다.

'뭐지?'

고개를 갸웃거리던 신도화수의 두 눈이 점점 커졌다.

'침입자들!'

그는 급히 밖으로 몸을 날렸다. 하지만 이내 그 자리에 멈춰 선 신도화수는 그 짧은 시간 동안 갈등과 고민을 반복했다.

"아버님의 당부를 어길 수는 없는 일!"

신도화수는 입술을 잘근 깨물며 몸을 휙 돌렸다.

그리고 곧바로 앞으로 달려가기 시작했다. 자신에게 가문의 과거와 미래가 달려 있다라는 신도연의 말이 자꾸 귓가를 맴돌았다.

"흠!"

후문에 다다른 신도화수는 짧은 침음성을 삼켰다. 후문 뒤에서 느껴지는 기척을 감지했기 때문이다. 가는 숨소리로 보아 상당한 실력을 지닌 이들이 숨어 있음이 틀림없었다.

'벌써 사방을 포위했어!'

잠시 당황하던 신도화수는 다시 자신의 처소로 달리기 시작했다. 그대로 나갔다가는 자신의 정체가 탄로날 것이 자명했다. 지금은 최대한 들키지 않고 은밀히 움직이는 것이 중요했다.

"응애……!"

"아!"

신법을 펼쳐 다시 자신의 처소가 있는 전각으로 되돌아온 신도화수는 옆 건물에서 들려오는 갓난아기의 울음소리에 당혹성을 토했다. 자신의 하나뿐인 아우 화정의 울음소리였기 때문이다.

신도화수는 다급히 아기가 있는 방의 창문으로 몸을 날렸다.

휙!

"응애! 응애!"

아기는 자다 깨서인지 몹시 서럽게 울어댔다. 이에 신도화수는 급히 아기의 입을 틀어막고 다시 창문을 타 넘었다.

그리고는 곧장 일신의 경신법을 모두 발휘해 자신의 거처로 달리기 시작했다.

슈각!

신도화수는 아기를 가슴에 꼭 감싸 쥐고 급히 머리를 숙였다. 자신의 방 창문 너머에서 피가 튀었기 때문이다.

"흐흐흐! 중원 후기지수 중에 최고라는 놈이 뭐가 이렇게 싱거워? 이놈이 신도화수 맞지?"

흑색 무복의 도수(刀手)가 옆에 있는 동료를 향해 물었다.

"맞아!"

질문을 받은 동료는 자신의 품에서 꺼낸 초상화와 방바닥에 쓰러진 청년을 비교해 본 뒤 짧게 고개를 끄덕였다.

"다음은 누구지?"

"크크! 여자다!"

"그래? 흐흐흐!"

두 사내는 음침한 괴소를 흘리며 방 밖으로 빠져나갔다.

그들의 기척이 멀어지는 것을 확인한 신도화수는 곧 자신의 방 창문을 타 넘고 안으로 들어갔다.

신도화수는 방바닥에 흥건한 핏물을 보며 일순 눈살을 찌푸렸다.

이런 피야 무수히 봐온 것이었지만 누워 있는 청년이 마치 자신인 것 같다는 생각에 일순 기이한 기분이 들었기 때문이다.

'음! 믿을 수가 없군.'

신도화수는 멀리서 들려오는 병장기 부딪치는 소리를 들으며 설레설레 고개를 저었다.

빨라도 너무 빨랐다. 아무리 대단한 적들이 기습을 감행해 왔다고 해도 이런 식으로 맥을 못 춘다는 것이 도무지 이해할 수 없었다.

하지만 눈앞에서는 그 믿기지 못할 일이 계속해서 이어지고 있었다.

                    *   *   *

'으윽!'

신도화수의 입술에서 피가 새어 나왔다.

온몸이 분뇨 더미에 파묻힌 신도화수는 삼십여 장 전면에서 벌어지고 있는 참상을 보며 두 주먹을 움켜쥐었다. 불쾌하고 미끈한 똥 덩어리의 감촉이 느껴졌지만 그는 전혀 개의치 않았다.

그의 눈에는 오직 지면에 아무렇게나 널브러져 있는 혈육의 시체들만이 보일 뿐이었다.

신도화수는 무려 여섯 시진 동안이나 분뇨 통 속에 숨어 있으며 혈육들이 죽어가는 것을 똑똑히 지켜보고 있었다.

마지막으로 신도연의 머리가 공우생의 검에 굴러 떨어졌을 때 그의 눈에서는 피눈물이 흘러나왔다.

"내 모든 기억이 없어진다 해도 오늘 일은 결코 잊지 않을 것이다! 뼈가 으스러지고 뇌수가 터져 나오는 한이 있어도 반드시 정령신공을 대성해 복수하리라!"

신도화수는 다짐하고 또 다짐했다.

이윽고 그는 천천히 눈을 내리고 자신이 안고 있는 아기에게 시선을 옮겼다.

"화정아, 이 형을 지켜봐다오! 내 기필코 저들의 목을 아버님의 제사 상에 올려놓을 테니!"

하지만 쌔근쌔근 깊이 잠든 아기는 대답하지 않았다. 신도화수가 수 혈을 짚어놨기 때문이다.

『풍류비공』 3권으로 이어집니다